Kurt Lanthaler

Tschonnie Tschenett

Herzsprung

Kriminalroman

haymon verlag

Umschlaggestaltung: Peter Kaser

Die Deutsche Bibliothek – CIP-Einheitsaufnahme

Lanthaler, Kurt:
Tschonnie Tschenett / Kurt Lanthaler. – Innsbruck : Haymon-Verl.
Herzsprung : Kriminalroman. – 1995
ISBN 3-85218-201-8

Satz: Typomedia, Neunkirchen
Druck und Bindearbeit: Wiener Verlag, Himberg

An Stelle des verabredeten Essens, für T. S.

Das GLOSSAR im Anhang enthält sachliche und sprachliche Erläuterungen und Übersetzungen.

Irgendwann um vier Uhr morgens hatte ich meinen Entschluß gefaßt. Nachdem ich stundenlang auf dem Bett gesessen und ins Leere gestarrt hatte. Etwas lief falsch. Etwas war außer Kontrolle. Wo ich auftauchte, gab es innerhalb kürzester Zeit Tote. Dafür mußte es einen Grund geben.

Von heute aus gesehen ist diese Sicherheit, die mich im April des Jahres 1992 offensichtlich so plötzlich und alles plattwalzend wie eine Staublawine überrollt hat, eine äußerst trügerische Angelegenheit. Im nachhinein denke ich, ich hätte einiges von dem, was zu erzählen ist, vermeiden können, wenn ich auf den hundsgemeinen Hausverstand gehört hätte. Nur: damals war ich ein paar Jahre jünger. Entsprechend dümmer. Und vor allem: damals hatte ich noch nicht erfahren, wie wenig es dazu braucht, einen Menschen ums Eck zu bringen. Zwei Bankkonten, ein halbwegs weißer Hemdkragen, eine Satellitenverbindung und eine Gewinnspanne, die um Zehntelpunkte über dem liegt, was sie Verlust nennen. Das reicht. Ich hatte es nicht glauben wollen. Und war dann mit meiner vorlauten Nase ziemlich unsanft darauf gestoßen worden.

I

So schwer war ich schon lang nicht mehr auf meine Zugmaschine gekommen. Der Boden ließ mich nicht los, die Maschine nicht an sich ran.

»Tschenett«, sagte ich, »Tschenett, fahr. Was soll dich aufhalten?«

II

Berta hatte wieder einmal ihr letztes Unterhemd verschenkt. Naja, das vorletzte.

Die gute Berta. Wer es nicht besser wußte, hätte glauben können, sie ließe sich von so einem Tunichtgut wie mir sang- und klanglos über einen ihrer Bartische ziehen. Auf meine nicht einmal so blauen Augen hin. War gar nicht so. War ganz anders. Und so kompliziert, daß keiner wußte, wie das funktionierte.

Ich hatte ein Essen ausgeben wollen. Für Berta, die siebenundsechzigjährige Chefin und alleinige Arbeitskraft in dieser nicht ganz legalen Bar im hintersten Plerschtal. Und für Totò, der mit Anfang dreißig ein paar Jahre jünger war als ich, dafür aber ein Bulle, einer von der *Polizia di Stato*.

Ein Essen ausgeben, das hieß bei mir nicht, mit einer dieser Plastikkarten herumwachteln, *bezahlt der Alte* schreien und den Kellner treten, wo er nur zu treten war. *Ein Essen ausgeben* hieß: auftischen. Kochen. Mir half es, meine Nerven unter Kontrolle zu behalten, und die anderen hatten es bis jetzt noch immer überstanden.

Und deswegen, und weil ich nicht wußte, ob es mir besonders mies oder besonders gut ging, hatte ich ein Essen ausgegeben. Ohne vorher bei meiner Bank nachzufragen, was die davon hielt.

Weshalb es soweit gekommen war, daß Berta nicht nur ihren Ruhetag auf den Dienstag verschoben und Küche und Bar zur Verfügung gestellt hatte. Sie hatte auch noch einen guten Teil der notwendigen Einkäufe bezahlt.

»Dafür spül ich ab«, hatte ich zu ihr gesagt, als sie mir die hunderttausend Lire in die Hand gedrückt hatte.

»Ja«, hatte sie gesagt.

»Und das Geld schick ich dir von unterwegs. Sobald ich eine Fuhre kassiert hab.«

»Jaja.«

Mir war irgendwie knieweich geworden.

»Ist's dir nicht recht, Berta?«

»Doch, doch. Geh schon«, hatte sie gesagt, mich vor die Tür geschoben, nach einem Besen gegriffen und die drei Stufen vor der Bar langsam und gründlich gekehrt.

Ich war ein paar Schritte weiter stehengeblieben. Auf Halbweg zu der Zugmaschine.

»Wenn ich's dir sag«, hatte Berta nach einer Weile gesagt. »Geh schon. Zu kochen hast ja auch noch, wenn rechtzeitig fertig werden willst. Damit rechzeitig fahren kannst.«

Drei Stunden später hatte ich zwei Kartons voll Zeug eingekauft, drei Weiße getrunken, Berta einen Kuß auf die Stirn gegeben und mich an den Herd gestellt.

Eigentlich war Rico an allem Schuld.

In Montegaldella, einer Autobahnraststätte nördlich von Mantova, war ich auf einen alten Bekannten gestoßen. Wir hatten uns einen Extrakaffee genehmigt und waren ins Reden gekommen. Was alles passiert war, seit wir uns das letzte Mal gesehen hatten. Was nicht passiert war. Was hätte passieren können.

Mir war's nicht unrecht, mein Fahrtenschreiber wußte ziemlich genau, daß ich längst schon eine Pause hätte einlegen müssen. Rein gesetzlich. Aber von diesen Pausen hat der Chef nix, der Fahrer nicht allzuviel, und dem Rest der Welt war's eigentlich egal.

Freddy, der im Zivilleben Rico hieß, erzählte mir von Frau und Kindern, dann von Nebenfrau und Nebenkindern, von seinen zwei *mastinos* und dem neuen LKW, den er sich angeschafft hatte. Und von dem er mindestens ebenso begeistert wie von seinen Kindern war. Was mich etwas nachdenklich stimmte. Ich hatte das Teil schließlich gesehen, als er es eingeparkt hatte. Ein uralter Fiat, Siebeneinhalbtonner, drei Lagen Lack, vier Lagen Rost.

Aber Freddy liebte seinen LKW. Und Rico liebte seine Frauen und seine Kinder. Und Pferde. Die hatte er zur Zeit geladen. In Hälften und Viertel geschnitten.

»Bona roba«, sagte er, »feinstes *maremma*-Fleisch.«

Hatte Zeigefinger auf Daumen gepreßt, quergelegt, vor seinem Mund von links nach rechts gezogen und dabei pfeifend Luft eingesogen.

Eine Viertelstunde später und nachdem wir uns durch die Hälften gezwängt hatten, zog er ein Messer, deutete damit auf eines der Fleischteile und sagte: »Puledro.«

So war ich zu meinem Fohlen gekommen und Berta zu ihrem Kopfschütteln.

»Nein«, sagte sie, als sie erfahren hatte, was am Abend auf den Tisch kommen sollte.

»Eß ich dir nicht«, sagte Berta. »Kannst mir's kleinweis eingeben. Ich eß es dir nicht. Fohlen. Mein Lebtag nicht.«

»Zuerst muß ich's eh kochen«, sagte ich.

»Tschenett...«, sagte Berta.

Jetzt wurde es ernst. Wenn sie mir schon so hochoffiziell kam.

»Tschenett«, sagte Berta, »warum tust du das?«

»Was?« sagte ich und hoffte auf Gnade und darauf, mich dumm stellen zu dürfen.

»Das Gekoche«, sagte Berta und gab keine Gnade. »Willst wieder weg? Hält's dich nicht mehr?«

Bertas Fragerei kam mir einfach zu früh. Viel zu früh. Ich wußte es selber noch nicht. Zeitweise. Zeitweise wieder schon.

Berta drehte sich auf der Stelle um. Und ging.

»Die Hennen«, sagte sie.

Und damit stand ich da.

Ich machte mich übers Gemüse her. Karotten, Zucchini und Spinat mußten gesäubert werden. Das dauerte. Aber Totò hatte eh erst um sieben Uhr Dienstschluß, und ich brauchte Zeit zum Nachdenken.

Rico hatte mir auf der Autobahnraststätte die Fohlenschnitzel in die Hand gedrückt. Wir hatten uns noch einmal kurz und heftig umarmt und waren weitergefahren, jeder in seine Richtung.

Für mich hatte das geheißen: mit einer Ladung Billigchianti nach Kiefersfelden. Dort war ich meinen Hänger an die Deutsche Bundesbahn losgeworden und auf den Brenner zurückgekehrt. Immer mit dem Fohlen auf dem Beifahrersitz.

Und als ich dann in der Tür meiner Wohnung im Haus *Waldfrieden* in Maria Trens stand, mir das Chaos, das sich dahinter ausbreitete, angesehen hatte, als dann auch noch Colonello Amorino Paganotto, der Haschischhundestaffelführer bei der *Guardia di Finanza* war und insofern mein Nachbar, als er einen Stock unter mir wohnte, dieser Colonello, in dessen Wohnung ich vor ein paar Monaten ein hochnotpeinliches Verhör durch einen durchgeknallten Spezialbullen aus Bozen über mich ergehen hatte lassen müssen, nachdem man mich aus einer Bar entführt hatte, in der ich mich mit einer Rothaarigen aus dem Hohen Norden über Candalostias Tequila-Importe hergemacht hatte, als dann also dieser Colonello hinter mir auftauchte und etwas von *riscaldamento* und Heizkostenabrechnung sagte, war es mir zuviel geworden.

Da konnte Freund Totò zehnmal im Stock ober mir wohnen und

die Geister der Ordnungshüter, die durchs Haus flatterten, bändigen wollen.

Mir war's zuviel geworden. Ich hatte dem Colonello wortlos die Tür vor der Nase zugeknallt, hatte mich dann an sie gelehnt und mich langsam zu Boden gleiten lassen. War da gesessen, mit meinem Fohlen in der Hand, und hatte die längste Zeit gar nichts getan. Ich mußte weg hier. Mindestens aus der Wohnung ausziehen. Wenn das reichte.

Die Gemüseputzerei wurde langsam anstrengend.

Ich mußte eine kleine Verschnaufpause einlegen. Öffnete eine Flasche von dem Rotwein, den ich für heut abend besorgt hatte und verkostete ihn erst einmal.

»Na, Tschenett, wenn der noch ein wenig Luft gekriegt hat und der Rest auch so anständig wird, dann hast dich nicht lumpen lassen«, sagte ich, »alsdann.«

Ich ließ das Gemüse erstmal liegen und machte mich über das Fohlen her.

Es war schon dunkel geworden, als ich mich wieder auf den Weg gemacht hatte.

Von der Autobahn auf der anderen Talseite, einen knappen Kilometer weit weg, waren die Kollegen zu hören. Fuhren nach Norden, fuhren nach Süden. Tag und Nacht, immer und immer wieder. Rauf und runter. Die Mautstelle und das LKW-Terminal strahlten im Licht der Scheinwerfer rosa vor sich hin, der Himmel über dem Talboden strahlte dunkelrosa mit.

Morgen vormittag würde ich mit meiner Zugmaschine auf den LKW-Terminal fahren, sie eintauschen und mit vollem Hänger einen Abstecher nach Verona machen.

Verona. Ein Katzensprung.

»Weit hast es gebracht, Tschenett, Sterzing-Verona. An *einem* Tag! Schwanz, schlappiger«, hatte ich gesagt, war auf die Zugmaschine gestiegen und zu Candalostia nach Sterzing gefahren.

Mehr war eben zur Zeit nicht im Angebot. Wenn ich ehrlich war, mochte das auch daran liegen, daß ich jedes zweite Mal mit den diversen Chefs Streit bekam. Was, wenn ich ehrlich war, auch an mir liegen mochte. Auf einen im *Haus Waldfrieden* in Maria Trens residierenden Aushilfs-LKW-Fahrer und gewesenen Nordmeerfischer schien die Welt eben nicht zu warten.

»Na, Tschenett, alter Seebär, einmal Kielholen?« hatte Candalostia gesagt, kaum war ich in seiner ebenso kleinen wie verraucht verruchten Bar *Gigi* aufgetaucht.

»Einmal Kielholen«, hatte ich gesagt und mich leise stöhnend an den Pudel gelehnt. »Oder, weißt du was: 'n halbes Mal.«

»Geht das auch?« hatte Candalostia gesagt.

»In meinem Fall schon«, hatte ich gesagt.

Candalostia hatte sich zufrieden gegeben und mir einen doppelten Schwarzgebrannten eingeschenkt.

Kielholen hieß für Candalostia, daß sich der Tschenett abfüllen wollte. Seit ich ihm vor ein paar Wochen erklärt hatte, was die alte christliche Seefahrt, der ich ein knappes Jahrzehnt lang treu gedient hatte, darunter verstanden hatte.

»So einmal richtig ums Schiff herum?« hatte Candalostia gesagt.

»Eher einmal unterm Rumpf durchgezogen, übern Kiel eben«, hatte ich versucht, ihm zu erklären.

Ganz hatte er's nicht verstanden. War eben eine ausgewachsene Landratte. Konnte ja nicht jeder Vollmatrose sein. Hier in den Bergen schon gar nicht.

»Noch einen, denk ich«, sagte ich zu Candalostia und hielt ihm das Glas vors Gesicht.

»Ayay, Käpt'n.«

»Laß das«, sagte ich.

»Ein bißchen was hab ich mit dir ja schon erlebt«, sagte Candalostia, »aber: was ist es diesmal?«

»Weiß nicht«, sagte ich.

»Nicht schon wieder die Weiber, oder?«

»Eher nicht.«

Ich wußte nicht einmal, was das war: Weiber. War zu lange her. Eine Woche, eineinhalb.

»Nein«, sagte ich. »Definitiv nicht.«

»Dann ist es ernst«, sagte Candalostia.

Bei Totò hatte noch Licht gebrannt. Er hatte auf meine Einladung mit Beherrschung reagiert.

»Gibt's einen besonderen Anlaß für das Essen?« hatte er gesagt, »c'è qualcosa da festeggiare?«

»Eigentlich nicht«, hatte ich gesagt, »nur so.«

Totò sah mich zweifelnd an.

»Nur so. Evvabbene. Wenn du meinst. Quando?«

»Übermorgen abend«, hatte ich gesagt.

Ich hatte mir die Zugmaschine geschnappt und Berta hinten in ihrem Tal besucht. Und sie in ihrem kleinen Hühnerstall gefunden, der seitlich ans Haus und an den Felsen angebaut war.

»Heute keine Kunden?« hatte ich sie gefragt.

»Die ersten sind schon wieder weg, die nächsten werden erst kurz vor dem Mittagessen auf einen Weißen kommen. Weißt ja, wie's ist«, hatte sie geantwortet und sich beim Ausmisten nicht drausbringen lassen.

Ich wußte ziemlich genau, wie's war.

Berta hatte ihre Stammkunden, Bauern von den umliegenden Berghöfen und ein paar LKW-Fahrer und Arbeiter, die beim Eisenbahntunnelbau in Pflersch arbeiteten. Mehr war hier nicht los. Bertas privater, höchst inoffizieller Ausschank von Weiß- und Rotwein aus der Doppelliterflasche sicherte ihr auf die alten Tage zusammen mit den Hennen und einer kleinen Rente, die immer kleiner wurde, das Überleben. Mehr wollte und brauchte sie nicht.

Das kleine, zwischen Felsen, Straße, Bach und wieder Felsen eingeklemmte Haus, das ihr Bruder, kurz bevor sie ihn aus Versehen in das Fundament eines Sesselliftpfeilers eingegossen hatten, Ziegel für Ziegel selbst aufgemauert hatte, reichte ihr dreimal. Vom Platz her. In den ebenerdigen Raum hatte Berta ein paar Stühle und zwei Tische gestellt. Und seither war das ihre Bar.

Ich war Stammgast. Seit ich vor ein paar Jahren wieder hier im Land gelandet war. Auf einer meiner Nordsüdrouten.

War ewig lange her, daß ich in dieser Gegend aufgewachsen war, das Studium der alten Sprachen an einem verstaubtem Gymnasium schon nach kürzestem Widerstreben zur Beruhigung aller Beteiligten aufgegeben, eine Lehre als Sargkranzschleifenbeschrifter abgebrochen hatte. Und in die Nordmeerfischerei geflüchtet war.

Da hatte es mich so lange herumgetrieben, bis ich vor etwa zehn Jahren auf die Straße und in die Zugmaschinen gewechselt war. Und dann von Deutschland so sehr genug hatte, daß es mich wieder nach Italien zurück verschlagen hatte. In seine nördlichste Provinz, knapp hinterm Brenner. Da, wo eh jeder LKW vorbei mußte.

Bertas Bar war mein Zufluchtsort. Etwas abseits der *Großen Route*, noch nicht einmal einen halben Liter Diesel weit von der Autobahn weg, still und ruhig bis auf das Rauschen des Wildbaches und das Flüstern des Windes in den alten, schiefgewachsenen Bäumen, die sich mit Müh und Not an den Felsen hinter dem Hühnerstall festgekrallt hatten.

Fast fünf Jahre lang hatte ich mich jetzt zwischen meinen Touren immer wieder hierher zurückgezogen. Und eine Zeitlang hatte es mir gutgetan.

»Bist am Nachdenken?« hatte Berta mir dazwischengefunkt.

»Nachdenken? Nicht richtig«, hatte ich gesagt. »Ich glaub, ich kann das gar nicht.«

»Dann solltest du's aber lernen, bei deinem Alter.«

»Was ist mit meinem Alter?«

»Das wird so langsam ernst, hoff ich«, hatte Berta gesagt und mir ihre beste Legehenne in die Hand gedrückt.

Ich hatte verstanden. Auch wenn sie es höchstwahrscheinlich gar nicht beabsichtigt hatte.

Aber ich und mein Unernst waren der Grund dafür gewesen, daß man ihr vor ein paar Monaten sämtliche Hennen, zwölf waren es gewesen, in ihrem besten Lebensalter, bei lebendigem Leibe und fein säuberlich an die Hennenstallwand genagelt hatte. Feine Herren aus dem Investmentgewerbe und ihre Handlanger fürs Grobe. Ich hatte mir das nie vergessen können. Daß ich Berta, meine Berta, mit hineingeritten hatte. Hinterher hatte ich unter den Pflerer Bauern eine Sammlung veranstaltet, die Berta wieder ein halbes Dutzend ordentliche Legehennen und einen Hahn, den man hierzulande Gigger nannte, in den Stall gebracht hatte. Das war das Mindeste, was ich hatte tun können.

Und immer noch bei weitem nicht genug. Berta hatte wochenlang kaum ein Wort reden können vor Schmerz.

Sie hatte recht. Es war eine grausige, absurde, unmenschliche Schlachterei gewesen.

Und jetzt hatte sie mir wieder ihre beste Legehenne anvertraut.

»Ernst...«, hatte ich gesagt, »Berta, ich weiß nicht, ob das so gut ist.«

»Wer weiß das schon«, hatte Berta gesagt, »aber es wird trotzdem Zeit. Glaub's mir.«

Und als ich ihr dann die Legehenne wieder zurückgegeben hatte und sie um ihr Lokal für das Essen fragte, hatte sie der Henne ein paarmal übers Gefieder gestrichen, bevor sie antwortete.

»Von mir aus«, hatte sie gesagt. »Brauch ich ein paar Tage nix zu kochen. Machst ja eh immer viel zu viel.«

So war das gekommen mit dem Essen.

Und so kam es, daß ich jetzt wieder vor meinem Gemüse stand und es in passende Teile zerlegte. Die dünnen Zucchini zur Hälfte geschält und zweizentimeterlang geviertelt. Die Karotten in halbzentimeterdicke Scheiben, der Spinat säuberlich geschwänzt und ganz im Blatt, die Zitronenmelisse feingehackt, die kleinen Kartoffeln ungeschält und geviertelt.

Ich machte mich an die Einlage für die Suppe. Klopfte die Kalbsmilz an Vorder- und Rückseite ein paarmal leicht ab, schnitt sie quer durch und schabte sie dann mit einem Löffel vorsichtig aus. Rührte ein Stück Butter und zwei Eidotter schaumig und gab dann langsam die Milz, Petersilie, Majoran, etwas Zitronenschale, Salz und Pfeffer dazu. Dann machte ich mich an das Eiklar. Steifgeschlagen zog ich es langsam unter die Milzmasse.

In Scheiben geschnittene Semmeln bekamen einen halben Zentimeter dick Milz aufgestrichen, drauf kam eine zweite Semmelscheibe. Der Rest war schnell getan: die Doppeldecker mußten in heißem Öl schwimmend nur mehr kurz angebraten und dann in schmale Stücke geschnitten werden. Und die Suppeneinlage war fertig.

Wenn eine Suppe, wie man sagt, Leben retten kann, dann sind anständige Suppeneinlagen dazu da, das glücklich gerettete Leben zu verschönern. Auf beides war ich jetzt vorbereitet.

Ich war im Zeitplan. Wischte mir meine Hände an Bertas karierter Küchenschürze ab und setzte mich auf die Treppe vor der Bar.

Berta schien noch bei ihren Hennen zu sein.

Inzwischen war es schon dämmerig geworden, der Pflerer Bach polterte und rauschte noch lauter als sonst. Das erste Schmelzwasser. Weiter oben lag meterhoch Schnee, aber auf den Wiesen taleinwärts taute es schon. Für dieses Jahr schien der Winter vorbei zu sein, hier unten im Tal. Wobei das nichts weiter als eine vage Hoffnung war. Ich hatte hier schon mitten im August zentimeterweise Schnee erlebt.

Geh, Tschenett, dachte ich. Verlaß die Gegend, verlaß die Leute. Hast der Berta nur Unglück und Tod gebracht und sonst nichts. Hau ab, bevor es wieder zu spät ist.

Auf dem Tribulaun leuchtete ein Schneefeld im letzten Sonnenlicht auf. Dort oben, in der Nordostwand, hatte Berta vor einigen Jahrzehnten ihren Verlobten an den Tourismus verloren. Er war Kleinbauer und Bergführer gewesen und mit einem Touristen, einem *Herrischen*, wie Berta das nannte, erst ins Seil und dann bis zum Wandfuß gefallen.

»Die Wirtin nicht da?«

Ich war etwas erschrocken. Aus dem Dämmerlicht war plötzlich einer aufgetaucht und hatte mich angeredet, noch bevor ich ihn gesehen hatte. Mußte einer der alten Bauern aus der Gegend sein. Allerdings keiner von Bertas fleißigsten Stammgästen.

»Woll«, sagte ich, »schon. Im Hennenstall.«

»Aha«, sagte er und rührte sich nicht.

Los, Tschenett.

»Wenn's wegen einem Glasl ist, das kann ich auch aufschenken«, sagte ich.

»Gut«, sagte der Alte und kam mir hinterher.

Alles was gut und recht war. Nur weil ich bei Berta ein Abendessen ausgab, konnte ich ihre Kunden noch lang nicht trocken auf der Straße stehen lassen. Berta sperrte keinen aus.

Als er den ersten Schluck getan hatte, sah der Alte skeptisch ins Glas hinein.

»Kann mir nicht helfen«, sagte er, »heutzutage riecht der mir immer so, als ob da zur Hälften welscher Wein drin wär«, sagte er. »Früher«, sagte er, »wie die Kellereien noch in die Panzelen geliefert haben, war der anders. Tirolerischer halt.«

»Mehr Schwefel als heut«, sagte ich, »das auf jeden Fall.«

»Der Schwefel tut keinem nichts«, sagte der Alte, »der Welsche schon. Das ist einmal gwiß.«

Ich schenkte ihm nach.

»Einfach schreien, wenn's noch ein Glas sein soll«, sagte ich dann, »ich muß in die Küche.«

Ich warf gerade das Gemüse in die Pfanne, als Berta hereinkam.

»Jetzt hast den Kalmsteiner in der Bar sitzen«, sagte sie.

»Er hat ein Glas gewollt«, sagte ich, »und ich hab's ihm gegeben. Zwei, eigentlich.«

»Inzwischen hat er sich die Doppelliterflasche geholt. Nur daß es weißt«, sagte Berta.

»Und?«

»Der trinkt nur alle heiligen Zeiten einmal. Aber dann trinkt er. Hat nie einen Rausch, aber immer einen Tulljöh.«

»Dann kriegt er eben heut seinen Tulljöh. Und ein Stück Fohlenschnitzel. Wer ist der überhaupt?« sagte ich. »Der mit seinem welschen Wein.«

»Hat er dir das auch schon versucht einzureden«, sagte Berta. »Der ist, wie soll ich sagen, in Pension. Seit ziemlich einer Zeit schon. Hat ihm nicht gutgetan.«

»Weil...?« sagte ich.

»Weil er keine richtige Arbeit mehr hat. Deswegen ist er eigen geworden.«

Berta mußte man wieder einmal die Würmer aus der Nase ziehen. Kam nicht allzuoft vor, aber wenn, dann war's ein harter Fall.

»Was hat er gemacht?«

»Schmuggler«, sagte Berta, »der war einer von den hauptberuflichen Schmugglern. Sein Leben lang. Rindvieh, Sacharin, Tabak, Zigaretten, Feuersteine, alles, was haben wolltest. Immer übern Obernberg. Zwischendrin hat er den Bauern ausgeholfen.«

»Is jetzt nix mehr mit dem Geschäft, oder?« sagte ich.

»Lang schon nicht mehr. Unabhängig davon, ob's die Füß tun würden.«

»Weil...?«

Mit *weil* konnte man Berta noch am ehesten aus der Reserve locken.

»Weil«, sagte sie prompt und nahm mir den Kochlöffel aus der Hand, von dem es langsam zu Boden tropfte, »weil in den sechziger Jahren mit den Sprengereien hier in der Gegend, mit den Bombenanschlägen, mit dem ganzen Zeug halt, plötzlich oben auf dem Oberberg alle eineinhalb Meter ein Soldat, ein Carabiniere, einer von der Polizei oder ein Finanzer gestanden hat. Und in den Gasthäusern jeder zweite ein Spitzel. Da war nicht einmal für den Kalmsteiner ein Durchkommen.«

»Und seither...?«

»Seither sagt er, daß der Wein nicht mehr schmeckt, weil sie unseren *Kalterer* mit Welschem verschneiden. Kannst ihm nicht bös sein. Von einem Tag auf den anderen ohne Arbeit.«

»Wär mir gleich«, sagte ich.

»Dir *ist's* gleich«, sagte Berta. »Das meiste, was die letzte Zeit gearbeitet hast, war halbtagweis. Zweimal die Woche. Ist ja kein Arbeiten, für einen ausgewachsenen Menschen.«

»Recht hast, Berta«, sagte ich.

Sie sah mich erstaunt an.

»Und wie recht hast.«

Eine dreiviertel Stunde später kam Totò. Ich küßte ihn links und rechts ab, nahm ihn am Arm und brachte ihn zu Berta und dem alten Schmuggler in die Bar.

»Ihr müßt mich eine halbe Stunde allein werkeln lassen«, sagte ich, »sonst wird das nix. In einer Viertelstunde kommst, Totò, und ich sag dir, was gedeckt werden soll.«

Totò, mein Polizeifreund, sprang aus seinem Stuhl hoch, brachte die Hand an die Stirn und schrie: *Sissignore!*

»Riposo«, sagte ich. »Stehen Sie bequem.«

III

»E sì«, sagte Totò, nachdem er sich den vierten Löffel Milzschnittensuppe eingeschöpft hatte, »e sì.«

Und machte ein Gesicht, als hätte er heute am Brenner die Madonna weinen gesehen, anstatt den ganzen Tag Touristen durchzuwinken.

»E sì. Sarà un mascolzone, il nostro amico, ma questa Milzschnittensuppe... So schlecht kann ein Mensch gar nicht sein, der so was kocht.«

»Das müßtest du eigentlich besser wissen, amico«, sagte ich. »Reicht ja, wenn in euren Computer schaust, nicht?«

Und lächelte ihn breit an. Er schmunzelte elegant zurück.

»Da lassen sie mich eh nicht ran. Ich hab den falschen Umgang. Dich, zum Beispiel. Mit so einem wie dir...«

»...ist die Bullenkarriere im Arsch«, sagte ich und löffelte. »Falls du je eine gemacht hättest.«

»Spero di no«, sagte Totò, »ich hoffe nicht.«

Ich schickte ihm einen Kuß quer übern Tisch.

»Hmm«, sagte der Kalmsteiner und dann, nach einer Weile: »Sind die zwei Mander immer so?«

Berta sah uns kurz an. Und fing dann an zu lachen. Wir lachten mit.

»Ja, Kalmsteiner«, sagte sie, »die sind immer so.«

»Willst trotzdem ein Stück Roß essen, Kalmsteiner?« sagte ich.

Er schob sich seinen Hut ein paar Zentimeter weiter in den Nacken.

»Stück Roß...«, sagte er. »Wie bei die Welschen.«

»Was ist?« sagte ich.

»Da muß es einem Tiroler schon richtig dreckig gehen. Daß er ein Roß ißt. Oder er ist keiner. Oder ein Welscher«, sagte der Kalmsteiner. Langsam, Wort für Wort, Satz für Satz. Dann tat er einen Schnaufer. »Wieso nicht«, sagte er, »ist lang genug her, daß ich das letzte gegessen hab.«

»Eben«, sagte ich, stand auf und verschwand in der Küche.

Einer mußte ja dafür sorgen, daß das Fohlen in die Pfanne kam.

»Wo hast das her?« sagte Totò und schob sich ein Stück von dem Schnitzel in den Mund.

»Ist eine lange Geschichte«, sagte ich. »Auf jeden Fall: von unten herauf, italienisch, auf Umwegen.«

»Sag ich's ja, welsches Zeug«, sagte der Kalmsteiner. »Was wird ein gstandener Tiroler auch ein Roß essen.«

»Dann bist eh nur du und die Berta in der Straf«, sagte ich. »Der da und ich, wir sind keine Tiroler, gstandene schon gar nicht. Sagen die Gstandenen.«

Totò seufzte zustimmend.

»E sì«, sagte er. »Nix Tiroler, nix gstanden, nix gutt.«

»Wann fahrst denn jetzt?« sagte Berta, mitten in unseren Unsinn hinein.

»Morgen«, sagte ich.

»Und wann kommst wieder?«

Da war sie, die Frage, auf die ich gewartet hatte. Ließ nicht locker, meine Berta.

Ich strich mir noch eine Messerspitze Melissenbutter auf das Fohlenschnitzel.

»Wenn ich's wüßte, Berta...«

Berta legte ihr Besteck auf das Teller und schob es zur Seite. Mehr als eine Ecke hatte sie dem Fohlen nicht abgeschnitten.

»Hast schon genug?« sagte ich.

»Und wie. Mehr als genug«, sagte Berta.

Und dann war's geschehen.

Wir saßen da, keiner sagte ein Wort. Berta starrte vor sich hin, Totò griff öfter zum Glas als zur Gabel, und mir fiel nichts ein.

Nichts, was ich hätte sagen können. Nichts, was Berta erklärt hätte, wieso ich unbedingt weg mußte. Und nichts, was ihr die Ahnung genommen hätte, ich würde für immer gehen. Totò war ins Sinnieren gekommen. Ihm mußte ich vielleicht weniger erklären. Aber dadurch wurde auch nichts einfacher.

Der Pflerer Bach war plötzlich so laut geworden, als würde er quer durch Bertas Bar fließen.

»Wenn's eh nicht aufißt«, sagte der Kalmsteiner und holte sich Bertas Schnitzel vom Teller, »nehm ich's mir.«

Und schnitt drauflos und kaute fröhlich und unverdrossen weiter.

»Wird zwar ein welsches Zeug sein«, sagte er, zwischen einem Bissen und dem anderen, »aber schmecken tut's.«

Berta nickte nur.

»Vielleicht«, sagte er, »wenn der Ferdl damals, in der Gletscherspalten unten, ein so ein Schnitzel mitgehabt hätt, vielleicht wär ihm einiges erspart geblieben.«

»Gletscherspalte?« sagte ich, froh, daß es etwas zu reden gab.

Der Kalmsteiner hatte mich nicht gehört.

»Hat er lang und schwer büßen müssen«, sagte er, »daß er nicht für das halbe Jahr ins Gefängnis wollte. Und daß er mir geholfen hat. Obwohl's keiner von ihm verlangt hat. Hast ihn ja gekannt, den Ferdl, nicht, Berta, zu Lebzeiten?«

Berta nickte wieder nur.

Der Kalmsteiner rückte sich noch einmal seinen Hut zurecht. Als ob er, nach all den Jahren, immer noch nicht die richtige Stelle gefunden hätte auf seinem Kopf für den Hut. Dann schenkte er sich aus der Doppelliterflasche nach. Ich hatte ihn nicht dazu überreden können, auf unseren Wein umzusteigen.

»Das mit dem Ferdl«, sagte er dann, »ist eine Geschichte, von der ihr Jungen noch etwas lernen könnt.«

Und dabei schaute er mich und Totò einen Augenblick lang an und schien gleichzeitig darüber nachzudenken, ob wir es wert waren, daß er sie uns erzählte. Ob es einen Sinn hatte. Oder ob es verschossenes Pulver war.

Dann gab er sich einen Ruck. Und schob sich den Hut wieder in den Nacken. Je weiter hinten der Hut zu sitzen kam, um so neckischer sah der Kalmsteiner aus. Junger mußte er eine ansehnliche Partie gewesen sein. Ich kontrollierte und stellte fest, daß er keinen Ehering trug. War wohl auch einer von denen, die gekonnt, aber nicht gewollt hatten.

»Mit dem Ferdl bin ich schon in die dreißiger Jahr übers Joch«, sagte der Kalmsteiner und ließ sich Zeit beim Erzählen. »Da war ich ein Bub und er ein paar Jahre älter. Unter fünfzig Kilo pro Kopf sind wir nie gegangen. Das Tragen waren wir gewohnt, von klein auf. Arbeit gab's keine, gehabt haben wir nichts, da war Schmuggeln das einzige, was einen weitergebracht hat. Mein Vater war schon gestorben, bei uns gab's zu essen, was ich ins Haus gebracht hab. Da ist man bald ausgewachsen. Mit den zwei Geiß und den paar Hennen hätt uns die Mutter nie durchfüttern können. Bei sechs Kindern. Und ich der älteste. Mit meine vierzehn Jahr.

Sind wir eben übers Joch gegangen, der Ferdl und ich. Und haben herein geschmuggelt, und hinaus. Was halt gefragt war.

Danach haben die Deutschen den Ferdl einberufen wollen zur Wehrmacht, und der Ferdl hat gesagt: Die Wehrmacht kriegt mich nicht, und ist auf den Berg hinauf und hat sich da versteckt, jahrelang, und die Wehrmacht hat ihn nicht gekriegt.

Und wie der Krieg vorbei war und er's überlebt hat, obwohl sie ihn gesucht haben talein talaus, damit sie ihn derschießen können, den Deserteur, hat er gesagt: Jetzt weiß ich, hat er gesagt, wem trauen kannst von deine Freund, und wem nicht. Zweimal hat ihn einer verraten gehabt, halb aus Not und halb, weil's ein Fanatischer war, und jedesmal ist ihnen der Ferdl noch ausgepfitscht. Als ob er's gerochen hätt, wenn sie ihm aufgepaßt haben. Und ich war zuerst zu jung für die Wehrmacht, und dann haben sie mich vergessen.«

»Die Deutschen«, sagte ich, »und vergessen...«

»Muß sein«, sagte der Kalmsteiner, »muß sein. Anders kann ich's mir nicht erklären. Und gründlich, wie die Deutschen sind, haben sie mich auch gründlich vergessen. Ich hab nix dagegen gehabt. Überhaupt nix. Mich hat's nie in die Welt hinaus gezogen. Nach

Norwegen nicht, nach Kreta nicht, nach Jugoslawien nicht und nach Rußland nicht. Ich bin keiner, der unbedingt weg muß von hier. War ich damals schon nicht. Die Ausrede hätt ich nicht gehabt.

Dann war der Krieg vorbei, und die Zeit, wo mich der eine oder andere einen Feigling geheißen hat, war auch vorbei, und ein paar von denen sind zusammen mit den anderen in Rußland und auf Kreta geblieben. Und die zurückgekommen sind ins Dorf, haben gemeint, dem Ferdl und mir die Schuld geben zu müssen, daß sie den Krieg verloren haben. Aber da haben wir nur mehr gelacht. Wenn der Mensch einmal die Einsicht verloren hat, findet er sie so leicht nicht mehr. Ist schon wahr. Tut sich keiner leicht, zuzugeben, daß er einen Blödsinn gemacht hat.«

Das nächste Mal mußt ein paar Tropfen Rosmarinöl auf die Kartoffel tun beim Abbraten, ging mir durch den Kopf. Ein paar Tropfen hätt es vertragen. Totò war mit dem Essen eben fertig geworden und nickte mir anerkennend zu.

Der Kalmsteiner ist dafür, daß er hoch siebzig ist, noch richtig gut beinander, dachte ich mir. Der könnt einem noch fast sympatisch werden, der alte wehrmachtsvergessene Schmuggler.

»Die ersten paar Jahre nach dem Krieg hat sich der Ferdl noch zurückgehalten mit dem Schmuggeln«, sagte der Kalmsteiner, nachdem er sich nachgeschenkt hatte, »weil's ihn auf der Liste hatten, unsere Leut, weil er Speck gestohlen haben soll mit vorgehaltener Pistole. Als ob er ein Verbrecher gewesen wäre, haben sie getan. Nur weil er versucht hat, zu Kriegszeiten in die Berg zu überleben.

Hat's ein paar Jahre nicht einfach gehabt, der Ferdl. Die früher die Hundertprozentigen gewesen waren, hatten auf einmal wieder etwas zu sagen, als ob nix gewesen wär. Und auf einmal war so einer wie der Ferdl der Verbrecher. Und da war er sich nicht sicher, ob sie ihn nicht an die Italiener verpfiffen hätten, wenn er geschmuggelt hätt. Wußte ja jeder genau, wer übers Joch geht und wann und wo.

Arbeit hat er keine gekriegt. Außer als Wegmacher bei die Italiener. Da war's überhaupt aus. Weil das ein Unsriger nicht zu tun hat, haben sie gesagt, das muß so ums fünfziger Jahr herum gewesen sein, und wenn wir zusammen ins Gasthaus sind, haben wir beide nichts bekommen. Beim *Unterwirt* auf jeden Fall nicht. Kann ich dir auch nicht helfen, wenn mein Geld nicht willst, hat der Ferdl zum Wirt gesagt und gelacht, wo sonst hinter jeder Lire her bist wie der Teufl hinter der armen Seel. Und der Unterwirt hat ihm Prügel versprochen. Das schau ich mir an, hat der Ferdl gesagt, mit einer Hand, mit der linken, wenn willst, schau ich mir das an, die rechte hinten festgebunden, wenn dich traust. Dreimal wär er's ihm gewesen, mit der linken. Zwei Wochen später hat ihm der Unterwirt von ein paar Burschen in der Nacht aufpassen lassen. Der Ferdl hat eingesteckt und ausgeteilt. Ist sich halbehalbe ausgegangen, hat er am nächsten Tag gesagt, so gesehen hat der Unterwirt den größeren Schaden. In der Woche, wo sie gratis bei ihm trinken können, die Burschen, machen sie ihm den halben Keller leer. Bei seinem Geiz...«

Berta saß jetzt wieder ganz entspannt da und lachte still in sich hinein. Der Sohn vom *Unterwirt*, heut auch schon ein erwachsener Mensch, war der einzige gewesen, der etwas dagegengehabt hatte, als sie ihre Bar aufmachen hatte wollen. Aber die Berta hatte einen Fürsprecher gehabt. »Mehr in der Gemeinde, als im Himmel, Gottseidank«, hatte sie erzählt.

»Mir sind die Geschäfte recht gut gegangen, damals«, sagte der Kalmsteiner. »Mit zweimal übers Joch Gehen hab ich das verdient, was ein anderer in zehn Tagen Arbeit nicht bekommen hat. Und so hab ich dem Ferdl aushelfen können.«

Der Kalmsteiner war ein langsamer und regelmäßiger Trinker, wenn einmal. Lang würde es nicht mehr dauern, und ich mußte ihm eine zweite Doppelliterflasche spendieren. Bei seiner Art, Geschichten zu erzählen, war das noch lang kein Schaden.

»Und dann, so fünfundfünfzig herum, ist es ruhiger geworden. Die Leut hatten mit dem Geldverdienen genug zu tun, und die Sache mit dem Ferdl ist vergessen gewesen.

Ab da sind wir dann wieder zu zweit unterwegs gewesen. Waren gute Jahre. Und die Finanzer hatten kaum eine Chance, uns zu erwischen. Die kannten sich hier nicht aus, am Berg oben schon gar nicht, waren die Kälte nicht gewöhnt, die Steilheit auch nicht, die Wetter und den Nebel, und hatten Heimweh nach Süditalien. Da mußten sie schon verdammt viel Glück haben, auch nur einen Rockzipfel von uns zu sehen. Hatten sie meistens nicht.

Bis auf das eine Mal. Da muß uns der Herrgott ganz verlassen haben. Der Herrgott oder sonst einer. Aber ganz und gar.

Wir sind bei Nacht herüber, mit Sacharin, Zigaretten und Tabak, aufgepackt wie die Muli. Wie immer halt. Vielleicht waren wir mit dem Kopf schon daheim, oder übermütig geworden, weil's immer gut gegangen ist. Vielleicht hat uns einer verraten, oder vielleicht haben die Finanzer einfach nur mehr Glück als das bißl Verstand gehabt, kann leicht sein.

Auf jeden Fall: wir kommen oben beim Joch am Eck heraus, fast Nacht ist es schon gewesen, wir stehen grad den einen Augenblick lang, um ein bißchen zu verschnaufen, da springt's von rundherum zwischen die Felsen heraus: drei Finanzer, Gewehre im Anschlag, und schreien uns ganz aufgeregt an, und fuchteln und wachteln, als ob wir sie gleich umbringen würden. Auf den Boden haben wir uns legen müssen, Gesicht nach unten. War eine kalte Sach, weil noch ziemlich Schnee gelegen ist, und dann haben sie uns die eisernen Handschellen angelegt und die Ketten. Weil's spät war, haben sie sich nicht mehr recht viel weiter getraut und sind mit uns hinüber zu der Schwarzwand-Hütten, da war vor dem Krieg eine Schutzhütte, heut ist auch wieder eine. Damals haben sie die Finanzer konfisziert gehabt, damit sie einen Unterschlupf haben, wenn ihnen das Wetter zu schlecht geworden ist.

Sind wir also da hin, der Ferdl und ich in Ketten, die Finanzer Gewehr im Anschlag, einer vor uns, zwei hinter uns. Ein Weg von einer Stunde war's, quer übers Kar und die Schneefelder, für die Finanzer, die nicht besonders trittsicher waren, eine einzige Strappelei. Wie wir angekommen sind, war es ihnen anzumerken, daß sie richtig froh waren. Uns haben sie auf den Boden in eine Ecke gesetzt und an den Pfosten gekettet, dann haben sie gegessen und sich auf die Ofenbank gelegt. Und dann war bald Ruhe. Außer daß einer von ihnen zuerst geschnarcht und dann im Schlaf geredet hat. Irgendetwas Sizilianisches, was wir nicht verstanden haben. Dann hat der Ferdl zu flüstern angefangen. Jetzt haben mich die Deutschen nie gekriegt, dann seh ich nicht ein, daß ich mich von den Welschen soll fangen lassen, hat er gesagt und hat an den Handschellen herumgemacht und sich gewunden und gedreht, langsam und so, daß die Finanzer nicht aufwachen.

Mit einer Hand war er schon herausen, so dünne Arm hat er gehabt, mit der zweiten fast, da wird einer von den Finanzern wach, weil er im Schlaf aufgeschrien hat, und schaut sich um und der Ferdl zieht noch einmal in der Handschelle und der Finanzer sieht das und springt auf und der Ferdl auch und ist dann schneller bei dem Eispickel als der Finanzer bei seinem Gewehr und da hat er ihm den Eispickel ein paarmal über den Schädel gegeben, bis sich der Finanzer nicht mehr gerührt hat. Und die anderen sind wach geworden und haben sich nicht gerührt, und der Ferdl hat das Gewehr schon in der Hand gehalten.

Das war alles eins, das ging so schnell, daß ich's kaum gemerkt hab, wie's gegangen ist. Jetzt ist's eh schon, wie's ist, hat der Ferdl gesagt und sich die Schlüssel für meine Handschellen geben lassen. Und dann hab ich die anderen Gewehre eingesammelt und die Eispickel und ihre Bergschuhe. Und der Ferdl hat *bravi* zu ihnen gesagt, und dann sind wir gegangen mit unseren Rucksäcken und dem ganzen anderen Zeug, und draußen war noch Nacht.«

»Der Ferdl...«, sagte Berta.

»Hat ihn sein Lebtag lang nicht in Ruh gelassen, daß er den Finanzer erschlagen hat«, sagte der Kalmsteiner. »Noch in seinem Zustand hat es ihm leidgetan.«

Berta schien verstanden zu haben, was der Kalmsteiner mit *Zustand* gemeint hatte. Ich nicht.

»Und weiter...?« sagte ich.

Der konnte mich jetzt nicht hängen lassen, der Kalmsteiner. Jetzt wollte ich wissen, wie die Geschichte ausgegangen ist. Das konnte noch nicht alles sein.

»Weiter?« sagte der Kalmsteiner. »Weiter ist bald erzählt. Wir sind los, haben ein paar hundert Meter später denen ihre Bergschuhe liegen lassen und die Gewehre, grad so, daß sie sie suchen müssen, aber nicht zu lang.

Der Ferdl hat die ganze Zeit immer *Was hätt ich tun sollen?* gesagt, bis ich dreingefahren bin und gesagt habe, er soll aufhören, und daß er eh recht gehabt hat. Recht nicht, hat er gesagt, aber ich hab mich von den einen nicht fangen lassen, dann kann ich mich von den anderen auch nicht derwischen lassen. Ich geh nicht ins Gefängnis. Das hat gedauert, bis ich ihn beruhigt gekriegt habe, und dann haben wir gemerkt, daß es bei Nacht keinen Sinn hat, über den Gletscher zu gehen.

Das mit den Gletschern ist eine besondere Sache. Da ist das so, daß die sich bewegen und nicht du dich. Da muß man schon bei Tag Obacht geben. Bei Nacht ist's unmöglich. Da schluckt er dich, der Gletscher.

Da haben wir uns auf unsere Rucksäcke gesetzt, wie wir weit genug weg waren von der Hütte, und ohne ein Wort zu sagen gewartet, daß es Tag wird. Eine längere Nacht hab ich mein Lebtag lang nicht gehabt. Die hat nicht mehr aufgehört.

Wie's hell geworden ist, haben wir ein Stück Speck gegessen und sind dann los. Und sind schon fast übern Gletscher drüber, da tauchen wieder Finanzer auf. Ich weiß bis heut nicht, waren es unsere, oder haben die unseren ein Funkgerät gehabt und Hilfe gerufen. Plötzlich sind da wieder Finanzer, und der Ferdl sagt nur: Du rechts, ich links, da haben wir uns getrennt und sind losgelaufen, so schnell wie's ging, da pfeifen auch schon die ersten Kugeln, und ob's Absicht war oder Zufall, auf jeden Fall seh ich, wie der Ferdl langsamer wird. Da haben sie mich dann aufgegeben und sind alle ihm nach, grad noch gesehen hab ich, wie er den Gletscher hinunter läuft und die knapp hinter ihm her, und dann hat er gebremst und sich umgedreht und etwas gerufen und ist dann in eine Gletscherspalte hineingesprungen.

Ich hab mich, wie ich das gesehen hab aus der Entfernung, in eine Mulde gelegt und gewartet und zugeschaut. Mehr konnte ich nicht tun, auf dem brettlebenen Gletscher, wo man kilometerweit sieht. Die Finanzer sind oben an der Gletscherspalte gestanden und haben sich besprochen und gewartet. Ich denk, sie haben nicht gewußt, ob er tot ist oder nicht. Den ganzen Tag lang ist das so gegangen: der Ferdl in der Spalte, die Finanzer oben drum herum, haben sich hingesetzt und gewartet, und zwischendurch ist einer aufgestanden und hat hinuntergeschaut.

Und ich in meiner Mulde lieg auf dem Eis, klatschnaß so langsam, und wart auch. Nix ist passiert.

Den gibst nicht auf, den Ferdl, hab ich mir gedacht und längst schon nicht mehr geglaubt, daß er lebt. Aber wegkönnen hab ich auch nicht. Freiwillig zu Tod gestürzt hat er sich, hab ich mir irgendwann gedacht und bin den Gedanken nicht mehr losgeworden. Spät ist's geworden und immer später, die Finanzer noch immer unten an der Spalte, sind herumgestanden inzwischen, als ob sie sich beratschlagen, die haben natürlich vor der Nacht Angst gehabt, lang konnte das nicht mehr dauern, das haben sie gewußt.

Und plötzlich denk ich, da ist etwas. Und heb den Kopf ein bißl höher übers Eis hinaus, und mir ist, als ob ich jemanden singen höre. Jetzt, hab ich mir gedacht, jetzt geht's mit dir auch schon langsam dem Ende zu. Halb erfroren, wie du bist. Und immer noch hör ich zwischendurch etwas wie eine Stimme. Und glaub's nicht. Die Finanzer sind es bestimmt nicht, und der Ferdl, falls er noch lebt, ist der letzte, der zu singen anfängt, da, wo er ist, denk ich mir. Und ich seh, wie Bewegung kommt in die Finanzer, ein Hin und Her, und dann gehen sie.

Eine halbe Stunde später war's leer auf dem Gletscher und Nacht. Mir war dann schon alles gleich und ich bin aufgestanden und langsam losgegangen, bis ich die Knochen wieder gespürt hab.

Da hör ich wieder singen. Ich geh in die Richtung, aus der die Stimme kommt. Und land dann auch dort, wie, weiß ich heut noch nicht, und da ist wirklich einer, der singt. Tirolerlieder, von unten, aus der Spalte heraus. Ich hab gedacht, jetzt hörst Geister. Und dann hab ich's doch probiert und *Ferdl* gerufen. Dreimal, viermal. Bis die Stimme aufgehört hat, zu singen. Ich hab noch einmal *Ferdl* hinuntergerufen, wieso, weiß ich nicht, und hab mich hingesetzt und gezittert vor Kälte und bin eine Zeitlang dagesessen, da hör ich einen reden. Leise. War der Ferdl, unten in der Spalte. Da war er wieder zu Leben erwacht. Ich hab's die längste Zeit nicht geglaubt. Dann hat er mir gesagt, daß er unten in der Spalte eingeklemmt ist und nur deshalb nicht weiter hinuntergefallen ist. Und daß er die Beine nicht mehr spürt. Ich hol dich heraus, hab ich gesagt, ohne zu wissen, wie das gehen soll. Und der Ferdl hat mich ins Tal hinunter geschickt. Da hab ich zwei Kollegen geweckt, wir sind sofort wieder hinauf, haben sogar die Gletscherspalte gefunden, in der Nacht noch, ich hab mich hinunterseilen lassen, und dann haben wir den Ferdl heraufgeholt. Tragen haben wir ihn müssen, bis ins Tal hinunter.

Ab dem Tag ist der Ferdl gelähmt gewesen, in beiden Füßen, bis zur Hüfte. Und in dem Zustand hat er noch dreißig Jahr lang gelebt. Und sich nie beklagt.«

Der Kalmsteiner hatte sein Glas ausgetrunken und stand langsam auf.

»Aber gekriegt haben sie ihn nicht. Sein Lebtag nicht«, sagte er und war schon Richtung Klo unterwegs.

Ich schaute ihm hinterher.

»Ganz hat er's nie verkraftet, der Kalmsteiner«, sagte Berta dann. »Und das versteh ich. Drückt einem ja doch auf die Schultern, so ein Gewicht. Auch wenn's der Ferdl selber nie so gesehen hat.«

Ich stand auf.

»Verdauungsschnaps?« sagte ich.

Totò nickte nur.

»Waren andere Zeiten, damals«, sagte er dann, »und andere Schmuggler. Sind mir lieber als die heutigen. Avevano più coglioni, meno computer.«

»Mehr Saft, weniger high tech«, sagte ich.

Und dann waren wir satt und zufrieden. Mehr ging nicht mehr. Höchstens noch ein Kaffee. Berta stand schon an der Espressomaschine und setzte das alte Ding unter höllischem Lärm in Bewegung.

»Bei der Gelegenheit«, sagte Totò und sah kurz zu Berta hinüber, die allerdings ganz und gar mit ihrer Maschine beschäftigt war, »Berta scheint sich Sorgen zu machen. Wieso? Me lo sai dire?«

»Naja«, sagte ich, »sie hat eine gute Nase.«

»Du fährst?« sagte Totò.

»Ja.«

»Und?«

»Und was?«

»Kommst nicht zurück?«

»Weiß ich noch nicht. Eher nicht.«

»E allora...«, sagte er, »dann war das ein Abschiedsessen?«

Totò hatte seinen ruhigen, überlegten Polizeiverhörton bekommen, Variante *besonders verständnisvoll.* Die schlimmste.

»Wie lang bist du jetzt da?« sagte Totò.

»Im Land?«

Totò nickte und behielt die Espressomaschine weiter im Auge. Wäre eigentlich nicht nötig gewesen. Mußte im halben Tal zu hören sein, der Lärm.

»Vier Jahre, fünf«, sagte ich. »Weiß nicht genau, hab nie mitgezählt. Fünf, mit Unterbrechungen.«

»Und jetzt kriegst langsam wieder Platzangst...«

»Caro mio«, sagte ich, »da weißt du mehr als ich.«

»Può darsi«, sagte Totò, »kann sein. Berta weiß noch mehr. Die hat so eine Ahnung. Und wenn Berta eine Ahnung hat, hat sie meistens Recht.«

Er sah mich von der Seite her an.

»Oder sind es die Hennen?« sagte er.

Ich konnte ihm nicht mehr antworten. Berta war mit dem Kaffee an den Tisch zurückgekommen.

»So«, sagte sie, »jetzt noch einen Verdauungskaffee, und dann ab ins Bett.«

»Wie spät haben wir's?« sagte der Kalmsteiner.

»Zehn«, sagte Berta.

»Dann wird's langsam Zeit«, sagte er.

»Einen Schnaps noch«, sagte ich. »Ist zwar auch ein welscher...«

»Morgen mußt früh raus«, sagte Berta und sah mich dabei an, als könnte sie mir ins Hirn schauen damit.

Ich nickte folgsam, während ich uns noch einen Schnaps einschenkte.

»Wer früh geht, kommt weit«, sagte ich.

Schlaueres war mir nichts eingefallen.

»Du bist mir einer«, sagte der Kalmsteiner. »Noch grün hinter den Ohren und reden wie ein Ausgewachsener.«

Totò lachte.

Berta sah ihn kurz an, dann mich. Und dann stand sie auf und ging. In der Tür blieb sie noch einen Augenblick lang stehen.

»Da gibt's nichts zu lachen«, sagte sie und sah mich an. »Bei dem da nicht.«

IV

Totò hatte es sich nicht nehmen lassen, wach zu bleiben, bis ich nach einem Umweg über ein Lokal, in dem Alkohol in kleinen

Gläsern zu hohen Preisen ausgeschenkt wurde, nach Hause gekommen war. Schien was von mir zu wollen, mein Bullenfreund.

»Und?« sagte Totò, nachdem er sich neben mich auf den Fußboden gesetzt hatte.

»Sag denen, daß ich ausziehe. Den Krempel, der hier rumliegt, können sie meinetwegen verbrennen. Ich nehm nichts mit.«

»O. k.«, sagte Totò.

Und dann saßen wir da und studierten die Flecken auf der gegenüberliegenden Wand. Hatte einen Anstrich dringend notwendig, der Gang.

»Wir haben heut wieder einen LKW-Fahrer verhaftet«, sagte Totò schließlich.

»Aha«, sagte ich.

Laß mich in Ruh, Freund Totò.

»E sì«, sagte Totò, »war in drei Monaten der vierte.«

Der Fleck auf halber Höhe links vom Türstock mußte noch aus der Zeit stammen, als ich einen Hund zu Gast gehabt hatte. War mir vor den LKW gelaufen. Hatte sich hochpäppeln lassen, mir dann die Wohnung zur Sau gemacht, wo sie's noch nicht war, und war dann eines Tages verschwunden. Kam mir irgendwie bekannt vor, die Geschichte.

»Vier verhaftet«, sagte ich. »Gut für mich, wird die Konkurrenz weniger.«

»Zwei sind im Knast gelandet«, sagte Totò.

Sag mir, was du zu sagen hast.

»E perchè me lo racconti«, sagte ich, »wieso erzählst du mir das?«

»Weil ich dich kenne«, sagte Totò. »Du willst weg, richtig?«

»Ja«, sagte ich.

»Irgendwohin?«

»Ja.«

»Wohin, ist egal.«

»Richtig.«

»Du nimmst den erstbesten LKW-Job, der sich anbietet.«

»Wird sein.«

Worauf wollte der gute Totò hinaus?

»Und dann nimmst du wieder den erstbesten. Dann den nächstbesten. Was kommt.«

»Was kommt. Wieso auch nicht?«

»Weil ich dir dann versprechen kann, daß du Ärger bekommst. Und weißt du, wieso?«

»Du wirst es mir gleich sagen«, sagte ich.

»Ganz einfach«, sagte Totò. »Weil die Hälfte der LKWs, die in

Europa über die Grenzen fahren, nicht ganz sauber sind. Weil die Hälfte der Fahrten genauso sinnlos wie illegal und profitabel sind. Du fährst einen Kilo Butter von hier nach dort, obwohl es dort schon genug Butter gibt. Wieso fährst du ihn trotzdem? Weil er offiziell nach Polen geht, und das heißt Exportzuschüsse und Geld und Millionen. Dann braucht's nur noch die richtigen Stempel, und die kauft man sich für ein paar Lire, und die Butter ist in Polen gelandet, obwohl der LKW vollbeladen nach Italien fährt oder nach Deutschland. Oder das umgekehrte Spiel. Du fährst von der Tschechoslowakei aus nach Deutschland. Offiziell ist dein LKW leer. Und eigentlich ist er voller Butter. Du bekommst ein paar hunderttausend Lire, und dein sauberer Chef macht einen Millionen-Schnitt. Weil er sich den EG-Einfuhrzoll spart. Verstanden?«

»Ist ja mir egal, was sie mit ihrer Scheiß-EG machen«, sagte ich. »Ich drück ja nur aufs Gas.«

»Può darsi«, sagte Totò, »wird schon sein. Aber. Aber für solche Fahrten suchen sie sich am liebsten Fahrer wie dich aus. Leute, die heut da und morgen dort eine Fuhre annehmen. Die nicht lang bleiben, keine Fragen stellen, einfach nur weiter wollen. Fahrer, die kindisch genug sind, an den Cowboy zu glauben. An den Cowboy der Landstraße.«

War mir noch nie passiert, mit Freund Totò, aber langsam ging er mir auf die Nerven.

»Vergiß den Cowboy«, sagte ich.

»O. k.«, sagte Totò, »du weißt, was ich meine. Du machst die Drecksarbeit, und die großen Bosse machen die Kohle. Falls du Steuern zahlst, ist es sogar deine Kohle, die sie absahnen. Und wenn du Pech hast, kassieren wir dich an der Grenze. Bis jetzt hab ich immer nur die Fahrer verhaftet, nie die Bosse. Nicht, weil's mir Spaß macht. Aber an die komm ich gar nicht ran.«

»Und?« sagte ich, »wozu erzählst du mir das?«

»Such dir eine seriöse Firma, und bleib bei der.«

»Seriöse Firma, und bleiben?« sagte ich. »Kann ich mich ja gleich verbeamten lassen.«

Ausgerechnet Totò. Die italienische Polizei hatte ihn am Brenner kaltgestellt. Auf einen toten Posten verbannt. Wegen Unzuverlässigkeit, Insubordination, Freibeuterei. Und mir wollte er jetzt ins bürgerliche Leben helfen.

»E no«, sagte ich. »Nicht mit mir.«

»Dannato cowboy«, sagte Totò. »Verdammter Kindskopf.«

»Mach dir keine Sorgen«, sagte ich. »Ich bin weg. Endgültig. Mach's gut.«

V

So schwer war ich schon lang nicht mehr auf meine Zugmaschine gekommen. Der Boden ließ mich nicht los, die Maschine nicht an sich ran.

»Tschenett«, sagte ich, »Tschenett, fahr. Was soll dich aufhalten?«

Dann trieb ich die Maschine einen Gang nach dem anderen hoch.

Bertas Blick, als ich mich von ihr verabschiedet hatte, saß mir immer noch in den Knochen. Ich war losgefahren. Und ich hatte ihn nicht vergessen.

Verona-Süd. Gelände der Internationalen Landwirtschaftsmesse. Ich war angekommen. Fürs erste.

Am Rande des Areals hatten sich ein knappes Dutzend Speditionsfirmen sehr vorläufig niedergelassen. Containerbüros, ein paar alte Lagerhallen, dazwischen Schrottberge, die in aller Ruhe vor sich hinrosteten.

Ich hatte Fracht und LKW abgeliefert, mir meine paar Lire auszahlen lassen und mich in die nächste Bar gesetzt, einen Kaffee getrunken und einen Weißwein.

Irgendwann einmal würde ein Kollege vorbeikommen, der froh war, einen neben sich in der Kabine sitzen zu haben. Für die nächsten tausend Kilometer. Auf den wartete ich.

Bis dahin reichte mir das, was ich in der Ecke, in der ich saß, von der Welt zu hören und zu sehen bekam.

Eine Radiosendung, in der eine Diskussionsrunde über eine Elfmeterentscheidung in der obersten italienischen Fußballiga diskutierte. Seit einer halben Stunde. Ein Elfmeter, der vor drei Tagen gegeben worden war. Und zu einem von vier Toren in einem 1:3-Spiel geführt hatte. Mußte man ihnen lassen, den Italienern: in solchen Dingen hatten sie eine kaum zu überbietende Ausdauer.

Wie die zwei Kartenspieler, die, anstatt zu spielen, über ihr Spiel redeten. Der eine, vor allem. Erklärte dem Kollegen, was der *cartaro*, falls er sich plötzlich einem *settebello* gegenübersieht, in der vorletzten Hand für Möglichkeiten hätte. Haben könnte. Müßte. Damit war es klar. Sie redeten vom *scopone scientifico*. Einem der alten, und vor allem und wie der Name schon sagt, einem der wissenschaftlichsten Kartenspiele, die man in Mittelitalien zur Verfügung hat, um dem Herrgott die Zeit zu stehlen.

Ich hörte den beiden noch eine Zeitlang zu. Und dann, irgendwann einmal, nach einer Stunde, hatte ich verstanden: da versuchte ein Süditaliener, den es in den kalten, feuchten, nebligen Norden der Poebene verschlagen hatte, einem Marokkaner die Raffinessen eines mittelitalienisches Kartenspiels zu erklären. Damit sie sich beide hier nicht ganz so verlassen fühlten.

Weil es sonst nicht viel zu tun gab, rechnete ich kurz nach: Bei dem, was ich eben für meine Minifuhre kassiert hatte, konnte ich vier Tage, vielleicht fünf, in dieser Bar sitzen. Falls ich mich nachts in den Schatten einer Baracke legte.

Unangenehm war es hier beileibe nicht. Ich liebte diese stillen, vergilbten italienischen Bars. Man wußte nie genau, wovon der Betreiber lebte. Die paar Kunden, die stundenlang an ihren Tischen hinter ihren Karten saßen, um alle halbe Stunde einmal vollkommen übergangslos für fünf Minuten in Schreierei auszubrechen, brachten ganz gewiß nicht das große Geld in die Kasse. Für die paar Gläser, die sie an einem Nachmittag tranken, lohnte es sich kaum, ihnen den Tisch abzuwischen.

Vier, fünf Tage hier drin. War gar nicht schlecht, die Vorstellung. Das Leben spazierte in Ruhe an einem vorbei, sagte der Zeit guten Tag und verschwand wieder. Und irgendwann einmal war man gestorben. Wieso nicht.

Es war dunkel geworden. Drei Lagerarbeiter hatten am Tresen ihre Tageseinnahmen unter Zuhilfenahme von Würfeln neu verteilt, und ich wußte dank der Landwirtschaftssendung im Radio sogar, was man von den Reiserträgen der westlichen Poebene im letzten Jahr zu halten hatte.

Nicht allzuviel. Waren unter aller Sau gewesen. Ein Pilz, den sie erst auf den Feldern und dann in den Lagern nicht unter Kontrolle bekommen hatten. Der hatte sich auf die schönen Reiskörner gesetzt, sich an ihnen genährt, oder was auch immer, und sie zu unansehnlichen kleinen, leeren Hülsen schrumpfen lassen. Der zuständige Minister sah Italiens Volksgesundheit, Wirtschaftsmacht, Selbstversorgungsfähigkeit und vor allem seine *risotti* den Bach hinuntergehen, der in diesem Fall Po hieß, ein Kommentator erklärte, korrupte Politiker seien verantwortlich, weil sie dem Pilz zu wenig Aufmerksamkeit gewidmet und lieber in fernöstlichen Puffs herumgehurt hätten, aus denen im übrigen auch der Pilz importiert worden sei. Den Ablauf stellte ich mir dann, bei einem Glas Rotwein, mit viel Genuß vor.

Langsam ging es mir besser.

Ich war dabei, so richtig schön in tiefsten, unwiderruflichen, klebrigen Stumpfsinn zu versinken. Zentimeterweise. Bis zur Hüfte saß ich schon drin. Und lang würde es nicht mehr dauern, bis nur noch ein paar kleine Luftblasen an der Oberfläche an das erinnerten, was einmal der alte Tschenett gewesen war. Der um sich schlagende. Hoch lebe der neue. Der in sich schlagende.

Also beschäftigte ich mich, kaum daß die beiden Kartenspieler ans Ende ihrer Kräfte gekommen und verstummt waren, mit dem Glücksspielautomaten, der neben mir stand.

Wenn ich ihm lang genug dabei zuschaute, wie er vor sich hinarbeitete, hin und wieder ein paar Töne von sich gab, dann plötzlich aus der Mitte heraus aufleuchtete in immer größer werdenden Kreisen, seine Walzen ratternd ins Drehen brachte und dann, eine nach der anderen, klickend, wieder anhielt und Ziffern rot und grün aufleuchteten, woraufhin der Automat klingelte, eine kurze Melodie spielte, um dann plötzlich für Minuten in absolute Stille und Ruhe zu verfallen...; wenn ich dem Automaten lange genug zuschaute bei seiner geheimnisvollen Arbeit, würde ich ihn begriffen haben.

Und mehr konnte ich gar nicht wollen. Höchstens eine Fünfhundert-Lire-Münze. Um sie zu spielen. Der Automat würde ins Spucken kommen und spucken und spucken. Geldstücke. Und ich würde fahren, wohin ich wollte. Mit einem Sack voll Geld. Irgendwohin, in eine Welt, wo es keinen Reis und keinen Pilz, keinen Radio und keinen Politiker gab. Und vor allem keine LKWs, keine Grenzen, keine Hennen, keine alten Freunde.

VI

Dann war alles plötzlich sehr schnell gegangen.

Innerhalb einer halben Stunde hatte ich einen neuen Job, zweihunderttausend Lire Vorschuß im Sack, ein Motelzimmer nahe an der Autobahnauffahrt, die Schlüssel zu einer dieser neuen Vovol-Zugmaschinen und ein Gefühl, das mir sagte, ich solle die Finger davon lassen. Aber dazu war es jetzt zu spät.

Es war knapp nach Mitternacht.

Ich lag auf einem billigen Hotelbett. Teurer, als ich es mir noch vor einer Stunde hätte leisten können und wollen. Mehr, als ich jemals gewollt hatte an diesem Tag. Anders, als ich mir das noch heut abend gedacht hatte. Ein anderer hatte das Kommando übernommen. Und hatte beschlossen, mich in die Welt hinauszuschicken. Nicht in die meine.

Mir konnte es trotzdem nur recht sein. Es erparte mir eine Entscheidung.

Ich war mit meinem Studium des Innenlebens des Automaten noch nicht ganz zu Ende gekommen gewesen, hatte ein paar Rotweingläser geleert gehabt und meine Zigarettenschachtel, als sich ein kleiner, dicker Mensch zu mir an den Tisch gesetzt hatte.

»Permesso«, hatte er gesagt.

Ich hatte mit den Achseln gezuckt. Solange er mir meinen Automaten nicht drausbrachte.

»*Zadra Spedition International*«, hatte er gesagt.

Ich hatte weiter in das Innenleben des Automaten hineingehört und nicht verstanden, was er von mir wollte.

»*Zadra«,* hatte er gesagt, »hai lavorato per *Zadra*, è vero?«

Dann war mir sein Italienisch aufgefallen. Er war keiner. Kein Italiener. Irgendetwas anderes. Aber mit Sicherheit kein Italiener.

»Ecco quà«, hatte er gesagt.

Und hatte Geld auf den Tisch gelegt.

Der Automat war wieder ins Klingeln gekommen. Nächstes Mal ist Rot an der Reihe, ich weiß das, Alter, Rot auf der Zwei. Hundertprozentig. Langsam kam ich der Seele des Automaten näher.

»Und?« hatte ich gesagt, mehr zu mir als zu jemand anderem.

»Geld«, hatte der Typ gesagt und die Scheine noch ein paar Zentimeter näher an mich herangeschoben.

Würde doch kein Rot werden. An den letzten Tönen konnte man es ihm anhören, dem Automaten, daß es kein Rot werden würde. Den letzten Tönen hörte man es immer an. Das war es: Schwarz. Schwarz war es. Komm, zeig's mir. Ich will es sehen.

Der Typ hatte sich einen Schnaps bestellt und das Geld wieder zu sich zurückgezogen. Solange er sich nicht zwischen mich und den Automaten stellte, konnte er tun, was er wollte. Der Automat begann zu singen. Langsam und leise. Etwas wie ein Kinderlied. Sang vor sich hin. Und schien darauf zu warten, daß ich mitsang.

Und dann fing der kleine Dicke an zu reden.

»Ich suche einen Fahrer«, sagte er. »Einen guten. E alla *Zadra* mi hanno detto, che sei uno in gamba. E che cerchi lavoro, daß du Arbeit suchst.«

Der Automat war stiller geworden mit seinem Lied. Der kleine Dicke hatte mich drausgebracht.

»Hast einen guten Ruf bei *Zadra*«, sagte er. »Verläßlich, pünktlich, nüchtern. Einer, der tut, was man ihm sagt.«

Der Automat hatte mit dem Singen aufgehört. Rot.

Ich lachte. Und drehte mich jetzt langsam zu dem kleinen Dicken. Der legte eben einen Schlüssel vor mich hin.

»All...«.

Mehr bekam ich nicht heraus. Meine Stimme war verschwunden. Obwohl ich noch bis vor ein paar Sekunden mit dem Automaten im Duett gesungen hatte.

»Allora?«

Beim zweiten Mal war es besser gegangen. Meine Stimme klang zwar nach zwei Meter Plastikrohr, aber ich hatte das Wort zu Ende gebracht.

»Guten Abend«, sagte der kleine Dicke und grinste, »können wir jetzt miteinander reden?«

Ich schaute auf den Zündschlüssel vor mir.

»Ich hab einen Job«, sagte der kleine Dicke.

»Job?«

»Eine Fahrt«, sagte der kleine Dicke.

Ich nahm den Schlüssel in die Hand und ließ ihn an seinem Ring um meinen Finger kreisen.

»Wieviel Kilometer?« sagte ich.

Mehr interessierte mich im Augenblick nicht.

Der kleine Dicke zögerte kurz.

»Vierhundert, fünfhundert«, sagte er, »Schweiz.«

Vierhundert war eigentlich zu wenig. Aber Schweiz war immerhin Ausland.

»Wann?«

»Morgen mittag«, sagte der kleine Dicke.

»Was?« sagte ich.

»Vovol-Zugmaschine, mit allen Extras«, sagte er. »Und ein leerer Hänger. Auf der Hinfahrt. Reicht das?«

Ich sah kurz auf die zwei Geldscheine.

»Direi che basta, per uno come te«, sagte der Dicke und grinste aus seinen kleinen, zusammengekniffenen Augen. »Für einen wie dich sollte das reichen.«

»Vierhundert Kilometer«, sagte ich. »Scheiße.«

Tschenett, du bewegst dich in kleinsten Schritten. Aber du bewegst dich. Nimm's an.

»Ich frag nicht zweimal«, sagte der Dicke.

»Einen wie mich schon gar nicht, richtig?«

Der Dicke grinste schon wieder. Schien sich ziemlich sicher zu sein mit mir.

Und das gab mir zu denken. Entweder hatte ihm jemand etwas gesteckt, oder man sah mir meinen Zustand jetzt schon sogar als wildfremder Mensch auf ein paar Meter weit an.

»Ist gut«, sagte ich und griff nach dem Geld.

»Momento«, sagte der kleine Dicke und hatte plötzlich seine Patschhand auf meiner Hand und dem Geld liegen. »Un attimo.«

Ich sah ihn mir zwei Sekunden lang an. Er hatte eines von den Gesichtern, die kiloweise herumlaufen. Hängebacken, Strähnen links und rechts vom Ohr, Nase schon rotgesoffen, ein paar

Schweißperlen auf der Stirn. Im März. Wie mußte der gute Mann erst im August aussehen. Ich wußte es. In etwa so wie ich jetzt.

»Ich muß nicht«, sagte ich.

Wenn du kompliziert werden willst, kannst den Tschenett am Arsch lecken, Dicker.

»Ich muß nicht. Und Schweiz...? Vai. Die paar Meter von hier aus in die Schweiz rüber. Gib mir etwas nach Finnland. Norwegen. Litauen. Rußland. Kilometer. Eine richtige Fahrt.«

Der kleine Dicke lachte.

»Ein Cowboy«, sagte er, »ich hätt's wissen müssen.«

»Cowboy...«, sagte ich, dachte an einen kleinen Polizeibeamten, der am Brenner seinen Dienst tat, und sah noch einmal zum Automaten hinüber.

»Hier«, sagte der kleine Dicke, zog ein paar Blätter aus seiner Jackentasche und legte sie vor mich hin. Dazu noch einen Briefumschlag und die Geldscheine. Dann nahm er mir den Zündschlüssel aus der Hand und legte ihn daneben.

»Prendere o lasciare«, sagte er. »Ich find sofort einen anderen. Hab mir nur gedacht, du könntest einen Job brauchen.«

»Einen Job?« sagte ich. »Eine Fahrt, das schon.«

»Hier ist sie«, sagte der kleine Dicke und zeigte auf die Papiere, das Geld und die Schlüssel.

»Schweiz...?«

»Schweiz. Bellinzona. Und retour. Gorgonzola«, sagte der kleine Dicke. »Steht alles in den Papieren im Briefumschlag. Das Motel für heut abend auch.«

Ich atmete durch und spitzte die Ohren. Der Automat hatte aufgehört zu singen. Also hatte ich eh nicht mehr viele Möglichkeiten zur Auswahl. Scheiß drauf. Und wenn's die Schweiz war.

»In Ordnung«, sagte ich.

»Unterschreiben«, sagte der kleine Dicke und hielt mir die Papiere vors Gesicht.

Ich unterschrieb. Ohne zu lesen.

Und jetzt lag ich in diesem Motel. Auf einem feuchten, schmalen Bett. Versuchte zu schlafen. Nicht an gestern zu denken, nicht an morgen. War einfacher gesagt als getan.

Beklag dich nicht, Tschenett, dachte ich. Der kleine Dicke schickt dich in die große, weite Welt hinaus und bezahlt auch noch dafür. Was willst du mehr. Das war es ja, was du wolltest, Tschenett. Jemand, der dich abkommandiert. Hinaus. Weg. Scheiß auf den Rest.

Wer sagt das, daß ich das wollte, dachte ich.

Und dachte: geht schon gut so. Ist in Ordnung so.

VII

Eine Viertelstunde lang verstand ich überhaupt nichts. Lag da, kratzte mich an meinen hervorstechendsten Körperteilen und versuchte, ins Leben zu kommen.

Dann sah ich eine schwarze Tasche auf einem Stuhl. Konnte meine sein. Doch, war meine. Zwei Klamotten drin, das Rasierzeug. Mein Hab und Gut. Der Stuhl, auf dem die Tasche lag, war mir neu.

Ich richtete mich langsam auf, vorsichtig. War lang geübt. Meistens fährt mir morgens als erstes ein Stich durchs Hirn. Heute nicht.

»Gestern nicht getrunken, Tschenett?« sagte ich.

Tatsächlich. Da war die nächste Überraschung. Ich schien sprechen zu können. Und nicht allzuviel getrunken zu haben. Mein Kopf war seltsam klar.

Als ich unter der Dusche stand, tröpfelte mir langsam Erinnerung ins Gehirn. Erstens: Motel an der Autobahn Verona-Süd. Zweitens: irgend eine Fuhre, die ich heute noch zu machen hatte. Drittens: daß ich gestern ein ziemlich blöder Hund gewesen sein mußte. Weil die Fuhre, wenn ich mich richtig erinnerte, in die Schweiz ging. Viertens: daß irgendetwas nicht ganz normal war an der Sache. Fünftens: das Motel war ein Scheißmotel. Warmwasser schien es hier keines zu geben.

Nachdem ich ein paar Minuten lang nackt und schreiend im Zimmer auf und ab gelaufen war, war mir wärmer geworden und eines klar: ich saß hier im Knast. Und mußte dringend raus aus diesen zwei mal drei Metern.

Und dann war ich über die A4 die vierundfünfzig Kilometer von Verona-Süd nach Brescia gefahren, die zweiundvierzig Kilometer von Brescia nach Bergamo, die siebenundzwanzig Kilometer von Bergamo nach Monza, die zwölf Kilometer von Monza nach Milano-Novale, die sechs Kilometer von Milano-Novale nach Milano-Nord und auf der A9 die Hälfte der achtundzwanzig Kilometer von Milano-Nord nach Como.

Dann war es höchste Zeit für eine Pause. Sonst kam ich noch viel zu früh an die Schweizer Grenze.

Und außerdem war mir von diesem Herumgehopse im Dreivierteltakt längst schon schlecht geworden.

Drei Meter nach vorne, zwei zurück, fünfzehn Kilometer freie Fahrt, Stau, acht Kilometer gerade aus, Stau, undsoweiter. Das war keine Fahrerei mehr. Nicht für einen LKWler. Das war Stadtautobahn in der Poebene. Ein Dorf hinterm andern. Und überall stand außen *Stadt* drauf. Das war keine Gegend für mich.

Ich fuhr die nächste Autobahnraststätte an. Zeit genug hatte ich. Und meine genauen Instruktionen.

Grenzübergang Chiasso nicht vor vierzehn Uhr anfahren, stand in den Papieren. Außerdem hatte ich aus dem Schreiben erfahren, daß mein Hänger leer und verplompt war auf der Hinfahrt. Das war mir in meiner langen Karriere als Aushilfs-LKW-Fahrer auch noch nicht passiert. Kostete schließlich ja alles etwas. Und wenn ich meinen jeweiligen Chefs Glauben schenkte, waren sie jeweils gerade am Verhungern oder knapp davor.

Die *Intrans*, mein jetziger Auftraggeber, schien das Problem nicht zu haben. War mir egal. Ich war der, der auf Gas- und Bremspedal trat. Und nicht der Buchhalter. Und schon gar nicht der Aktionär.

Nach einem kleinen Mittagessen, das genau das hielt, was die Autobahnraststätte von außen versprochen hatte mit ihrer Holzverkleidung, ging ich meine Anweisungen noch einmal durch.

Vierzehn Uhr Chiasso, Zollkontrolle, Ankunft spätestens fünfzehn Uhr dreißig Bellinzona, Kanton Ticino, Schweiz. LKW abstellen auf Parkplatz hinter Sportplatz Bellinzona, Abfahrt links von Umgehungstraße über Bücke. Eincheck Hotel *Al Ticino*. Sonntag abend Treff in Pizzeria *Goalgetter*, Rückführung LKW am Montag nach Gorgonzola via Chiasso elf Uhr dreißig. Das Hotel war bezahlt, die dreihunderttausend Lire, die ich gestern von dem kleinen Dicken erhalten hatte, waren die Anzahlung auf die Spesen, die ich in meinen zweieinhalb Tagen in der Schweiz haben würde. Zwei Essen pro Tag wollten sie mir à 50 Franken vergüten. Fürs Nichtstun.

Ganz sauber war die Sache nicht. So blöd konnte nicht einmal ich sein, das nicht zu verstehen. Hatte noch keinen erlebt, in diesem Geschäft, der auch nur einen halben Tank voll Diesel verschenkt hätte. Und die hier warfen damit nur so um sich.

»Ticino, Schweiz, Bellinzona«, sagte ich. »Mensch, Tschenett, stell dich nicht dümmer als du bist. Da läuft ein Geschäft. Und du machst die Drecksarbeit. Muß ziemlich dreckig sein, die Drecksarbeit, sonst wär der kleine Dicke nicht auf dich gekommen, in deinem Zustand, Tschenett.«

Der Vertreter am Nebentisch sah kurz von seinem Laptop hoch und mich verwundert an.

»Schau nicht«, sagte ich.

Er vertiefte sich wieder in seine Tabellen.

»Schmeiß dich rein, Tschenett«, sagte ich und stand langsam auf. »Mehr, als daß dir einer den Kopf abreißt, kann dir nicht passieren. Das hast du immerhin noch nicht erlebt. Und einmal wird's Zeit. Früher oder später wird's Zeit.«

Mir war nach Abwechslung zumute. Außerdem gab's Kohle und zwei freie Tage, die den unwiderlegbaren Vorteil hatten, schon bezahlt zu sein. Essen, trinken, pennen. Was konnte einer mehr wollen? So einer wie ich? Eben.

Die Zollabfertigung in Chiasso war eine Sache von Sekunden gewesen. Und dann war ich, pünktlich und laut Zeitplan, in der Schweiz. Wobei sich zwischen der italienischen Provinz Como und dem Schweizer Kanton Ticino kein Unterschied ausmachen ließ. Gut, die Autobahnbezeichnung hatte sich geändert. Von A9 zu N2. Aber sonst? Hier wie da ziemlich fette Gegend. Von außen besehen.

Den Parkplatz neben dem Sportzentrum in Bellinzona hatte ich bald gefunden. Lag gleich neben dem Fluß, etwas verloren am Rande der Stadt. Deswegen hatte ich auch keine Lust, mich zu Fuß nach meinem Hotel auf die Suche zu machen.

Von Taxi war in meinen Anweisungen nicht die Rede gewesen. Also koppelte ich die Zugmaschine ab. Bis Montag früh würde sie eh keiner brauchen. Und bei mir war sie wenigstens sicher.

Das Hotel Al Ticino lag etwas außerhalb, eineinhalb Kilometer auf der Straße Richtung Gorduno. Frau Rita Colotti war der Chef des Hotels und ein netter Mensch.

Es hatte angefangen zu regnen. Feiner, dünner Regen. Schnee lag in der Luft. Wenn es nur ein bißchen kälter werden würde.

Das Hotel *Al Ticino* war eine Pension, die ihren Gästen vier Zimmer bieten konnte und im Parterre etwas, das sich *Ristorante Grotto* nannte. Da kochte der Mann des Chefs.

Und da saß ich jetzt. Verfraß das Geld meiner Firma. Mit Genuß. Kochen konnten sie, hier im Ticino. Wenn sie wollten. Und der Rotwein war auch nicht schlecht.

Den Samstag verbrachte ich damit, durch Bellinzona zu streunen und die Zeit schmerzlos vergehen zu lassen.

War eine eigenartige Stadt, dieses Bellinzona. Wurde von drei Hügeln aus von drei Burgen belagert. Die größte befand sich mitten in der jetzigen Stadt. Damit man sie auch wirklich zu sehen bekam, hatten sie zu ihren Füßen alles niedergemacht und einen riesigen Parkplatz in die Gegend asphaltiert. Vierzig Höhenmeter über dem Parkplatz eine golfgrüne Rasenanlage, eingezäunt von etwas, das man in den Tiroler Alpen einen *elektrischen Hütbuben* nannte, einen niedervoltigen Zaun, der den Rindviechern kleine elektrische Stöße verpaßte, sobald sie sich an ihn heranwagten.

Ich sprang über den Zaun und legte mich auf einen der Gletscherschliffelsen, die sie im Golfrasen überleben hatten lassen.

Irgendwann wachte ich auf, hatte von der Sonne einen dicken Kopf bekommen und machte mich auf den Weg in die Burg hinauf. Ganz Tourist, nahm ich dafür den Lift.

Sie hatten allen Ernstes einen Liftschacht in den Burgfelsen gehauen. Und einen Zugang, der wohl nicht ganz zufällig an irgendetwas Heiligmäßiges erinnerte. Da stand ich in einer Felsengrotte, vor mir ein Gemisch aus Beton, Fels und Lichterscheinung, das einen vergessen ließ, daß man hier eigentlich nur knappe hundert Meter nach oben transportiert werden sollte. Schweizer! Ticinesen! Wenn die etwas bauten, konnte es einen nur an Schwarzgeldtempel erinnern. Egal, ob es sich um Almhütten, Pissoirs oder Aufzüge handelte. Hinter dieser Stahltür mußte sich ein ganzer Berg weicher, schmutziger Dollarlappen verstecken, ein Teil der Schätze, die illegal über die Grenze schwappten, Schmugglergold, sonst gab das ganze keinen Sinn. Ich sah nach. Es war ein Aufzug.

Ein paar Sekunden später stand ich in der Burganlage, hinter Mauern und Zinnen. Und kam mir eingesperrt vor.

Das war hier alles so sorgsam, sauber und solide restauriert, daß man davon ausgehen mußte, die Burg habe im Zweifels- oder Bedarfsfall als Internierungslager herzuhalten. Burgfrieden.

Ich verschwand. Zu Fuß und in die Stadt hinab.

Und fand prompt einen Platz, an dem es sich sein ließ.

Casa del popolo, am Bahnhof. Eingeklemmt zwischen zwei Hotels, die vor Jahrzehnten Luxus gewesen sein mußten, stand es da, das *Haus des Volkes*. Hier hatte früher die Gewerkschaft für Brot und Spiele gesorgt. Inzwischen war es offensichtlich auch der Tummelplatz für zu kurz gekommene kleine Bankangestellte.

Die Erbauer hatten dem Volk einigen Platz gegönnt. Oder mit viel Volk gerechnet.

Gleich hinterm Eingang tat sich eine Art Halle auf, mit Blick nach oben in den ersten Stock, ein breite, flach ansteigende Treppe führte hinauf, oben teilte sie sich zu einem Umgang. Im Hintergrund war ein Billardtisch zu sehen. Rechts vom Eingang stand ein leicht gerundeter, ewiglanger Tresen, der dadurch noch länger wurde, daß keiner an im lehnte. Links ihm Raum verteilt standen an die zwanzig kleine Tische.

Ich setzte mich in die hinterste Ecke, unter große Fotos, die die *Casa del Popolo* in den zwanziger Jahren zeigten.

In der gegenüberliegenden Ecke hing ein Fernseher, darunter saß ein Schwarzer und sah sich ein stummes, innerafrikanisches Fußballspiel an.

Nebenan hatten sie ein paar Tische aneinandergestellt und versuchten sich an *vongole* und, soweit es den männlichen Teil betraf, auch an den Weibern. Saßen im Dutzend da, bestellten, indem sie quer durchs Lokal schrien, griffen ab und zu in ihre Rocktaschen, um eines dieser kleinen, fiepsigen Telefone herauszuziehen und für ein paar Sekunden besonders wichtig zu sein, und entwickelten so nebenbei globale Strategien.

»Ci vorrebbe uno come il Berlusconi«, sagte einer und warf mir, der ich ihm vom Nebentisch her ganz unverschämt zuhörte, einen bösen Blick zu, »il Berlusconi sì, che cambierebbe la facenda. Altrimenti l'Italia è rovinata.«

Richtig, dachte ich mir, den braucht's noch, den Berlusca. Dann sind die in Italien komplett bedient mit Vollidioten. Und die Ticinesen freut's. Je schlimmer es auf der anderen Seite der Grenze läuft, um so mehr Geld wird herübergebaggert. Und davon hat sogar ein kleiner, zu kurz gekommener Schweizer Bankangestellter etwas. Einen festen Job und ein Gehalt, das er dann in der *casa del popolo* verfressen kann.

Bei einem Glas *Fendant* las ich mich in Ruhe durch die Speisekarte. Nudeln. Und kilometerweise Fleisch in allen Varianten.

Der Traum des Sozialismus: die Kuh des Latifundisten braungebraten, gekocht, gegrillt, halbblutig in dicken Scheiben auf die Teller des Volkes zu bringen. *La rivincità*, die Rache. Dem sein schönes Vieh für ein paar Lire, die in diesem Fall Räppli waren, unter die Leute zu schmeißen. Dazu waren sie da, diese *case del popolo*.

Ich ließ mir eine Flasche *Merlot del Ticino* bringen und bestellte *tagliatelle del cacciatore*. Wildragout. Mit Sicherheit nicht gewildert, aber immerhin.

Die lärmenden Bankangestellten machten es einem nicht einfach, sich in aller Herrgottsruhe mit nichts als den Nudeln zu beschäftigen.

Nach ein paar Gläsern *Merlot* klappte es endlich.

Der Raum rings um mich herum beugte sich langsam über sich selbst, solange, bis ich allein und zufrieden dasaß.

Jetzt konnte mir keiner mehr etwas anhaben. Ich hatte alle Zeit der Welt, Ewigkeiten, höchstwahrscheinlich, brauchte mich nicht zu bewegen, um mich zu rühren, und verschwand. Bis ich ganz weg war.

Dann stand ein kleiner, dürrer Mann im Raum, sah sich kurz um und ging zum Tresen, ein altes Fahrrad neben sich herschiebend.

Plötzlich war ich nicht mehr allein.

Der kleine, dürre Mann lehnte das Fahrrad am Tresen an, vorsichtig, umsichtig. Dann kramte er in den Taschen seines knittrigen Anzuges und lächelte den Kellner an. Der hatte sich noch gar nicht richtig vom Anblick des Fahrrades erholt und kam langsam zögernd näher, offensichtlich froh, daß der Tresen zwischen ihnen beiden stand. Er konnte so tun, als hätte er das Fahrrad nicht gesehen.

Der kleine, dürre Mann nahm das Weißweinglas und leerte es in einem Zug.

In diesem Augenblick betraten zwei Polizisten das Lokal, und plötzlich ging ringsherum der Lärm los.

Die Bankangestellten schrien auf ihre kreischenden Begleiterinnen ein, die Polizisten auf den kleinen, dürren Mann, und dieser in das Lokal. Er hielt sich an dem Fahrrad fest, verkrallte sich regelrecht darin, schrie französisch, italienisch und deutsch auf Kellner und Polizisten ein.

Ich verstand nur soviel, daß er vorhatte, heut abend noch eine längere Fahrradfahrt zu machen. Und daß die Ordnungshüter behaupteten, er habe das Fahrrad gestohlen.

Es dauerte nicht lange, dann hatten die Polizisten den kleinen, dürren Mann samt Fahrrad aus dem Lokal hinausgetragen.

Ich rief den Kellner, bezahlte und ging. Draußen war es kalt, dunkel und menschenleer.

Der kleine, dürre Mann war verschwunden.

VIII

Den Sonntag hatte ich im Bett verbracht. Wie es sich gehörte. Herr Colotti war so nett gewesen, mir mein Frühstück ans Bett zu bringen.

Beinahe hätte ich meinen Termin in der Pizzeria *Goalgetter* verschlafen. Und beinahe hätte ich nichts versäumt. Die Pizzeria sah von innen aus wie die Duschräume des nahegelegenen Fußballstadions nach einem verlorenen Heimspiel. Der Rest war rotes Plastik an Wänden, Tischen und Stühlen. Was hatte ich hier verloren?

»Deine Unschuld, Tschenett«, sagte ich, lachte und bestellte ein Glas *Merlot*.

Eines war mir aufgefallen: mein Hänger stand nicht mehr auf dem Parkplatz. Ich machte mir nicht weiter Gedanken darüber.

War schließlich nicht meiner, und Ungereimtheiten gab es bei dieser Fuhre genug.

Es dauerte zwei weitere Gläser lang, bis sich der kleine Dicke blicken ließ.

»Alles in Ordnung?« sagte er.

»Werden wir gleich wissen«, sagte ich.

»Infatti, richtig«, sagte er. »Ich habe mir gestern einige Sorgen gemacht, weil der Hänger plötzlich ohne Zugmaschine auf dem Parkplatz stand.«

»Dafür steht jetzt die Zugmaschine ohne Hänger da«, sagte ich.

»Das geht dich nichts an«, sagte der Dicke.

Er schien nicht sehr zufrieden mit mir zu sein.

»Weißt du, Tschenett, unsere Firma ist so etwas nicht gewohnt. Sie bezahlt gutes Geld und will gute Arbeit sehen. Und gute Arbeit heißt, daß man genau das tut, was von einem erwartet wird.«

Ich nickte.

»Kann ich mir vorstellen«, sagte ich. »Wahr ja auch wirklich gutes Geld. Waren Fränkli.«

»Eben«, sagte der kleine Dicke und fand mich nicht halb so witzig wie ich mich selbst. »Deswegen gibt's ab jetzt keine *scappatelle* mehr, keine Ausrutscher. Entweder es läuft so, wie ich sage, oder es wird ernst.«

»Hab ich mir schon gedacht, daß ihr euer Geld nicht gratis oder aus reiner Barmherzigkeit verschenkt«, sagte ich.

»E allora...«, sagte er. »Hast du was dagegen?«

»Nein.«

Mit dem kleinen Dicken mußte man vorsichtig sein. Saß da, schwitzte vor sich hin und wartete auf seine Chance. Es war die Sorte Mensch, die erst zutrat, wenn man am Boden lag. Dann aber mit beiden Füßen, auf den Punkt und mit aller Kraft.

»Also«, sagte der kleine Dicke und starrte mich an, »hast du verstanden? Keine *scapatelle*.«

»In Ordnung, Chef.«

Ich schaute so unterwürfig wie nur möglich drein. Laß mich die Fuhre machen, Alter, dachte ich, laß mich mein Geld mitnehmen, und ich tu dir, was du willst. Ich stell nicht einmal Fragen. Wozu auch.

»Also haben wir uns verstanden?«

Ich nickte.

»Ich hoffe es«, sagte der kleine Dicke, drehte sich nach dem Kellner um und bestellte. Ein paar Minuten später hatte er einen *tiramisù* vor sich stehen, der in Plastik verpackt war, wie Plastik aussah und nach Plastik schmecken mußte.

»Buon appettito«, sagte ich.

Der kleine Dicke löffelte das Zeug in sich hinein, ohne mich dabei aus den Augen zu lassen.

Plötzlich wurde die Musik lauter. Der Barist hatte am Lautstärkenregler gedreht und schwenkte rhytmisch seinen Hintern. Orgelmusik dröhnte durch's Lokal. Und dann sagte einer *Sacrify your soul.* Mußte Zucchero sein. War es auch. Und los ging's. *Accendi un diavolo in me, perchè c'è un diavolo in me. Dai che non siamo dei santi....*

Der Dicke schaute plötzlich ziemlich angewidert. Dann hob er einen Arm. Sonst nichts. Augenblicklich wurde die Musik auf unhörbar gedreht.

»Das nenn ich ein Kommando«, sagte ich.

Der kleine Dicke löffelte seelenruhig in seinem *tiramisù* weiter. Ließ sich Zeit damit, räumte gründlich auf, kratzte jeden Krümel aus der Plastikschüssel.

Wird dich nicht beeindrucken, Tschenett, dachte ich. Der Fette soll dir sagen, was du zu tun hast, und die Kohle rüberschieben. Mehr will er nicht von dir und du nicht von ihm.

»Allora«, sagte der kleine Dicke, nachdem er sich mit dem Handrücken über den kakaoverschmierten Mund gefahren war.

Ich war ganz Ohr und ganz Demut. Beeil dich, dann haben wir's hinter uns.

»Allora. Morgen muß der LKW um halb ein Uhr Mittags in Chiasso über die Grenze. Linke Spur, verstanden. Linke. Dann tust du, was du willst. Kommst auf keinen Fall vor halb acht in Gorgonzola an. Capito?«

Er schleckte seinen Löffel inzwischen zum dritten Mal ab. Gründlich, konzentriert.

»Ich denk schon«, sagte ich. »Was ist geladen?«

Der kleine Dicke vergaß seinen Löffel sofort.

»Das hat dir egal zu sein. Bei dem Preis.«

»Stimmt auch wieder«, sagte ich. »War ja nur eine Frage.«

Besser, den Dicken nicht zu sehr aufzuregen. Sonst überlegte er sich die Sache noch einmal anders.

»Sonst noch etwas, was ich wissen muß?«

»Der LKW ist wieder verplompt. Frachtpapiere liegen im Handschuhfach. Das ist alles.«

»Verstanden«, sagte ich.

»Und nicht vergessen: zwölf Uhr dreißig Chiasso, linke Spur. Neunzehn Uhr dreißig Gorgonzola.«

»Und wo?«

»Du fährst auf der Landstraße, solange, bis du fast am Ort vorbei bist. Da steht so ein Einkaufcenter, rechts. Nächste links abbiegen. Bis ans Dorf ran. Kurz davor ist ein Parkplatz. Gleich dahinter eine Kirche. Da stellst du ab. Und gehst in die nächste Bar.«

»Soll mir recht sein«, sagte ich.

Der Dicke stand langsam und umständlich auf.

»Und die *paga*?« sagte ich. »Was ist mit...«, ich rieb Daumen an Zeigefinger, »ich mein, die Kohle für die Fahrt.«

»Hier«, sagte er und zog einen Briefumschlag aus seiner Jackentasche. »Ecco quà.«

Er hielt den Briefumschlag vor mich hin, ich griff danach und griff ins Leere. Der kleine Dicke hatte den Briefumschlag mit einer Geschwindigkeit, die man ihm kaum zugetraut hätte, wieder an sich genommen.

»Nanana«, sagte er, »nicht so gierig. Da ist noch etwas.«

»Mach's nicht so spannend.«

»Fai il bravo«, sagte der kleine Dicke und grinste.

Ich tat ihm den Gefallen und spielte das Apportierhündchen, brav und gelehrig.

»Ich höre.«

»Semplice«, sagte er, »es ist ganz einfach. In Gorgonzola stellst du den LKW ab, gehst in die Bar gleich hinter der Kirche, trinkst und wartest. Eine Stunde lang. Dann gehst du zum Parkplatz, siehst, daß der LKW nicht mehr da ist, rufst die Polizei, machst deine Aussage, gibst ihnen die Papiere, setzt dich wieder in die Bar und wartest, bis einer kommt und dir noch so einen Briefumschlag gibt. Da ist dann die andere Hälfte der *paga* drin.«

Er grinste mich an.

»Ganz einfach, oder?« sagte er.

»Und wie«, sagte ich.

Und schon, Tschenett, bist du mitten im Getümmel.

Der kleine Dicke gab mir den Briefumschlag und machte sich auf den Weg. In der Tür blieb er stehen, drehte sich und kam zurück.

»Falls es nicht klar sein sollte«, sagte er, »die Zugmaschine bleibt heut abend hier. Nimm dir ein Taxi. Geh zu Fuß. Aber sie bleibt hier.«

Ich öffnete den Briefumschlag und sah hinein. Dann nickte ich langsam und ergeben.

»In Ordnung, Chef.«

Kaum hatte der kleine Dicke das Lokal verlassen, drehte der Barist die Stereoanlage wieder voll auf. *Solo una sana e consapevole libidine salva il giovane dallo stress e dall'azione cattolica.*

IX

Irgendwo in meinem Schädel gab es etwas, das mir aufs Hirn drückte. Und leise und hinterfotzig schmerzte. Zwei Kaffee hatte ich schon getrunken, ohne daß es besser geworden war.

Und jetzt saß ich da und mußte warten. Drei Kollegen waren noch vor mir. Sollte eigentlich in einer Viertelstunde getan sein.

Den *Goalgetter* hatten sie um zwei Uhr morgens dicht gemacht, mit Müh und Not hatte ich ein Taxi ergattert. In meiner Pension hatte mich der Ehemann der Chefin abgefangen, um mir noch einen Schnaps anzubieten. Er schien zu jener Sorte von Mensch zu gehören, die lieber zu zweit trank. Ich hatte nicht nein gesagt.

Dafür hatte er mich dann vormittags geweckt, mit Kaffee versorgt und, weil er sowieso zum Einkauf mußte, an meinem Parkplatz vorbeigebracht.

Hänger und Zugmaschine standen da, als hätte sie nie etwas getrennt, die Frachtpapiere hatte ich auch gefunden. Wenn es nach denen ging, hatte ich ein paar tausend Herrenhemden geladen.

Der Dicke schien alles im Griff zu haben. Ich mußte nur mehr meinen Job tun.

Chiasso. Einer noch. Dann war ich an der Reihe. Überpünktlich. Und in der linken Spur.

Tschenett, dachte ich mir, wer sagt dir, daß der Dicke und die Zöllner dich hier nicht voll ins Messer laufen lassen? Oder nur die Zöllner. Die Schweizer. Die Italiener. Oder der Dicke. Wer sagt dir das?

Aber inzwischen war es längst schon zu spät, um noch umzukehren. Nicht nur, weil bereits ein paar Kollegen hinter mir standen. Die Geschichte war am laufen. Und egal wie sie ausgehen sollte, ich hatte mitzuspielen. Und mich auch schon längst damit abgefunden. Eigentlich. Es hatte auf der Hinfahrt funktioniert, wieso sollte es in der Gegenrichtung nicht auch klappen. Und wenn nicht, wahr es auch egal. Ich hatte die nächsten Wochen und Monate sowieso nichts Bestimmtes vor. Konnte ich mir also auch einen Knast von innen ansehen.

Dann war ich an der Reihe. Gab meine Papiere her, wartete, bis sie die Plomben geprüft hatten, und wurde weitergewinkt.

»Documenti, per favore«, sagte der italienische Zöllner und lächelte mich an.

Was gibt's zu lachen? dachte ich. Weißt du etwas? Bist du mit im Spiel? Dann laß die Freundlichkeiten und wink mich weiter. Ich brauch einen Kaffee. Oder hol mich runter vom Bock und verhafte mich. Aber gib mir einen Kaffee.

Der Zöllner ging einmal um den LKW herum, gründlich und gewissenhaft, kam zurück, gab mir meine Papiere, lächelte wieder.

»Buon viaggio«, sagte er.

Nichts wie weg, dachte ich.

Als er hinter der Zugmaschine verschwunden war, war ich doch nervös geworden.

Was tust du da, Tschenett, dachte ich, als ich endlich meinen *café macchiato* vor mir hatte. Du hast keine Ahnung, was für ein Spiel da läuft, und spielst trotzdem mit. Ist ja sonst nicht unbedingt deine Art. Jeden anderen, der so etwas mitmacht, würdest du für einen vollwertigen Idioten halten. Bist um gar nichts besser.

Besser nicht, dachte ich mir, das stimmt schon. Aber ich hab auch nichts zu verlieren. Wird schon sein, daß irgend etwas faul ist an der Geschichte. Wird sogar sicher so sein. Aber ich hab oft genug für weniger oder nichts den Arsch hingehalten. Langsam wird's Zeit, auch einmal abzukassieren. Kann ja nicht ewig so weitergehen. Ein guter Mensch sein und immer nur ins alte Ofenrohr schauen und sich die Füße abfrieren. Während sie ringsherum alle fett werden. Wenn sie dir dahintersteigen, wird das zwar ein paar von deinen Freunden nicht besonders gut gefallen, Tschenett, dachte ich mir, aber dann können sie dich eh immer noch enterben, verstoßen, exkommunizieren oder an den Eiern aufhängen.

Und bis dahin machst deinen Schnitt und dir keine Gedanken. Bringen eh nur Kopfweh.

Als ich ein ein paar Stunden später bei Milano-Est von der Autobahn abgefahren war, war der Kopfweh verflogen und der Rest auch. Ich wußte, was ich zu tun hatte.

Nach Gorgonzola sollte es nicht mehr allzu weit sein. Mußte eines dieser Käffer sein, die an den kleinen Nebenstraßen lagen, die von den schnurgeraden Asphaltstreifen abgingen, die Einkaufszentren mit Ziegelfabriken und Lagerhallen verbanden. In dieser produktiven Landschaft störten alte Dörfer mit ihren engen Durchfahrten und kleinen Plätzen nur, man hatte sie an den Rand geschoben, aus den Augen, aus dem Sinn. So weit ab, daß sie zwischen der fleißigen lombardischen Kleinindustrie verlorengegangen waren.

Und dann hatte ich mich verfranst. Verfahren. Hatte mich zu lange an die breiten Straßen gehalten. Und stand plötzlich vor einem Ortschild, auf dem *Bellinzago* stand.

Den ganzen Tag unterwegs, um von Bellinzona nach Bellinzago zu kommen. Wenn das kein Zeichen ist, Tschenett.

Langsam wurde die Zeit knapp. Eine ältere Frau half mir weiter.

Ich hatte Gorgonzola knapp verfehlt. Um zweieinhalb Kilometer, sagte sie. Zweimal links, einmal rechts, wieder links.

Bring das hinter dich und hau ab, Tschenett.

Als ich in Gorgonzola ankam, war es dunkel geworden. Auf dem Parkplatz am Rande des Dorfes kam ich zehn Minuten zu spät zu stehen.

Nimmst es aber plötzlich genau, Tschenett, dachte ich. Alte Freunde hast x-mal warten lassen. Und jetzt, mit so einem Dicken und seinen halbseidenen Geschäften im Nacken, treibt's dich plötzlich.

»Richtig«, sagte ich, »wenn schon, denn schon.«

Ich schloß die Zugmaschine ab und suchte die Bar. Sie war bald gefunden. Einmal um die halbe Kirche herum, und man mußte hineinfallen.

In der Gegend, in der Berta zuhause war, war das häufiger der Fall. Weil der Pfarrer nebenher auch noch den einzigen Gasthof im Dorf betrieb. Um ganz sicher zu sein, an seine Schäfchen heranzukommen. Hier oder da.

Und dann war ich schlauer. Die Bar hier in Gorgonzola stand auf keinen Fall unter kirchlicher Verwaltung. Dafür hingen zu viele gut gelüftete Damen an den Wänden.

»Un rosso, einen aus der Gegend«, sagte ich und stellte mich an den Tresen.

Vom Kaffeetrinken hatte ich für heute genug. Und mußte mir dann vom Chef des Hauses, einem etwa Vierzigjährigem mit ziemlich verwegenem Haarschnitt erklären lassen, daß hier in der Gegend schon lang kein Wein mehr angebaut wurde.

Richtig. Die Einkaufsmärkte. Und die Lagerhallen. Und die Straßen dazwischen. Da blieb für so etwas sinnloses wie Weinbau kein Platz mehr. Beim besten Willen nicht.

»Und den Gorgonzola?« sagte ich, »gibt's den hier auch nicht mehr?«

Der Wirt wackelte ein paarmal mit dem Kopf hin und her, wie um zu sagen: besser, du fragst gar nicht erst.

Wir verständigten uns auf ein Glas seiner Hausmarke, ich setzte mich in ein Eck und streckte die müden Glieder. Wenn ich mich an unseren Fahrplan hielt, hatte ich noch eine gute halbe Stunde.

Dann war auch die vorbei. Zeit, mich an die Arbeit zu machen. Diebstahl entdecken. Eine Stunde, vielleicht zwei bei der Polizei herumsitzen, Protokoll unterschreiben, zurück in die Bar, abkassieren, abdampfen, Feierabend.

So einfach war das und so stinklangweilig.

Ich drückte mich langsam vom Stuhl hoch. Weit ist's gekommen mit dir, Tschenett.

»Was soll's«, sagte ich, zahlte und ging.

Auf den Weg um die Kirche herum begleitete mich ein Hund. Ein kleiner, schwarzer Mischling, der sich einen Spaß daraus machte, mir um die Füße zu tanzen.

»Hau ab«, sagte ich.

Und gab ihm dann doch keinen Tritt. Vielleicht langweilte er sich einfach nur. Konnte ich verstehen. Bewegte sich ja wirklich nicht viel um diese Uhrzeit, in Gorgonzola.

Gar nichts hatte sich bewegt. Ich stand vor meinem LKW. Der eigentlich schon längst gestohlen sein sollte. Da stand er. Zugmaschine, Hänger. Ich ging einmal drum herum. Verplombung noch intakt.

Der Köter machte sich noch immer einen Spaß daraus, mir um die Füße zu tanzen.

»Und?« sagte ich zu ihm, »was hältst du davon?«

Wenn er schon einmal da war, konnte er mir wenigstens beim Denken helfen. Der Köter sah mich von unten her an, drehte den Kopf leicht schräg, als wolle er gleich antworten, ließ es aber dann doch bleiben.

»Ist auch besser so«, sagte ich. »Einen schlauen Spruch hätt ich von dir jetzt nicht vertragen.«

Ich lehnte mich an den Zaun, der den Parkplatz von einer Baustelle abgrenzte, zündete eine Zigarette an und versuchte, Ordnung in die Sache zu bringen. Davon, was ich tun sollte, wenn der LKW um zwanzig Uhr dreißig noch nicht geklaut sein würde, war in den Befehlen des kleinen Dicken nicht die Rede gewesen. War nicht geplant gewesen. Geplant gewesen war ein Diebstahl. Die Turmuhr schlug. Ein Diebstahl, der sich jetzt schon mindestens um eine Viertelstunde verspätet hatte.

Himmel, sie hatten eine dreiviertel Stunde Zeit gehabt. Und sie hatten Schlüssel. Ich ging nicht davon aus, daß ich das einzige Exemplar besaß.

»Setz dich«, sagte ich zu dem Hund, »cuccia«.

Er setzte sich, ich setzte mich zu ihm.

»Caro mio«, sagte ich, »ziemliche Hundescheiße, das Ganze. Entschuldige. War nur so eine Redensart.«

War trotzdem wahr. Jetzt saß ich da im Dunkeln, hatte den Großteil meiner Arbeit getan, mußte eigentlich nur mehr mein Geld abholen. Und irgend so ein Idiot war unfähig, mir den LKW zu klauen. Eine Viertelstunde gab ich ihm noch.

Der Parkplatz war nicht beleuchtet. An der Stelle, wo ich an dem Bauzaun lehnte, war es zappenduster. Er konnte sich also völlig ungestört fühlen.

»Hau ab«, sagte ich zu dem Köter.

Er schnüffelte gerade an meinen Hosenbeinen herum.

»Dich kann ich jetzt nicht brauchen«, sagte ich. »Muß so still wie möglich hier im Dunklen sitzen. Hau ab.«

Der Köter bellte kurz auf und verzog sich dann.

Entweder du spinnst, Tschenett, dachte ich, oder das Vieh ist um einiges schlauer, als du ihm zugetraut hast.

»Vielleicht zieht er nur den Schwanz ein«, sagte ich laut.

Hör jetzt auf, hier rumzuquatschen, Tschenett, dachte ich. Halt die Klappe, und wart.

Als die Uhr das übernächste Mal schlug, war mir die Sache zu blöd und mein Arsch zu kalt geworden.

Ich stand auf, schüttelte mich warm und ging zum LKW. Sah mich um. Weit und breit niemand zu sehen.

Seit ich hier war, war noch nicht einmal ein einziges Auto vorbeigefahren.

Ich checkte noch einmal die Befehle des kleinen Dicken durch. Gorgonzola, Parkplatz am Dorfrand neben Kirche, halb acht, Bar, halb neun. Diebstahl. Polizei. Kohle.

Bis auf die letzten drei Punkte auf der Liste war alles genau so gelaufen, wie es sollte. Ich hatte meinen Job getan. Wenn etwas schief gelaufen war, dann bei den anderen.

Oder... Oder die versuchten, mich zu linken. Und hatten eigentlich ganz etwas anderes vor. Und ich stand wie blöd hier herum und lieferte mich freiwillig ans Messer.

Ich hatte ja noch immer den Schlüssel zum LKW. Konnte mich keiner dran hindern, damit abzuhauen.

Aber vielleicht warteten sie ja nur darauf. Und der Tschenett sollte ihnen den Dieb spielen. Ich hatte eigentlich nicht vor, so blöd zu sein.

Und dann stand ich wieder vor der verplompten Tür des Hängers. Ein paar tausend Herrenhemden sollten es sein. Ich machte mich über die Verplombung her, schloß auf und stieg hinein. Machte Licht und zog die Tür hinter mir zu.

Wenn das hier Hemden sein sollten, dann mußte sich jemand in der Verpackung geirrt haben. Die Kartons sahen, von außen, wenn man sich auf den Aufruck verlassen konnte, ganz nach Zigaretten aus. Amerikanische Marke. Ich sah keinen Grund, an der Wahrhaftigkeit des Aufdrucks zu zweifeln. Nur so gab die Sache einen Sinn.

Ich zwängte mich durch die Kartons nach vorne vor. Dasselbe Bild. Kartons bis an die Decke.

Mal genauer nachsehen, Tschenett, wenn du schon hier bist, dachte ich und riß einen der Kartons auf. Tatsächlich. Ich nahm eine Stange Zigaretten heraus. War die rotweiße Marke mit den drei Ks. Nicht unbedingt das, was ich tagtäglich rauchte. Geschmacklos, halbherzig, ohne Griff. Nichts, was man sich voll Genuß in die Bronchien jagen konnte. Nichts, was einem die Lungen schmerzen ließ.

Ich riß die Stange auf. Wie nicht anders zu erwarten, fehlte das staatliche Hoheitszeichen, auf das man Anrecht hatte, wenn man die Schachtel hochoffiziell erstand. Für die drei Viertel des Betrages, den man auf den Ladentisch legte, konnte man mindestens den Fetzen Papier mit dem Staatswappen verlangen.

Krall dir ein paar Stangen und verschwind, sagte mir eine Stimme. Ich wollte ihr gerade rechtgeben, als ich ein Geräusch hörte. Da schien sich jemand am LKW zu schaffen zu machen.

Das fehlt dir gerade noch, daß du zusammen mit deinem LKW geklaut wirst. Wenn du das auf einer Raststäte erzählst, geben sie dir ein Freibier aus, deine Kollegen. Vor Lachen und aus Mitleid. Und Totò ohrfeigt dich.

Dann ging die Tür auf, das Licht einer Taschenlampe wanderte durch den Hänger. Ich drückte mich in die Ladung.

Wer immer das war, mir war lieber, ich sah ihn, bevor er mich sah. Dann konnte ich mir immer noch überlegen, was zu tun war.

In einem Stapel Kartons hatte ich ein relativ angenehmes Schlupfloch gefunden. Wenn sie den Hänger wirklich rappeldicht geladen hätten, wär ich längst schon als Verlierer dagestanden bei diesem Versteckspiel.

»Allora, vediamo«, sagte eine Männerstimme.

Ruhig und gelassen, so als ob er sich in seinem Wohnzimmer befinden würde. Der kleine Dicke war es nicht, der Stimme nach. Da war ich mir ziemlich sicher. Aber: wer war's dann?

Aus diesem Spiel wollte ich plötzlich nur mehr aussteigen. Mir saßen zuviele Leute mit am Tisch. Und jeder schien sein eigenes Spiel zu spielen. Mit seinen eigenen Karten. Nur der alte Tschenett saß da und wartete gutmütig und zufrieden, bis ihm irgendwer ein Blatt in die Hand drückte.

Der Mensch und das Licht seiner Taschenlampe kamen näher.

Das reicht jetzt, Tschenett, mit den Spassetteln, dachte ich mir. Raus hier. Raus, bevor's eng wird. Für zwei ist auf diesem Hänger kein Platz. Und du bist der, der hier zuviel ist.

Dann ging alles recht schnell. Und einfacher als gedacht. Falls ich bei der ganzen Sache jemals gedacht hatte.

Ich gab dem Stapel Kartons vor mir einen Stoß. Daraufhin kam die ganze Reihe ins Rutschen. Irgendwo vor mir fluchte jemand. Ich fluchte leise mit und trat noch einmal gegen die Kartons. War es mein Tritt, oder war es schon längst fällig: auf jeden Fall ging das große Gepolter los, plötzlich stand nichts mehr da, wo es einmal gestanden hatte, um mich herum war der große Zusammenbruch, ein allgemeines Drunter und Drüber.

Und dann plötzlich Stille.

Ich atmete kurz durch. War nicht einfach, bei dem Gewicht der Kartons, die auf mir lagen. Wog ganz gut, das bißchen Nikotin. Ein Milligramm je Zigarette, zweihundert die Stange, zehntausend Milligramm der Karton. Sozusagen zehn Gramm.

Wogen wie Blei, die paar Gramm Nikotin auf meinem Rücken. Langsam richtete ich mich auf, ächzend und stöhnend. Hielt den Atem an und horchte. Nichts zu hören.

Meinen unbekannten Besucher schien das Nervengift endgültig unter sich begraben zu haben.

Ich kämpfte mich langsam hoch. Kletterte auf Kartons, fiel die Rückseite wieder hinunter. Eine Kartonagenwand hatte ich schon überwunden, eine zweite tat sich vor mir auf, da schreckte ich zurück.

Meine Hand war an Fleisch gekommen. Warmes Fleisch.

Mußte mein Besucher sein.

Da lag er. Besser gesagt: sein Oberarm, sein Hals, sein linker Hüftknochen. Der Rest war von Kartons und Zigarettenstangen bedeckt.

Hilf ihm raus, Tschenett, dachte ich. Und zog an ihm. Aber er bewegte sich nicht. Mußte bewußtlos sein. Und außerdem drückte das viele Nikotin auf ihn. Er war nicht zu bewegen. Ich faßte unter ihn, versuchte, irgendwo an seiner Hose Halt zu finden. Zog. Und hatte eine Handschelle in der Hand.

Einen Achter. Leckarsch. Ein Bulle.

Sah mir ganz nach dem offiziellen Modell aus, das in dieser Saison bei der italienischen Polizei in Mode war. Ein schöne, chromblitzende Handschelle.

»Jetzt, Tschenett, mußt ganz schnell das Richtige tun«, sagte ich.

Und kaum hatte ich mich laut reden gehört, wurde ich wach. Ich holte mir die Handschellen, legte ihm eine an, suchte an der Seitenwand ein Verstrebungsrohr, an das das andere Ende paßte, und zog so lange am Arm des armen Bullen, bis er von der Last befreit, dafür aber beidseitig angeschlossen war.

Dabei wachte er auf.

»Che succede?« sagte er.

Nicht einfach, darauf zu antworten. Sollte ich sagen: Paß auf, lieber Bulle, ich häng dich eben mit deinen eigenen Handschellen an einen Hänger voll geschmuggelter Konterbande, mein Liebster. Sei mir nicht böse, ich bin hier nur der Fahrer. Der dumme Tschenett. Und ich weiß von nichts. Sollte ich ihm das sagen?

Mir war nicht danach, von einem italienischen Bullen ausgelacht zu werden. Also sagte ich nichts.

Der Bulle stöhnte noch einmal.

War immerhin der beste Beweis, daß er noch lebte und halbwegs in Ordnung war. Wer jammert, dem geht's gut.

»Everything ok«, sagte ich, ohne zu denken, was ich tat.

Mußte der ebenso spontane wie lächerliche Versuch sein, meine Identität zu verschleiern.

»Va'ffarti fotter«, sagte der Bulle.

Das war jetzt schon um einiges weniger vornehm. Sowas wünschte man keinem an den Hals. Nicht einmal mir.

»Cuccia«, sagte ich.

Wenn's beim Hund geholfen hatte, wieso nicht auch bei dem.

Der Bulle hatte kein Einsehen.

»Tu non sai, chi sono io«, sagte er.

Und war plötzlich wütend geworden. Was sich bei einem Ordnungshüter, der wie ein Käfer auf dem Rücken liegend hilflos zappelnd dalag, ziemlich komisch ausnahm.

Tu non sai chi sono io. Wie ich das liebte. *Sie wissen ja nicht, wer ich bin.* Und? Und wenn ich's wüßte?

Diese Leute dachten immer, wenn man sich sicher wär, wie wichtig sie sind, würde man sofort vor Ehrfurcht erstarren. Daß es auch ganz anders sein konnte, das ahnten sie nicht einmal. Zum Beispiel, daß ihnen ihr Schädel eingeschlagen werden konnte.

Der Bulle fing an, laute Verwünschungen auszustoßen.

»Psst...«, sagte ich, und hielt ihm meinen Zeigefinger auf seinen Mund. »Psst...«

Tschenett, mach dich hier weg, dachte ich. Irgendwann kommen dem seine Kollegen. Und dann erklär ihnen mal das Ganze. Mit *dummer Trucker* wirst du dann nicht mehr durchkommen nach der Handschellenaktion. Und wenn er sozusagen inoffiziell unterwegs ist, dürfte der kleine Dicke nicht allzuweit sein. Und auf den legst du ja auch nicht allzuviel Wert, oder? Du weißt zuviel, Tschenett. Ganz einfach.

»Richtig, Tschenett«, sagte ich.

Und erschrak.

Wenn er nicht total taubstumm war, hatte ich dem Bullen eben meinen Namen verraten.

Hau ab, Tschenett.

»Ciao«, sagte ich, tätschelte dem Bullen kurz die Wange, klemmte mir drei Stangen Zigaretten unter die Achsel und kletterte dem Ausgang zu.

In Gorgonzola hatte ich nichts mehr verloren.

Ich holte meine Tasche aus der Zugmaschine, schloß den Hänger ab und warf die Schlüssel über den Bauzaun.

Aus und vorbei. Verbrannte Erde. Nichts wie weg von hier. *Far away.* Ciao, Gorgonzola.

X

Ich machte mich auf den Weg. Zu Fuß. In die Nacht hinein. Weg. Auf eine dieser großen, breiten, asphaltierten Straßen, die eines versprachen: LKWs, Kollegen. Auf daß mich einer mitnahm. Irgendwohin. Weit weg.

Aber weil ich noch nicht vollkommen verbödet war, ging ich erst einmal über Feldwege, quer über Land. Hier würde man mich so schnell, falls es so schnell ging, nicht suchen. Die erste größere Straße, die ich überquerte und die sogar einigen Durchgangsverkehr versprach, ließ ich aus.

Weiter. Noch eine weiter. Und wenn du dir die Füße platt läufst.

Für einen LKW-Fahrer, sogar wenn's ein gescheiterter Aushilfs-LKW-Fahrer wie ich ist, sind Fußwege das Schlimmste, was man ihm antun kann. Entsprechend kam ich mir vor. Wie ein getretener Hund. Wie John Wayne ohne Roß. Wie gar keiner.

Aber es nützte nichts. Da mußte ich jetzt durch.

Für'n Knast bist nicht gemacht, Tschenett, dachte ich. Versucht hast es ja. Kannst dich noch erinnern?

Und wie. Terju Jisu. Monatelang in einem kleinen Loch gelegen, rumänischer Kerker.

Dabei hatte ich damals wirklich keine Schuld an der Sache. Und wenn ich heute daran zurückdachte, daß mir die Rumänen, mehr noch die Kollegen aus dem deutschen Bruderstaat, eine konterrevolutionäre Verbindung nach China vorgeworfen hatten... Gut, war jetzt mehr als fünfzehn Jahre her. Und klang, aus der Distanz gesehen, höchstwahrscheinlich ziemlich lächerlich.

Nur: denen war damals ernst gewesen. Mir, entsprechend, auch.

Aus. Und vorbei, Tschenett.

Das hier ist etwas ganz anderes. Hast dich auf ein unsauberes Spiel eingelassen. Kann sein, daß sie dich am Arsch kriegen. Mußt dich nur noch entscheiden, ob's dir egal ist.

War mir nicht egal. Ich konnte mir noch nicht vorstellen, daß mir das egal sein würde. Noch nicht. Soweit war ich noch nicht.

»Und wieso tust dann die ganze Zeit so, als ob dir alles weitab backbord vorbeilaufen würde?« sagte ich.

Ich setzte tapfer weiter einen Fuß nach dem anderen auf die Landstraße vor mir.

Nichts sagen konnte ich jetzt nicht. Eine Antwort hatte ich verdient. Nach dem ganzen Schlamassel. Waren schließlich meine Füße, die das Ganze ausbaden mußten.

»Weil«, sagte ich, »weil ich es nicht besser weiß.«

»Als ob das eine Antwort wär«, sagte ich.

»Antwort vielleicht nicht.«

»Alsdann..«

»Weiß nicht.«

»Fang mir keinen Satz mehr mit *weiß nicht* an«, sagte ich.

»Vielleicht ist es noch einfacher«, sagte ich.

»Hoffen wir's.«

»Vielleicht...«

»Fang mir keinen Satz mehr mit *vielleicht* an, Tschenett.«

»Es wird so sein«, sagte ich, »potrebbe darsi, daß ich mir noch nicht ganz sicher bin, ob's im Knast drin angenehmer ist als draußen. Was die Zukunft betrifft.«

»Und das heißt?« sagte ich.

»Daß ich noch nicht beschlossen hab, ob ich eine Zukunft hab.«

»Ist in Ordnung«, sagte ich, »kann ich verstehen. Wer weiß schon was von seiner Zukunft.«

»Der Versicherungsmathematiker weiß was. Und dann, während ihn der Blitz auf der Alm trifft, um neun Uhr vormittags, unter einer Buche, schlägt die beste Milchkuh aus und haut ihm das Hirnkastl ein.«

»Und was tust jetzt?«

»Was schon? Weitergehen. Soweit die Füße tragen.«

Jetzt konnte ich mich allerdings mit Lachen nicht mehr zurückhalten. Und stolperte in der Dunkelheit fast über mich selbst.

»Eilig hast du's nicht«, sagte ich.

»Wieso?« sagte ich.

»Weil du zwei Schritt vor und einen zurück gehst. Als ob keiner hinter dir her wäre.«

»*Keiner* ist gut. Mindestens der kleine Dicke und die Bullen.

Wobei ich wenigstens weiß, daß hinter den Bullen das Innenministerium steht.«

»Und jetzt möchtest wissen, wer hinter dem kleinen Dicken steht?« sagte ich.

»Recht wär's mir schon«, sagte ich. »Nur um's zu wissen.«

»Als ob dich diese dumme Neugier nicht schon oft genug in die Scheiße geritten hätte. Dich. Und andere. Und Hennen.«

»Stimmt auch wieder. Was soll ich also tun?«

»Weitergehen«, sagte ich. »Durchkommen. Abhauen. Untertauchen«

Irgendwo vor mir mußte eine größere Straße liegen. Ab und zu waren Scheinwerfer zu sehen.

»Das reicht jetzt mit der Latscherei«, sagte ich. »Jetzt greifst dir einen Kollegen und läßt dich durch die Welt kutschieren. So weit weg wie nur möglich.«

Eine halbe Stunde später saß ich auf dem Beifahrersitz eines LKWs, der nach Bergamo fuhr. Der Kollege war so froh gewesen, Gesellschaft bekommen zu haben, daß er mich kurz vor Bergamo noch auf ein Glas eingeladen hatte.

»Dove vuoi andare?« sagte er.

Es war der dritte Satz, den ich von ihm hörte.

Wohin ich wollte? Gute Frage. Noch wußte ich keine Antwort darauf. Ich zuckte mit den Schultern.

Der Kollege nickte und trank sein Glas aus.

»Andiamo«, sagte er.

Als wir in Bergamo angekommen waren, hatte ich einen Platz zum Schlafen. Die Zugmaschine des Kollegen. Er hatte sie mir von sich aus angeboten. Ziemlich vertrauensseelig, der Mann. Auf mein ehrliches Gesicht hin.

»Paß halt auf, daß er mir nicht geklaut wird«, hatte er gesagt.

Ich hatte es ihm versprochen. Und dann so tief geschlafen, daß man mich samt LKW bis nach Tunis hätte entführen können.

Beim Kaffee bot mir der Kollege an, mich nach Como mitzunehmen. Ich lehnte dankend ab. War mir etwas zu nahe an Chiasso. In die Gegend wollte ich nicht zurück. Nicht jetzt.

Zwei Stunden später war ich wieder auf dem Weg. Ein Gemüse-Transport. Cremona. Zwischenstop. Laden. Mantova-Nord.

Mantova-Nord. Erst nach dem zweiten Glas wurde mir langsam klar, wo ich mich da hatte absetzen lassen vom Kollegen. An der A22. Die Autobahn, die nach Norden führt. Verona, Brenner.

Vielleicht war das gar nicht falsch. Erst einmal aus Italien zu verschwinden. Es war anzunehmen, daß mir die hiesigen Ordnungshüter nicht allzu freundlich gesinnt waren. Schließlich hatte ich einen ihrer Kollegen mit seinem eigenen Handwerkszeug lahmgelegt.

»Möcht nur wissen, was der da gesucht hat«, sagte ich.

»Dich, Tschenett. Vielleicht. Vielleicht wollte er nur dasselbe wie du: wissen, was auf dem Hänger ist.«

»Jetzt wissen wir's beide. Geschmuggelte Zigaretten und ein Bulle.«

»Inzwischen nicht mehr, hoff ich für ihn.«

»Dann kannst davon ausgehen, daß er hinter dir her ist. Und wo sucht man einen LKWler?«

»Auf der Autobahn, nehm ich an. In LKWler-Kneipen. Auf Raststätten.«

»Siehst du«, sagte ich.

»Ist schon in Ordnung«, sagte ich. »Hab verstanden. Bin schon weg.«

Zwanzig Minuten später saß ich neben einem Holländer, der am nächsten Tag in Rotterdam sein wollte.

»Als Beifahrer und Chauffeur fall ich aus«, sagte ich zu dem Kollegen. Ich war gerade dabei, eine Flasche Rotwein aufzumachen. »Aber ich sing dir gern etwas vor, wenn die erst einmal leer ist.«

»Geht in Ordnung«, sagte der Kollege, »hab ich noch nie gehabt, einen singenden Beifahrer. Hast Probleme?«

»Probleme?« sagte ich. »Weiß ich noch nicht. Bis jetzt geht's.«

»Meine Frau ist mir vor zwei Wochen durch«, sagte er.

»Ich hab keine.«

»Dann hast ja wirklich Probleme.«

Ich wachte in einem Tunnel wieder auf. Schüttelte mir die Starre aus den Knochen und versuchte, mich zu orientieren. Wir mußten kurz vor dem Brenner sein.

Dann tauchte rechts von mir eine in orangem Licht leuchtende Anlage auf.

»Au Scheiße«, sagte ich, »Paolo Canaccia.«

»Was?« sagte der Holländer.

»Nicht so wichtig«, sagte ich, »ist eine alte Geschichte. Fußball.«

»Ah, Canaccia. Guter Mann«, sagte der Holländer.

Guter Mann, ja. Guter Freund, vielleicht. Hatte schon eine zeitlang nichts mehr von ihm gehört. Zu Sylvester hatte er mir einen riesen Blumenstrauß zukommen lassen. Ich hatte ihn Berta geschenkt. Berta.

War jetzt drei Jahre her, daß ich auf Paolo gestoßen war, hier an dieser Militäranlage aus Habsburger Zeiten. Und dann hatte es keine drei Tage gedauert, und ich hatte mitten in einer Geschichte gesteckt, in der es um Dinge ging, dir mir sonst völlig fremd sind: Millionen, wenn nicht gar Milliarden Lire, Ehefrauen, Hotelbesitzer, Heroin. Und Sabrina. Hatte ich nie mehr gesehen, seither, das kleine Ding. War aus der Gegend verschwunden. Oder schon verreckt an dem Dreckszeug.

Paolo hatte die Geschichte ziemlich unbeschadet überstanden. Die Presse hatte keinen Wind davon bekommen, daß er sein junges Eheglück betrogen hatte. Dafür waren ihm, wenn man den Zeitungen glauben durfte, inzwischen zwei Kinder zugewachsen. Hatte sich keine Ruhepause gegönnt, der Beste.

Das Geld, das ich damals an der Geschichte verdient hatte, war längst schon weg. Ich hatte die Schulden bei Berta und Candalostia abgezahlt, zwei rauschende Feste gegeben, eine zeitlang nicht gearbeitet: aus und vorbei.

Was blieb, waren Erinnerungen. An etwas, das man meinen *ersten Fall* hätte nennen können. Falls mir jemals in den Sinn gekommen wäre, ins Gewerbe einzusteigen. Tschonnie Tschenett, Privatdetektiv. Zweihundert plus Spesen.

Aus und vorbei, Tschenett. Jugendsünden. *Privatdetektiv*. Ist was für Leute, die wissen, wo Gut und Böse ist. Ist nichts für dich.

»Und?« sagte ich, »willst sie zurückhaben, deine Frau?«

»Lieber schon«, sagte der Holländer, »ist eine gute Frau. Hab sie vielleicht einmal zu oft geschlagen.«

»Geschlagen?« sagte ich.

»Bin ich so gewohnt«, sagte der Kollege. »Und hat ihr jahrelang nichts ausgemacht.«

Was es nicht alles gab. Würde einem Junggesellen wie mir auf immer unbegreiflich bleiben.

»Und«, sagte ich, »wie willst sie finden?«

»Weiß nicht. Annonce. Privatdetektiv.«

Bingo, Alter, dachte ich.

Auf dem Zollabfertigungsgelände fünfzehn Kilometer vor dem Brenner hatte ich mich rausschmeißen lassen. Hatte mir eine Bar gesucht und ein Glas Roten bestellt. Soviel Zeit mußte noch sein. Auch wenn ich auf der Flucht war.

»Was soll das, Tschenett?« sagte ich. »Willst dich in Italien, kurz vor der Grenze, noch einmal richtig vollaufen lassen? Oder was?«

»Wird sein«, sagte ich.

Ich brauchte zwei Gläser lang Zeit zum Nachdenken. Vielleicht war es besser, wenn ich diesen Staat über die grüne Grenze verließ. Wobei die grüne Grenze hier vorwiegend aus Felsen bestand. Konnte ja wirklich sein, daß sie mich am Brenner erwarteten. Dazu mußten die Bullen nur kurz mit der *Intrans* reden. Die hatten meinen Namen und meine Adresse. Dem Bullen hatte ich meinen Namen auch noch gesagt. Andererseits arbeiteten am Brenner genug Bullen, die mich kannten. Vom Namen und vom Sehen her. Eines war sicher: ein paar von ihnen würden mich liebend gern hinter Gittern sehen.

Ich bestellte noch ein Glas.

Gleichzeitig konnte ich kaum darauf hoffen, daß Totò gerade Dienst hatte und mich augenzwinkernd durchwinken würde. Besser nicht darauf hoffen. Außerdem hatte ich mich schon von ihm verabschiedet. Endgültig.

Blieben nicht mehr viele Möglichkeiten. Eigentlich blieb nur eine.

»Nein«, sagte ich.

Der Barist sah mich erstaunt an und nahm das Glas Rotwein wieder mit.

»Scusa«, sagte ich und winkte ihn wieder zu mir her. »Warst nicht du und war auch nicht der Wein gemeint.«

Mit meinen Selbstgesprächen fiel ich langsam unangenehm auf.

Der Barist sah mich noch einmal kurz an, stellte dann das Glas vor mich hin und ging. Der denkt sich jetzt etwas, Tschenett.

Ich mußte eine Entscheidung treffen.

Nimm den alten Schmugglerweg, Tschenett, dachte ich.

»Leicht gesagt«, sagte ich, »den kenn ich ja nicht.«

War auch wieder wahr.

Ich wußte zwar, daß es ihn gab, den Weg über die Berge. Aber mehr auch nicht. Ein echter Bergsteiger war ich noch nie gewesen. Nicht einmal ein kleiner Luis Trenker.

»Du mußt dich nur hintrauen, Tschenett«, sagte ich. »Der bringt dich drüber, der Alte.«

War schon richtig. Aber richtig war auch, daß ich mich dazu erst hintrauen mußte.

»Einmal noch, Tschenett. Das letzte Mal, daß du dir bei der Berta Hilfe holst. Tu es, und dann verschwind auf Nimmerwiedersehen. Erlös sie von dir.«

Es war dunkel geworden. Finster und kühl. Über dem Zollabfertigungsareal und der Mautstelle lagen oranges Licht, feuchte Luft und der fette Geruch von Diesel.

Jetzt sich einfach in eine Zugmaschine hängen und losfahren. Frachtpapiere, Fahrtroute. Zeitvorgaben. Und sonst nichts. War gar nicht so schlecht, der Job. Falls man nicht das Falsche geladen hatte.

Ich machte mich auf den Weg. Zu Fuß.

War ein bißchen viel geworden, die letzten Tage, das Herumgelaufe auf den eigenen zwei Beinen. Konnte ich jetzt auch nicht mehr ändern. Und wenn es so kommen sollte, wie ich mir das zur Zeit vorstellte, würde mir die Geschichte sogar noch mehr in die Beine gehen. Zur Zeit stieg sie mir allerdings eher ins Gehirn.

Ich hatte mich an den Trott gewöhnt, setzte einen Fuß vor den anderen, ohne auf Fuß oder Weg zu achten, ging querfeldein, über Feldwege und am Bach entlang. Unter einem Himmel, der immer sternenklarer und kühler wurde. Von der Autobahn her brummten die LKWs.

»Sie wird dir den Kopf abreißen, Tschenett, wenn du das tust«, sagte ich. »Und recht hat sie. Würdest du auch tun, an ihrer Stelle.«

Ich ging tapfer weiter.

»Wird sie nicht tun«, sagte ich, »sie ist nicht der Mensch dazu.«

»Sagst du.«

»Sag ich. Kenn ich doch, die Berta.«

Ich klopfte. Im Haus war's schon dunkel. Die Bar war geschlossen. Nebenan rauschte der Pflerer Bach, hinterm Haus der Wald.

So schnell sieht man sich wieder, Tschenett.

Nichts bewegte sich. War vielleicht schon zu spät.

Ich hatte jegliches Zeitgefühl verloren. Das einzige, woran ich mich halten konnte, war mein Hungergefühl. Aber das konnte auch vom Fußmarsch stammen.

Ich klopfte noch einmal, lauter.

Sie mußte da sein. Mußte.

Keine Reaktion. Nichts.

Ich setzte mich auf die oberste Stufe vor die Bar, zog die Jacke enger um mich und lehnte mich in die Ecke.

Hatte ich noch nie erlebt, daß sie nicht zuhause war. Nicht nachts.

»Schlimmstenfalls brichst den Hühnerstall auf und legst dich da hinein, Tschenett. Dann erfrierst wenigstens nicht.«

»Als ob's darum gehen würde.«

»Worum dann?«

Ich klopfte noch einmal gegen die Tür in meinem Rücken.

Vielleicht lag sie im Krankenhaus. Oder war gestorben. Was nicht alles passieren kann in ein paar Tagen.

Ich versuchte nachzurechnen. Besser als nichts tun.

Das Fohlen hat's am Donnerstag gegeben. Nein, Mittwoch. Mittwoch war das Fohlen. Plus eins, plus drei Schweiz, plus, ist heut also Dienstag. Knappe Woche.

Was kann in einer Woche schon großartig passieren?

»Alles, Tschenett.«

XI

Dann ging die Tür auf und ich fiel nach hinten.

Als ich die Augen wieder aufmachte, stand Berta hoch über mir und lachte.

»Ich wollt schon sagen, komm herein«, sagte sie. »Aber dich hat man ja noch nie betteln gebraucht, Tschenett.«

Ich versuchte, zu Atem zu kommen. Mußte mich am Hinterkopf angeschlagen haben.

»Hab schon gedacht, du bist nicht da«, sagte ich.

»Und hast dir in die Hose gemacht, mitten in der Nacht. Bei mir ist das nicht so wie bei dir, Tschenett. Bei der Berta weiß man immer, wo sie ist. Und woran man ist.«

Plötzlich schien ihr das Scherzen vergangen zu sein.

Von hier unten aus gesehen, sah sie so ziemlich genau aus wie Witwe Bolte, die hinter Max und Moritz her war.

Ich richtete mich langsam und stöhnend auf. Der Weg den Berg herauf mußte mich stärker mitgenommen haben, als ich gedacht hatte.

»Hast wieder gesoffen, Tschenett?« sagte Berta.

Vielleicht war sie näher an der Wahrheit dran als ich mit meinen Vermutungen.

»Nicht richtig«, sagte ich.

»Und wieso liegt der Herr dann vor meiner Haustür, obwohl er ja eigentlich in die große, weite Welt hinaus wollte, weil es ihn hier in dem kleinen Tal nicht mehr gehalten hat, den Herrn, den vagabundierenden, dem auf einmal einfällt, er ist weg, und dann ist er weg, und auf einmal fällt ihm ein, er ist wieder da, und dann liegt er in meiner Haustür, der Herr, mitten in der Nacht, nachdem er sich, wie er gegangen ist, nicht einmal richtig verabschiedet hat, der Herr, der Schlawiner, der ausgewachsene Kindskopf der?«

So lange am Stück hatte ich Berta noch nie reden gehört.

»Weil, Berta...«, sagte ich, »weil...«

»Will ich nicht wissen. Ich will's nicht wissen«, sagte Berta und fuhr mir ins Wort.

Ich hatte mich aufgerappelt.

»Kann ich rein, Berta?« sagte ich.

»Muß ich mir noch überlegen«, sagte sie.

Erst jetzt stellte ich fest, daß sie in Nachthemd und Morgenmantel vor mir stand.

»Ich geh schon«, sagte ich und drehte mich um.

»Untersteh dich«, sagte Berta, »zwei Wörter haben wir schon noch zu reden.«

Ich drehte mich wieder zurück.

»Du holst dir noch was, in der Kälte«, sagte ich.

»Du...«, sagte Berta, »ausgerechnet du.«

Und dann stellte sie sich so breitbeinig vor mir auf, wie sie nur konnte. Meine gute Berta.

Wenn jetzt auf der Straße einer vorbeikam, hatten sie draußen im Dorf wieder etwas, worüber sie eine Woche lang lachen konnten. Nur, daß mir das egal war. Und der Berta sowieso.

»Also«, sagte sie, »zuerst verschwinden. Und dann wieder auftauchen. Glaubst, ich laß dir alles durchgehen?«

»Erschieß mich, Berta.«

»Mach keine Witz«, sagte sie, »mit so etwas macht man keine Witz. Was willst?«

Gute Frage. Was wollte ich?

Ich räusperte mich. War wirklich verdammt kalt, hier draußen. Nur der Berta schien das nichts auszumachen.

»Übern Berg will ich, nach Österreich. Morgen.«

»Übern Berg. Und?«

Berta wollte es genau wissen.

»Allein find ich höchstwahrscheinlich nicht drüber. Und einer der Patrouillen, die die Tamilen abfangen, möcht ich nicht in die Hände fallen.«

»Aha.«

»Eben. Vielleicht kann mir ja...«

»Ja?«

Sie wußte genau, was kommen würde. Solang war das Fohlenessen noch nicht her. Und trotzdem spielte sie blinde Kuh mit mir.

»Ich mein, einer müßt mir über den Berg helfen.«

»Und du glaubst, du findest einen?« sagte Berta.

»Wenn du mir hilfst.«

»Und du glaubst, ich tu's?«

Jetzt kam's drauf an. Irgend etwas sagte mir, daß es jetzt drauf an kam.

»Ich weiß es nicht, Berta.«

»Weißt du nicht.«

»Nein.«
»Sag mir einen guten Grund.«
»Weil's sein kann, daß sie mich verhaften wollen.«
Berta sah mich kurz von der Seite her an.
»Glaubst es mir nicht?« sagte ich.
»Wer will?« sagte sie.
»Die italienische Polizei.«
»Wieso?«
»Weil ich einen von ihnen mit seinen eigenen Handschellen an einen LKW gefesselt hab.«
Berta genehmigte sich und mir ein kleines Grinsen.
»Wieso?« sagte sie.
»Weil er sonst höchstwahrscheinlich mich gefesselt hätte.«
»Komm herein«, sagte Berta.

XII

Berta hatte nicht mehr viel gesagt. Sie hatte mir zwei Decken gebracht und auf die Bank in der hintersten Ecke ihrer Bar gezeigt.

»Um sechs geh ich zum Kalmsteiner, um sieben weck ich dich«, hatte sie gesagt.

Hatte ich also noch vier Stunden, wenn man der Uhr in ihrer Bar glauben konnte.

»Danke, Berta«, hatte ich gesagt.

»Bedank dich nicht«, hatte sie gesagt, »es könnt mir leid tun. Bedank dich nicht, und verschwind. Morgen bist weg, Tschenett.«

Mir war nicht besonders wohl gewesen.

Dabei war es ganz einfach. Ich bezahlte die Rechnung.

Ich hatte Berta in der Seele weh getan mit meinem Aufbruch ohne Gründe, ohne Ziel und ohne Wiederkehr.

Und jetzt war ich wieder da.

Und sie durfte alle Vierzehn Nothelfer auf einmal spielen.

Wie immer, bei mir. Wie damals, als ich ihr die Kleine samt dem Heroin ins Haus gesetzt hatte. Wie damals, als sie ihr wegen mir sämtliche Hennen gekragelt hatten. Was für Berta der Tod ihres halben Lebens war.

Und jetzt war ich plötzlich wieder da. Wollte etwas. Und hatte die Rechnung zu bezahlen.

Wenn ich, nach all den Jahren, die ich Berta jetzt schon kannte, auch nur eine halbe Ahnung von ihr hatte, dann mußte ich eigentlich wissen, was in ihr vorging. Was sie vorhatte.

Sie war dabei, sich von mir zu verabschieden. Und würde im

entscheidenden Augenblick doch wieder zögern. Und auf mich hereinfallen.

»Und was lernen wir daraus, Tschenett?« sagte ich

»Tu, was du willst, aber komm nie mehr zurück«, sagte ich.

»Leicht gesagt. Kennst mich ja. Ich werd's trotzdem immer wieder tun. Anhänglich, wie ich bin.«

»Und bequem. Deswegen wirst dir den Weg zurück eben ein für allemal verbauen. Falls dir etwas liegt an der Berta.«

»Und wie?«

»Laß dir etwas einfallen.«

Dann schlief ich ein.

XIII

»So«, sagte die Stimme, »das junge Mensch da will übers Joch, ja?«

Ich drehte mich langsam um. Und fiel dabei fast von der Eckbank.

Vor mir stand der Kalmsteiner und rückte seinen Hut zurecht. Links hinter ihm stand Berta, Arme auf der Brust verschränkt.

»Tschenett, der Kalmsteiner«, sagte sie nur, drehte sich um und ging in die Küche.

Der Kalmsteiner. Die Grenze. Berta.

Ich war sofort hellwach, stand auf und gab dem Kalmsteiner die Hand.

»Guten Morgen«, sagte ich.

»Vormittag«, sagte der Kalmsteiner.

Ich sah auf die Uhr in der Bar. Viertel nach neun.

»Sie hat mich nicht gleich gefunden«, sagte der Kalmsteiner, »gehn wir, oder ist noch Zeit für ein Glasl?«

Lieber wär mir gewesen, wir wären gleich gegangen. Aber dem Kalmsteiner konnte ich sein Glasl schlecht ausschlagen.

»Soviel Zeit ist allweil noch«, sagte ich.

»Zeit ist immer«, sagte der Kalmsteiner und sah mich von oben bis unten an, während ich mir die Schuhe anzog.

»Hast keine anderen?« sagte der Kalmsteiner.

»Andere?«

»Schuhe. Da oben liegt Schnee.«

Ich schüttelte den Kopf.

Der Kalmsteiner tat einen tiefen Schnaufer. Er mußte mich für einen Touristen halten.

»Mit die Halbschuh schleif ich dich ungern übers Joch«, sagte der Kalmsteiner, »in meinem Alter auf jeden Fall ungern. Früher wär das kein Problem gewesen, hätt ich dich halt getragen. Abers Kreuz will nicht mehr.«

»Ich schau, ob ich was find«, sagte ich.

»Schau, ob an Wein findst, als erstes«, sagte der Kalmsteiner.

»Richtig, der Wein«, sagte ich.

Ich ging hinter den Pudel und schaute in die Küche hinein. Berta saß am Tisch, vor sich eine große Tasse Milchkaffee.

»Der Kalmsteiner möcht an Wein«, sagte ich.

»Weißt eh, wo er ist«, sagte Berta. »Werd mir jetzt nicht plötzlich kompliziert.«

Ich zog mich zurück, schenkte dem Kalmsteiner sein Glas Rotwein ein und blieb hinter dem Pudel stehen.

»Mach dir wenigstens einen Kaffee«, rief Berta aus der Küche heraus.

Ich gehorchte. Heute war sie noch weniger ansprechbar als gestern, die Berta.

Ich wollte das Ganze möglichst schnell hinter mich bringen.

Weg hier, Tschenett, weg.

»Die Schuh«, sagte der Kalmsteiner, nachdem er das Glas in einem Zug ausgetrunken hatte. »Und noch einen halben Schluck.« Und schob mir das leere Glas unter die Nase.

Ich schenkte nach. Und ging dann in die Küche.

»Berta...«, sagte ich.

»Hinten, in der Abstell«, sagte Berta, »hinterm Faß. Da müßten noch welche stehen. Von dem italienischen Maurer damals, der nicht zahlen hat können. Wegen sechs, sieben Liter Wein hat der die Schuh dagelassen. Ich hab's ihm nicht ausreden können. Das bißchen Wein hätt ich ihm auch geschenkt.«

Ich stand immer noch in der Küchentür.

»Geh schon«, sagte Berta. »Geh.«

Ich ging an ihr vorbei in die Abstellkammer, fand die Schuhe und zog sie an. Steif waren sie. Und um eine halbe Nummer zu klein. Für den Weg übers Joch mußten sie reichen.

»Sie werden dir zu klein sein«, sagte Berta, als ich wieder durch die Küche ging, »aber das ist schon in Ordnung. Hast in der weiten Welt draußen etwas, was dich an hier erinnert. Und wenn's sonst nichts ist als ein paar Blasen am Fuß.«

Ich blieb neben Berta stehen.

»Ich geh jetzt, Berta«, sagte ich.

»Keinen Kaffee?«

Sie saß an ihrem Küchentisch und schaute nicht auf.

»Kein Kaffee«, sagte ich. »Wir müssen los.«

»Ist vielleicht auch besser so«, sagte Berta.

Ich legte ihr eine Hand auf die Schulter.

»Sonst überlegst du's dir vielleicht noch anders«, sagte sie.

»Ich kann nicht anders, Berta.«

»Können kommt von wollen.«

»Sag dem Totò einen schönen Gruß, wenn er vorbeikommt«.

Berta sah mich kurz an.

»...wenn du willst«, sagte ich.

»Wozu?« sagte Berta. »Wozu soll das gut sein?«

Dann stand sie langsam und leise stöhnend auf.

»Ist schon recht«, sagte sie. »Ist vielleicht das Beste so.«

»Mach's gut, Berta«, sagte ich.

»Bei dir wird das nicht viel nützen, wenn man dir das sagt«, sagte Berta.

»Vielleicht doch.«

»Geh«, sagte Berta, drehte sich um und verließ die Küche.

Ich hätte darauf schwören können, daß sie zum Hennenstall ging. Nachschauen, ob mit ihren Freunden alles in Ordnung war.

»Kalmsteiner«, sagte ich, »wir können.«

XIV

Es dauerte eine gute Viertelstunde, bis mir warm geworden war. Die italienischen Maurerschuhe drückten wie ein Schraubstock an meine Füße. Die ersten Meter war ich nur humpelnd vorwärtsgekommen.

Der Kalmsteiner ging langsam und gleichmäßigen Schrittes vor mir her, die Hände in die Gurte seines Rucksackes gehängt. Er schien sich vorgenommen zu haben, mich nicht gleich am Anfang schon zu überfordern.

Wir waren auf die andere Talseite gewechselt. Langsam ging es bergan, auf einem schmalen Waldsteig.

Inzwischen spürte ich meine Füße überhaupt nicht mehr.

Dann kamen wir an die Tunnelbaustelle. Dahin, wo man vor einem knappen Jahr einen Toten aus dem Fels freigesprengt hatte, der uns dann ein paar Tage lang auf Trab gehalten hatte. Totò, Berta, mich.

Vergessen und vorbei.

Ich blieb stehen. Mußte einen Augenblick verschnaufen.

»Und, Kalmsteiner«, sagte ich, »sind sie immer noch nicht fertig mit dem Tunnel?«

Der Kalmsteiner blieb ebenfalls stehen und drehte sich zu mir um. Dann schüttelte er den Kopf.

»So wird das ganz sicher nichts, Junger«, sagte er. »Erstens bleibt man nicht stehen. Weil dann kommt man nie in Schwung. Zweitens redet man nicht, wenn man einen so kurzen Schnaufer hat wie du. Weil einem sonst die Luft überhaupt wegbleibt. Und drittens wird der Tunnel hier nie fertig. Das sag ich dir. Das ist kein Fels für einen Tunnel. Und keine Gegend auch nicht. Wer auf die andere Seite will, muß übern Berg drüber. Drüber. Und nicht drunter.«

Kalmsteiner sah verächtlich auf die Baustelle.

»Welsches Glump«, sagte er und drehte sich um. »Auf geht's. Sonst sind wir morgen noch nicht drüben. Und ich will heut noch zurück.«

Und stapfte los. Langsam, einen Schritt nach dem anderen, Fuß vor Fuß, knieweich, elastisch. In dem seinem Alter. Respekt.

»Wirst dich anstrengen müssen, Tschenett, daß dem Alten hinterherkommst«, sagte ich.

»Gehen, nicht reden«, sagte der Kalmsteiner von vorne.

Mit dem Wetter hatten wir Glück. Der Himmel war zwar von einer dünnen, grauen Wolkenschicht bedeckt. Aber noch sah es nicht nach Schnee aus.

Der Weg verschwand jetzt wieder im Wald und zugleich verloren sich die Geräusche von der Tunnelbaustelle, die uns bis hierher begleitet hatten.

Ich konzentrierte mich aufs Gehen. Und vergaß den Rest. Ein Fuß vor den anderen. Ein Schritt nach dem anderen. Langsam schienen die Maurerschuhe größer zu werden. Einatmen, Schritt, Schritt, ausatmen. Irgendwann ging ich dazu über, genau in die Fußstapfen des Alten zu treten. Schritt für Schritt.

Dann nahm der Kalmsteiner einen Steig, der links vom Weg abging und steil bergauf führte. Ich kam wieder ins Schnaufen.

Mußte ein Jägersteig sein. Oder ein Schmugglerpfad. Höllisch steil und schmal. Zwischendurch versperrten Äste das Weiterkommen. Der Kalmsteiner schlich sich durch die Wildnis, als hätte er nie etwas anderes getan. Ich hatte Schwierigkeiten, ihm auf den Fersen zu bleiben.

Von einer kleinen Lichtung aus konnte man ins Tal hinaus sehen. Draußen lag das Dorf. Darüber die Autobahnbrücke. Bis hier herüber konnte man die LKWs noch hören.

»Bleib nicht da in der Mitten stehen«, sagte der Kalmsteiner.

Er hatte sich umgedreht.

»Von überall, wo du hinsehen kannst, kann man dich auch sehen, vergiß das nicht. Und es ist nicht so, daß keiner aufpaßt.«

Er hatte recht. Wir waren ja schließlich nicht nur zum Vergnügen hier. Zwar konnten wir uns immer noch rausreden, daß wir am Spazierengehen wären. Egal, wie lächerlich die Ausrede war, Ende März. Aber eine Ausweiskontrolle wollte ich lieber vermeiden.

Der Kalmsteiner hatte sich auf einen Baumstumpf unter einem Strauch gesetzt, in den Wald hinein, und schnürte seinen Rucksack auf.

»Setz dich her«, sagte er.

Ich hockte mich neben ihn.

»Wenn wir schon einmal Halt gemacht haben, können wir auch etwas essen. Später kommen wir nicht dazu«, sagte er und gab mir ein Stück hartes Brot und ein Stück Käse.

»Zehn Minuten weiter oben sind wir aus dem Wald draußen«, sagte er. »dann kommt das Stück, wo wir uns am meisten beeilen müssen. Der Russenweg.«

»*Russenweg*?« sagte ich.

»Heißt so, haben Kriegsgefangene gebaut«, sagte der Kalmsteiner. »Der liegt eigentlich recht versteckt. Nur daß es ein paar Stellen gibt, wo man ihn von der Ducestraße her einsehen kann.«

»*Ducestraße*...«

»Hat der Mussolini in den zwanziger Jahren bauen lassen, bis auf den Kühberg hinauf. Und nach rechts hinüber, bis auf die Höhe vom Brennerpaß. Hier vorn ist's zu steil gewesen zum Straßenbauen.«

Der Kalmsteiner schnitt sich noch ein Stück Käse ab.

»Die fahren bis auf zweitausendzweihundert Meter hinauf Patrouille mit ihren Jeeps, die Finanzer. Sitzen drin und schaun sich mit einem Fernglas die Gegend an. Blöd sind sie ja nicht, muß man ihnen lassen. Und oben, am Kamm, wo die Grenze läuft, gehen ein paar Kollegen Streife. Wenn die im Jeep sie per Funk richtig einweisen, brauchen sie oben nur mehr in Ruhe zu warten, bis unsereins verschwitzt daherkommt.«

Der Kalmsteiner zog eine Weinflasche aus dem Rucksack.

»Hier«, sagte er und hielt sie mir hin.

Ich nahm einen Schluck.

»Und?« sagte ich, »wenn sie uns sehen?«

»Werden sie schon nicht«, sagte der Alte, »werden sie schon nicht. Dazu bin ich ja da. Laß mich das machen, Junger. Tust einfach, was ich dir sage. Ohne viel zu fragen.«

Ich nickte nur und kaute auf dem harten Brot herum.

»So«, sagte der Alte, verschnürte den Rucksack und sah auf seine Taschenuhr, »'s wird Zeit. Abmarsch.«

Ich würgte den letzten Bissen hinunter und kam langsam auf die Beine.

»Die Schuh?« sagte der Alte.

»Gehen schon. Ist besser geworden.«

»Dann paß auf. Sobald wir aus dem Wald sind, gehst immer zwei Schritt hinter mir her. Genau zwei Schritt. Machst alles, was ich mach. Sagst nichts. Und beeilst dich. Bis wir auf der anderen Seite sind. Bis ich's dir sage. Verstanden?«

Ich nickte wieder.

Der Kalmsteiner zog den Rucksack über und setzte sich in Bewegung. Langam und gleichmäßig.

Ich hinterher. Die Schuhe drückten wieder.

Gehen, Tschenett, und atmen, dachte ich. In zwei Stunden ist alles vorbei. Verlaß dich auf den Alten.

Als ich langsam wieder in Schwung gekommen war, lichtete sich der Wald. Dann standen nur noch einzelne Bäume herum.

Der Kalmsteiner war stehengeblieben und suchte mit einem Fernglas die Hänge rechts von uns ab.

»Ist den Welschen noch zu kalt und zu früh heute«, sagte er. »Wir können.«

Und dann marschierte er los. Hatte mindestens einen Gang zugelegt, der Alte. Ich hatte Mühe, ihm zu folgen. Zwei Schritte, Tschenett, zwei Schritte hinter ihm. Und nicht außer Atem kommen.

Wir gingen einen steilen Steig bergauf, zwischen Felsen und Sträuchern. Der Alte blieb stur bei seinem Tempo und hatte nebenher auch noch die Zeit, sich umzusehen.

Ich hatte alle Hände und Füße voll zu tun, um mich nicht abhängen zu lassen.

Dann wurde es noch steiler, in den Rinnen zwischen den Felsen lag Schnee. Ich brach bis zum Knie ein.

»Weiter«, sagte der Alte nur.

Der hatte leicht lachen. Wog mit seinem Knochengerüst sicher zehn Kilo weniger als ich.

Wir querten ein Latschenfeld schräg nach oben. Jetzt hatte ich wenigstens etwas, woran ich mich festhalten konnte, wenn ich auf dem Schnee ins Rutschen kam.

Unter Grönland hatten wir auf unseren Fischkuttern die Kurrleinen gehabt, an denen wir uns entlanghantelten, wenn das Deck vereist war. Ungefähr so kam ich mir jetzt vor.

Plötzlich ging der Kalmsteiner in die Hocke, drehte sich zu mir zurück und machte mir ein Zeichen. Ich verstand und drückte mich so flach wie möglich an einen Felsen. Der Alte nahm sein Fernglas, suchte die Gegend ab und gab mir dann wieder ein Zeichen. Ich kroch zu ihm nach oben.

»Draußen am Eck steht ein Jeep«, sagte er. »Aber in die andere Richtung gedreht. Glaub nicht, daß sie uns gesehen haben.«

»Und?« sagte ich.

»Wir warten. Wir warten.«

»Wie lange?«

Der Alte sah mich an, schob sich seinen Hut zurecht und lächelte.

»Glück muß man keines haben, wenn man übern Berg will«, sagte er dann. »Glück nicht. Aber Geduld.«

Ich hatte die Lektion verstanden. Geduld also.

Wenigstens gab mir unser Zwangsaufenthalt die Gelegenheit, wieder zu Atem zu kommen.

»Wie weit ist es noch?« sagte ich.

Der Alte hatte das Fernglas wieder ans Auge genommen.

»Die *Schatzgruben* noch hoch«, sagte er, »dann zum Joch hinüber. Eine Stunde, bei deinem Gang. Und wenn nicht mehr Schnee liegt.«

Er setzte das Fernglas wieder ab.

»Und?« sagte ich.

»Der Jeep steht noch da. Sie sitzen drin, die faulen Hund. Lang kann's nicht mehr dauern. Dann wird's ihnen zu langweilig und sie fahren weiter. Solang sie bergaus fahren, soll's uns recht sein.«

Eine Stunde noch. Und dann noch einmal dieselbe Strecke nach Österreich hinunter.

Langsam aber sicher zog mir die Kälte von Felsen und Schnee unter die Kleidung. Ich haute mir auf Schenkel und Arme. Der Kalmsteiner schaute mir dabei zu und lächelte.

»War gar nicht schlecht, das welsche Roß, das du gekocht hast«, sagte er dann.

Ich sah ihn erstaunt an. Daran hätte ich jetzt als letztes gedacht.

Dem Kalmsteiner schien das Warten nichts auszumachen. Zwischendurch lugte er über den Felsen, um die Situation zu kontrollieren, brummte etwas, schob seinen Hut zurecht und schaute ansonsten in die Luft.

»Morgen«, sagte er, »morgen wär's schon nicht mehr gegangen. Morgen kommt Schnee.«

Ich schaute seinem Blick hinterher, konnte aber nichts Besonderes entdecken.

»In deinem Alter spürt man's noch nicht in den Knochen. Da tut man sich härter mit dem Wettervorhersehen.«

Er hatte mich beobachtet. Und sah mich jetzt immer noch an.

»Angehn tut's mich ja nichts«, sagte er dann, nach einiger Zeit, »angehen nicht. Aber wundern tut's mich schon.«

»Was?«

Er antwortete nicht sofort.

»Wieso übern Berg willst.«

Ich lachte kurz auf. War ja auch wahr. Da führte mich dieser alte Schmuggler, der eigentlich schon längst in Pension war, über den Berg. Und wußte nicht einmal, wieso ich nicht den legalen Weg gehen wollte.

»Kalmsteiner«, sagte ich, »nichts für ungut. Hab's einfach vergessen. Nicht gedacht, daß du's nicht weißt.«

»Schon gut«, sagte er.

»Ist eigentlich ganz einfach«, sagte ich. »Ich hab einen Polizisten mit seinen Handschellen an einen Lastwagen gefesselt.«

»Einen Welschen?«

»Einen Welschen.«

»Gefällst mir immer besser, Tschenett«, sagte der Kalmsteiner.

»Dem Polizisten wird's nicht gefallen haben.«

»Denk ich mir«, sagte der Kalmsteiner. »Hast recht gehabt. Ist besser, du gehst übern Berg.«

Er griff wieder nach seinem Fernglas.

»Kompliment«, sagte er. Und dann: »Weg sind sie. Auf geht's.«

Die ersten Schritte stolperte ich nur vorwärts. Kein Gefühl in den Füßen. Aber der Kalmsteiner legte ein derartiges Tempo vor, daß ich keine Zeit hatte, mich zu beklagen. Dabei wurde es immer steiler. Und eisig. Schneeverweht. Ich hatte mit Händen und Füßen zu tun, um nicht einen Schritt vorwärts, zwei rückwärts zu machen. Wir stiegen eine enge Rinne hinauf. Wenn du hier ausrutschst, Tschenett, bist in vier Sekunden im Tal unten, dachte ich.

»Obacht«, sagte Kalmsteiner. »Obacht. Genau schauen, wo du hinsteigst. Mir hinterher.«

Wenn mir damals beim Fohlen einer gesagt hätte, daß wir uns so wiedersehen, der Kalmsteiner und ich, ich hätte ihn für voll verblödet gehalten.

Ich hatte mich einfach in den Schnee fallen lassen. Wir waren in Österreich. Noch nie war ich so froh darüber gewesen.

Kalmsteiner stand neben mir und trank einen Schluck Wein.

»Wird schon wieder«, sagte er und grinste.

Mir war es ein Rätsel, wie der Alte es hier herauf geschafft hatte, ohne auch nur halb so mitgenomen auszusehen wie ich.

»Hier«, sagte der Kalmsteiner und hielt mir die Weinflasche hin, »Berg Heil.«

Ich nahm die Flasche und prostete ihm zu.

»Berg Heil.«

»Ist zwar kein Gipfel«, sagte der Kalmsteiner, »aber für uns alte Schmuggler zählt eine Grenze gleich viel.«

»Sind wir sicher?«

»Sicher?« sagte der Kalmsteiner. »Was ist schon sicher. Aber die Österreicher lassen unsereins eigentlich immer laufen. Die schaun nicht hin. Zumindest war's früher so. Heut weiß ich nicht. Bin ja schon lang in Pension.«

»Hat aber gar nicht so ausgesehen«, sagte ich, »den Berg herauf.«

»Das? Das verlernt man nicht.«

Und ich würd's nie lernen. War einfach kein Bergsteiger. Da nütze es auch wenig, daß ich in dieser Gegend geboren war.

»Wenn wir Schwarze wären, schon«, sagte der Kalmsteiner. »Auf die Schwarzen haben sie's, die Österreicher. Die Afrikaner oder was sonst alles über die Grenze geht. Die holen s' immer heraus. Aber die gehen nicht hier. Hier kommt kein Schwarzer herauf.«

Kein Tschenett auch nicht, dachte ich, außer er hat einen Kalmsteiner als Führer.

»Allein wär ich hier auch nicht herauf«, sagte ich.

»Weil dich nicht auskennst. Aber wenn man den Weg kennt, ist's halb so schlimm. Wirst sehen. Das nächste Mal.«

»Mir ist lieber, es gibt kein nächstes Mal«, sagte ich.

Kalmsteiner packte wieder seiner Rucksack.

Dabei lag ich gerade so schön weich und warm und wohlig im Schnee und wollte mich gar nicht bewegen.

»Auf geht's«, sagte der Kalmsteiner, stand auf, nahm den Rucksack auf die Schulter, kontrollierte kurz die Umgebung mit seinem Fernglas und ging dann los.

Ich lag immer noch da.

Kalmsteiner ging bergab, als sei nichts.

Tschenett, auf.

Ist aber so schön hier. Und wenn du liegen bleibst hier oben, wirst in ein paar tausend Jahren vielleicht einmal berühmt wie der Kollege, der mumifizierte.

Tschenett, auf.

Ich stand endlich auf und stolperte dem Kalmsteiner in der Schneespur hinterher.

Gott sei Dank geht's nur mehr bergab, Tschenett.

Ist eh schon seit langem nur mehr bergab gegangen mit dir, Tschenett. Bist deinen Job los, deine Freunde los, der Berta kommst am Besten nicht mehr unter die Augen, in Italien brauchst dich nicht mehr blicken lassen, Zukunft hast keine und auf die Vergangenheit brauchst nicht stolz zu sein.

»Brauch ich auch nicht«, sagte ich. »Will ich gar nicht. Ist passé. Aus und vorbei.«

»Und was hast vor, Tschenett?« sagte ich.

Ich war über meine eigenen Füße gestolpert und der Länge nach in den Schnee gefallen.

»Erstens: raus aus dem Schnee. Und zweitens: verschwinden.«

Ich rappelte mich wieder hoch und lief weiter. Bergab.

»Wohin verschwinden, Tschenett?«

»Nirgendwohin. Verschwinden. Für immer. Ganz. Und komplett.«

»Das kannst keinem antun.«

»Und wie ich kann, wirst sehen.«

Ich rutschte aus und rodelte das Schneefeld auf dem Hintern hinunter. Auf halber Höhe überholte ich Kalmsteiner.

»Die Knotten da unten, Tschenett«, rief er mir nach, »der Felsen. Aufpassen!«

Ich ließ es weiterrodeln. Und bekam langsam eine ordentliche Geschindigkeit drauf. Dann drehte ich mich um meine eigene Achse, während es weiter bergab ging.

»Bremsen!« schrie mir der Kalmsteiner nach. »Die Knotten.«

Seh ich ja, dachte ich. Und? Wenn's mich draufhaut auf die Knotten, zerbröselt's mich. Und?

Tauch unter, Tschenett. Tauch weg. Nie mehr auf.

Ich konnte wieder in Fahrtrichtung sehen. Das Ende des steilen Schneefeldes raste auf mich zu. Die Felsen.

Verschwind, Tschenett. Hau dich weg. Laß die Leut in Ruh. Tust ihnen nur weh.

Ein Fuß verfing sich in einem Schneeloch. Ich überschlug mich, rodelte weiter, hatte die Orientierung verloren, Schnee überall.

Ciao, Berta, dachte ich, ciao, Totò. Der Tschenett verabschiedet sich. Ciao.

Schnee in den Ohren, Schnee in der Hose, Schnee in den Augen.

Der Knotten.

Laß rutschen, Tschenett. Immer drauf los.

Und dann warf mich irgendwer durch die Luft, nahm mir den Atem und haute mich kopfüber in den Schnee.

Ich versuchte, um mich zu sehen. Und sah nur schwarz. Und bekam keine Luft.

Mit einer Hand schaffte ich es, mir etwas Raum vor meinem Gesicht freizubaggern. Die andere war auf den Rücken gedreht und ließ sich nicht bewegen. Genausowenig wie die Füße.

Ich atmete meine eigene Luft ein und aus. Immer wieder.

Sie wurde immer dicker.

Ruhig, Tschenett.

Ich versuchte, mir noch mehr Freiraum vor dem Gesicht freizubaggern. Aber der Schnee war wie Zement geworden. Nichts mehr zu machen. Gab keinen Zentimeter nach.

So war das also.

Ein paar Zentimeter Raum und Luft. Immer weniger Luft. Immer dicker. Immer dünner.

Und aus.

Dann zog mich etwas am linken Bein.

Die lassen dir gar nicht die Zeit, um zu verrecken, Tschenett. Die streiten sich schon um dich, da bist du noch gar nicht tot. Muß irgendeine dieser vorlauten Religionen sein. Eine von denen, die dich unbedingt bei sich in ihrem Jenseits haben wollen. Plansollübererfüllung.

Und dann hörte ich eine Stimme.

»Tschenett, Tschenett.«

Scheiße, dachte ich, die kennen dich hier auch schon. Dabei hast dein Leben lang alles getan, um wenigstens auf dieser Seite der Welt nicht bekannt zu sein. Und jetzt das.

»Tschenett.«

Mein linkes Bein ging wieder nach oben. Immer weiter. So weit, daß meine Hüfte ein paar Zentimeter hinterher mußte.

Da will einer etwas von dir, Tschenett.

Ich wackelte mit meinem linken Fuß.

Der Zug wurde stärker.

Ich schlug aus. Arbeitete mit Händen und Füßen.

Dann hörte ich die Stimme wieder.

»Tschenett.«

Da wollte jemand etwas von mir.

Ich versuchte zu antworten.

Ging nicht. Mund voller Schnee.

Und dann wurde es hell. Und heller.

»Hast mir für heut genug Sorgen gemacht, Tschenett«, sagte der Alte und klopfte mir den Schnee von den Schultern. »Trink einen Schluck.«

Er hielt mir eine Schnapsflasche unter die Nase.

Ich versuchte erst einmal, zu Atem zu kommen. Nahm dann den Schnaps und tat einen ordentlichen Zug.

Wenn mich die Götter schon nicht gewollt hatten, mußte ich wenigstens den Geistern opfern.

»Kalmsteiner«, sagte ich.

Er lachte mich an.

»Hast mir ein paar Pläne durcheinandergebracht, Kalmsteiner«, sagte ich. »Trotzdem: Dankschön.«

»Schon in Ordnung«, sagte er. »Ich laß mir halt meine Leut ungern von einem österreichischen Schneebrett verschütten. Auch nicht, wenn's solchene sind wie du. Nicht einmal dann.«

Ich stand auf. Reichlich wackelige Beine, Tschenett.

»Geht's wieder?« sagte der Kalmsteiner.

»Besser als vorher.«

Dabei tat mir die Lunge weh, brannte bei jedem Atemzug. Und irgendwo links in den Rippen stach es.

Und jetzt, Tschenett? dachte ich. Was tust jetzt? Verschwinden wolltest aus der Welt. Und bist immer noch da.

Ich war hinter dem Alten den Berg hinuntergetrottet.

»Noch sind wir nicht angekommen«, hatte er gesagt.

Der Alte meinte es gut mit mir. Und trotzdem: er konnte mir nicht helfen. Nicht über meinen Berg.

Langsam war der Schnee weniger geworden, das Gelände flacher. Einmal noch hatte mich der Alte in Deckung gebracht, kurz vor einer Almhütte hinter einem Felsen. Und hatte dann den Weg wieder freigegeben.

»Die Österreicher schaun zur Zeit mehr in die andere Richtung«, hatte er gesagt. »Daß die aus'm Osten nicht nach Italien hinein gehen.«

Ich hatte ihn reden lassen. Nicht zugehört. Vorwärts, Tschenett. Und reiß die Brücken nieder.

Wenn ich noch ein paar Stunden länger mit ihm unterwegs sein würde, würde ich den alten Kalmsteiner adoptieren.

»Von hier aus kann ich gut allein weiter, Kalmsteiner«, sagte ich, »und du mußt noch zurück.«

»Wird schon sein«, sagte der Alte, »aber bis zum Seewirtshaus hab ich noch jeden gebracht. Mindestens zum Obernberger See. Ist nicht mehr weit.«

Er ließ keine Widerrede gelten. Wir gingen weiter bergab, der Alte immer ein paar Schritte vor mir.

Dann waren wir da. Der See war noch zugefroren, das Seewirtshaus geschlossen.

»So«, sagte der Alte, setzte seinen Rucksack ab und rückte seinen Hut zurecht. »So. Da sind wir.«

Da waren wir.

»Jetzt mußt nur immer den Weg talauswärts und bergab. Ist nicht mehr zu verfehlen. Und vergiß nicht: bist auf Wanderschaft.«

»Vergeß ich nicht«, sagte ich.

Ich sah den Alten an.

Was schaust ihn so an, Tschenett.

»Danke, Kalmsteiner«, sagte ich, »für's Drüberbringen.«

»Geht schon gut«, sagte Kalmsteiner.

Er beugte sich über den Rucksack und suchte nach seiner Schnapsflasche.

»Einen Schluck noch«, sagte er, »dann muß ich zurück. Wird sonst spät.«

Dann verlangsamte sich alles um mich herum. Jede Bewegung, jeder Atemzug. Das Licht verschwand hinter den Bergen.

Ich nahm den Ast, der an der Hauswand lehnte.

Haute ihm dem Alten in den Nacken.

Er seufzte kurz auf, sank nach vorn und blieb vor mir liegen.

Ich beugte mich zu ihm hinunter.

Jackentasche, Geldtasche, Lire.

Drei, vier weiche Scheine. Faltig, feucht, warm.

Langsam stieg das Licht hinter den Bergen wieder hoch.

Tschenett.

Ich hielt mir die Geldscheine vors Gesicht.

Noch nie gesehen, so was. Wozu sollte das dreckige Zeug gut sein.

Tschenett.

Ja. Bin ja da.

Was tust?

Ich richtete mich langsam auf und schüttelte so lange den Kopf, bis ich wieder klar sah. Hast den Kalmsteiner niedergeschlagen, Tschenett.

Wird sein. Ist so.

Aber wieso? Und was willst mit dem Geld?

Stimmt, was wollte ich mit dem Zeug?

Laß das Geld. Deswegen hast dem Alten keine runtergehauen, Tschenett.

Ich schob die Scheine wieder in die Geldtasche, die Geldtasche in die Jackentasche und richtete mich langsam auf.

Der Kalmsteiner lag vor mir im Schnee, klein und dünn.

Ich sah ihn mir eine Zeitlang an.

Jetzt bist auch für die Berta gestorben, Tschenett. Jetzt schon.

Jetzt gibt's endgültig kein Zurück mehr. Keinen Schritt. Kannst ihr nichts mehr tun. Das wolltest ja.

Der Alte atmete wieder. Bewegte leicht den Kopf. Griff sich in den Nacken. In ein paar Minuten würde er wieder auf den Beinen sein.

»Geh, Tschenett«, sagte ich. »Mehr kannst du nicht tun.«

XV

In dem schmalen Streifen zwischen Haus und Straße steckten Tausende von bunten Plastikblumen. In alle Farben. Auf einer Länge von fünfzehn Metern.

Ich ging am Plastikblumenbeet auf und ab. So etwas hatte ich noch nie gesehen. Höchstens in Südtitalien. Aber nicht in diesen Mengen. In Mindelheim, am Rande der Schwäbischen Alb, war damit nicht zu rechnen gewesen. Beim besten Willen nicht.

Dann ging ich wieder nach vorne. Zum Eingang. Links und rechts zwei blumengekränzte Säulen, himmelblau. Eine weiße, frei aufschwingende Treppe. Wieder Blumen. Rote Teppiche.

Hinter mir donnerte der Schwerverkehr vorbei und bremste sich in eine scharfe Linkskurve.

Die weiße Treppe endete auf einer Terrasse. Weißes Geländer. Auf jedem Pfosten eine farbige Glaskugel. Hinten eine goldene Kuppel, blumenverziert.

Ich stand da und schaute.

Links von mir ein paar Verkaufsbuden. Dachte ich jedenfalls. Bis ich das Schild sah. *Hier wird alles verschenkt.*

Eine junge Frau in einem langen weißen Kleid und mit langen Haaren kam auf mich zu.

»Darf ich Sie einladen?« sagte sie.

Wo war ich gelandet?

War gar nicht so einfach zu beantworten, die Frage.

Die letzten Tage, ich hatte nicht die geringste Ahnung, wieviele es genau waren, hatte es mich herumgetrieben. Und ich hatte mich treiben lassen.

Wie ich vom Obernbergersee herunter nach Innsbruck gekommen war, daran hatte ich gar keine Erinnerung mehr.

Irgendwann stand ich an der Autobahnauffahrt.

Achtzehn Stunden später fand ich mich am Meer wieder. Irrte durch einen menschenleeren Hafen, vorbei an Lagerhäusern und Kränen. Großen, weißen Kränen mit weit ausladenden Armen.

Und dann hatte ich das russische Schiff entdeckt. Mich auf die Hafenmauer gesetzt und ins Wasser geschaut.

Rechts, auf einer Mauer des Hafenbeckens, stand eine alte, verblaßte Schrift. *VEB Seehafen Stralsund.*

Ein Ölfleck schauckelte auf dem Wasser auf und ab.

Mußte an die zwanzig Jahre her sein. Damals hatten sie mich hier gar nicht erst an Land gelassen. Ich war auf der *Uranus* gefahren, einem Hamburger Schiff. Wir hatten Landgang. Ausflug in die DDR. Dann war nichts daraus geworden. Den Behörden der Deutschen Demokratischen Republik waren meine Haare, die knapp den Nacken bedeckten, zu lang. Und ich saß auf dem Schiff fest. Hatte mich besoffen.

Ich starrte die weißgewandete Frau verwundert an.

»Einladen?« sagte ich.

»Unverbindlich. Ganz unverbindlich, Sie haben nichts zu befürchten«, sagte sie.

So richtig gefürchtet hatte ich mich ja nicht. Aber es war beruhigend, daß sie das sagte.

»Wo habt ihr die Blumen her?« sagte ich.

»Woher?« sagte sie und hob Schultern und Hände, daß es an ihrem langen weißen Kleid nur so wallte. »Woher ist nicht wichtig. Wir feiern. Das ist wichtig.«

Sie feierten also.

Vielleicht gab's für mich ja auch etwas zu trinken.

»Feiern?« sagte ich.

»Kommen Sie, Sie sind herzlich eingeladen.«

Sie drehte sich um und ging.

»Tschenett«, sagte ich, »das träumst du nur. Das macht dir dein Hirn nur vor. Das bißchen, das dir noch geblieben ist.«

Den Rest mußte ich auf dem Weg hierher Stück für Stück verloren haben.

Neben einem der Lagerhäuser hatte ich einen Stehimbiß gefunden. Hatte mir einen Klaren genehmigt und einen zweiten ausgeben lassen von einem der Hafenarbeiter.

»Alles versauf ich«, hatte er gesagt und mir wankend zugeprostet, »alles versauf ich. Kommt nichts zur Seite. Keine müde Mark nicht. Und dann laß ich mir abwickeln. Und Ende und aus.«

Ich war durch die Stralsund gelatscht. Kreuz und quer.

Und stand dann im *Museum des Meeres*. Zwischen Wikingerschiffen und den Fangstatistiken der sozialistischen Fischereiflotte.

»Auf ein Schiff nimmt dich keiner mehr, Tschenett, du Leichtmatrose. Nicht in deinem Alter, nicht in deinem Zustand, nicht heutzutage. Die Zeiten sind vorbei. Wirst auf dem Festland bleiben müssen. Ob du willst oder nicht.«

Also sah ich mir das Modell des neuesten Fischtrawlers deutschsozialistischer Bauart an. *Neptun Werft, Rostock.* Fuhr auf allen freien Meeren. Baujahr 1987.

Querschnitt durch die Ostsee. Ein Schaubild. Querschnitt durch den Atlantik. Aquarien. Der Penisknochen eines Bartenwaales, ein Meter. Irgendein Skelett, das von der Decke baumelte. Harpunen. Netze. Vom Fisch zum Säugetier.

Es war angenehm warm und dunkel in den Hallen des *Museums des Meeres*. Ich setzte mich in eine Ecke.

Als ich aufwachte, war es rings um mich herum zappenduster.

Die haben denen den Strom abgestellt, Tschenett. Rechnung nicht bezahlt, das volkseigene Museum. Der Strom war ja nicht mehr volkseigen. Der war schon freiwirtschaftlich.

Man hatte mich übersehen und eingesperrt.

Ich drehte eine zweite Runde durchs Museum. Die Ausstellungsstücke sahen jetzt völlig anders aus. In dem dünnen Licht, das die Notbeleuchtung grün in die Säle warf.

Dann stand ich an der Kasse. Kein Geld da. Nur Postkarten, stapelweise, gebündelt. Ich nahm ein Bündel mit. Setzte mich wieder in meine Ecke.

Dann schläfst du eben noch eine Runde, Tschenett.

Vielleicht hatten sie das Museum für immer geschlossen. Und ich blieb hier drin, als Ausstellungsstück, das keiner mehr sehen wollte. Alternder Seemann, gestrandet. Backbord leckgeschlagen. 1642 an Land gespült. Guter Erhaltungszustand. Geschenk des Königs von Schweden an die Hanse Stralsund. 1815 in preußischen Besitz übergegangen. Nichtarier. Vorkämpfer sozialistischer Tugenden. Unterdrückter des feudalen und kapitalistischen Systems. Abwicklungsmasse. Alter Knochen. Fauler Fisch.

Die Postkarten wurden durch eine Banderole aus Löschpapier zusammengehalten. Es war bedruckt, auf der Rückseite.

Deutsch und russisch. *Lfde. Nummer, Datum, Uhrzeit, Windrichtung. Sonst. meteorol. Verhältnisse. Einschlag überirdisch, irdisch, unterirdisch. Fremder, eigener, freundlicher Abwurf. Megatonnen, geschätzt. Schäden eigene, feindliche. Marineakademie der Nationalen Volksarmee der Deutschen Demokratischen Republik, Stralsund.*

Ich ging der Weißgewandeten hinterher. Links an der Rückseite des langgezogenen Hauses entlang.

Dann kamen mir zwei baugleiche Weißgewandete entgegen. Lächelten, grüßten. Was waren die hier alle so freundlichfröhlich? Und wo gab's was zu trinken?

An der Tür hing ein Schild. *Lieber Gast! Sie sind in der* Marienmühle *herzlich willkommen, wenn Sie einige Regeln befolgen. Es wird gebeten, nur auf Aufforderung zu sprechen. Bitte beugen Sie ihr Knie beim Betreten und Verlassen der Hauskapelle »Maria Königin aller Engel und Heiligen« im ersten Stock des Haupthauses. Frauen tragen bitte eines der bereitgelegten Kopftücher. Wir begrüßen Sie auch gerne in unserem Gästeraum gleich links, wo Ihnen Speisen, Wasser und Kaffee sowie die Möglichkeit zu einem Gespräch angeboten wird. Ave Maria. Ihre Marienkinder Mindelheim.*

Au Scheiße, Tschenett. Jetzt bist genau da gelandet, wo du immer hinwolltest. Die sind so ziemlich genau so verdreht im Kopf wie du. Herzlich willkommen.

Das war jetzt auch schon egal. Außerdem stand ein freundlich lächelnder älterer Herr hinter mir. Weißgekleidet, weißer Bart. Abhauen war nicht. Und Kaffee war besser als nichts. Außerdem hatte ich Hunger. Und üble Ebbe in der Kasse.

Meine junge Begleiterin hatte eine Tasse Kaffee vor mich hingestellt. Und, nachdem sie meinen Blick gesehen hatte, ein Stück Kuchen. Dann war sie aufgestanden. Und hatte dem Weißbärtigen ihren Platz überlassen.

Wir saßen in einem großen Saal voller weißgedeckter Tische, an den Wänden Hunderte von bunten Heiligenbildern in Öl. Und Plastikblumen, wohin das Auge sah. Und Kerzen.

Ich machte mich über Kaffee und Kuchen her.

Nach zehn Minuten hatte der Weißbart alles von mir erfragt, was er wissen wollte. Namen, Alter, Beruf.

Hatte in mir einen gefährdeten, umkehrwilligen jungen Mann ausgemacht, der erst noch erkennen mußte, daß ihn die Gnade der Königin der Heiligen hierher geführt hatte. Hierher, wohin zweihundert Personen schon dem Ruf der Königin gefolgt waren. Und unter ihrer heiligsten Obhut als eine große Familie lebten. Beschenkt wurden und weiterschenkten. Und dem drohenden Untergang der Welt entgegenbeteten.

»Es ist ein Zeichen des Himmels, lieber Freund«, sagte er. »Nehmen Sie es als Zeichen des Himmels, daß Sie von Beruf Fernfahrer sind. Sehen Sie, die Königin der Heiligen hat es möglich gemacht, daß die Marienkinder seit Jahren ein Fuhrunternehmen betreiben, die *AVE-Handels- und Vertriebs-GmbH.* Kommen Sie zu uns, fahren Sie auf einem unserer *AVE*-LKWs mit einem unserer Brüder mit. Und bekehren Sie sich.«

Auf dem Hof der Marienfirma standen an die zwanzig LKWs, blaugespritzt, mit weißen Herzen, Kreuzen und der Aufschrift AVE verziert.

Vor jedem LKW stand ein Fahrer. Sie standen da und beteten. Dann bekreuzigten sie sich und stiegen auf ihre Maschinen.

Ich lächelte meinem Kollegen zu und stieg auf den Beifahrersitz.

»Auf nach Klagenfurt«, sagte ich.

»In Gottes und Maria Namen«, sagte der Kollege.

XVI

Es war eine anstrengende Fahrt geworden. Der Kollege hatte sich streng an die Straßenverkehrsordnung gehalten, sämtliche Raststätten weiträumig umfahren, dauernd Rosenkranz gebetet und religiöse Lieder abgespielt.

Dafür waren die Freßpakete reichlich. Die Kollegen, die uns überholten, lachten und hupten. Mein Fahrer sprach für jeden von ihnen ein Extragebet.

Hatten gute Nerven, die *Marienkinder*.

Als wir endlich in Klagenfurt angekommen waren, war ich mit meinen am Ende. Und hatte mich aus dem Verein verabschiedet.

Der Kollege war ganz verzweifelt. Hatten seine Gebet um mein Seelenheil doch nicht gewirkt.

»Sie sind uns jederzeit willkommen«, sagte er zum Abschied und drückte mir ein paar Schillinge in die Hand, »hören Sie auf die Stimme, die Sie ruft. Hören Sie darauf und meiden Sie die lauten Orte.«

Ich ging in die nächste Kneipe. Bestellte mir ein Bier und setzte die Jukebox in Bewegung.

Oh oh hello, Mary Lou, schau mich an, und dann sag mir bitte einmal I love you. Oh oh hello, Mary Lou. Du bist mein Sonnenschein, Mary Lou.

Stunden später suchte ich mir ein anderes Lokal, in dem mehr los war. Dafür, daß sie so nahe an Italien und Jugoslavien lebten, schienen mir die Klagenfurter ein übermäßig ruhiges Temperament zu haben.

Ich bestellte ein Bier und fing an, Gedichte zu rezitieren.

Ich traf dich morgens um halb vier, ich trank ein Bier, war lieb zu dir.

Hatte Mr. Spock von sich gegeben, das Gedicht. *Raumschiff Enterprise,* Folge 427.

Spock, was ist mit Ihnen? Pille! Aufs Deck, schnell. Mr. Spock ist nicht bei sich.

Keine Ahnung, wo ich gerade war.

Der Mensch neben mir am Tresen sah mir kurz mit kleinen, roten Augen ins Gesicht, hob sein Bierglas und prostete mir zu.

»Ein Lob dem Dichter«, sagte er.

So einfach wird man zum Lyriker. Ich hatte es immer schon gewußt. Und nie verstanden.

»Schon gut«, sagte ich und nickte meinem Gegenüber zu.

War ein anstrengender Tag gewesen.

Aus dem nächsten Lokal hatten sie mich rausgeschmissen. Wegen nichts. Weil ich ihnen eine Flasche ins Regal geworfen hatte. Das Regal war verspiegelt gewesen.

»Paß auf«, sagte mir einer, als ich auf der Straße wieder auf die Füße gekommen war, »die Kieberer hier sind harte Burschen.«

»Bullen sind überall gleich«, sagte ich und machte mich auf den Weg.

Und dann stand ich in einer Bar, die nichts war als ein langer Schlauch mit zwei Tischen, einer Tanzfläche zwei mal zwei gleich hinter der Tür, einem langen Tresen und einem Chef, der eine Vorliebe für Fendrich-Schnulzen hatte.

»Egal, Tschenett«, sagte ich. »Vollkommen egal. Hier bleibst du. Hier trinkst du. Hier stirbst du.«

Ich saß am Tresen, schaute dem Chef beim CD-Wechseln zu und haute jeden, der mir zu nahe kam, um einen Job an. Was nur bedeuten kann, daß ich nicht mehr ganz bei mir war.

»Kann alles, hab alles gemacht, mach alles«, sagte ich, »der perfekte Neger. Führerschein sämtlicher Klassen.«

Der Zehnte ungefähr, den ich damit angelabert hatte, nach ein paar Bieren, sah mich von oben bis unten an, bestellte eine Runde und nahm mich zur Seite.

»Übermorgen gehst wieder gerade«, sagte er, »versprochen. Sonst kann ich dir den Job nicht geben.«

»Welchen?« sagte ich.

»Einfach«, sagte er, »an LKW von da nach dort.«

Nicht schon wieder.

»Von... nach...?« sagte ich.

»Von Buchs nach Berlin.«

»Ernst?« sagte ich.

Er ließ sich Zeit, verzog kurz das Gesicht, lachte, hielt mir die Hand hin und sagte: »Im Ernst.«

Da stand ich, ein Bier in der Hand, ein paar Promille im Hirn, und für übermorgen einen Job. Wieso suchen die immer dich raus, Tschenett, dachte ich.

»Wieso ich?« sagte ich.

»Bist a netter Kerl«, sagte der Typ.

»Wo steht der LKW?« sagte ich.

Ich wollte das hier zu Ende bringen.

»In Buchs«, sagte der Typ. »Mußt morgen mit dem Zug dahin fahren. Karte ist bestellt und hinterlegt.«

»Zug?« sagte ich und zog ein langes, gequältes Gesicht.

Ewig und fünfhundert Jahre nicht mehr Eisenbahn gefahren, Tschenett. Und jetzt das.

»Zug«, sagte der Typ.

Ich gab's auf. Von mir aus.

»Fährst morgen um zehn Uhr dreiundvierzig los. Zehndreiundvierzig, verstanden? Steigst in Buchs aus. Wirst abgeholt. Alles klar?«

Alles klar, nichts klar, Tschenett.

Und dann verschwand der Typ.

Hatte meine Biere bezahlt und war verschwunden.

Jetzt bist im Wort, Tschenett, dachte ich, wenn er dir schon die Biere ausgibt. Irgendwann vor elf fährt dein Zug.

Bis dahin war noch reichlich Zeit. War Mitternacht. Also. Ich suchte mir ein neues Lokal. Und fand eines, vor dem die kleinen Kinder Schlange standen.

Rein, Tschenett. Tut gut, die Jugend.

Was nicht gut tat, war die Musik, die sie am Laufen hatten. Presslufthämmer. Rummtata. Schützenmarschmusik auf achtfache Geschwindigkeit gebracht. War nichts für mich. Hatte die falsche Droge intus.

Im nächsten Lokal ging's besser. Ich gehörte zwar immer noch zu den Senioren. War an Rollstuhl und Gehstock gefesselt. Aber der Sound kam mir immerhin bekannt vor. Sie benutzten Stromgitarren. Und ich war zufrieden.

Dann wollte ich vom Tresen weg und mich in eine Ecke stellen. Dazu mußte ich über die Tanzfläche. Da stand mir eine Frau im Weg. Und ließ mich nicht vorbei. Ich wackelte mit dem Arsch und versuchte, kein Bier zu verschütten.

Minuten später waren wir am Quatschen. Eine Stunde später ging sie. Ich ging zwei Stunden später. Mit einer Telefonnummer am Unterarm, die schon längst nicht mehr zu lesen war.

»Muß putzen. Muß putzen, Kollega.«

Ich versuchte, die Augen aufzubekommen. Unmöglich.

»Kollega!«

Irgendwer zog an meinem Arm. Der Kollege. Ich nahm Daumen und Zeigefinger zu Hilfe und sah blinzelnd in die Welt.

Vor mir stand einer im blauem Toni, mit Besen und Kehrschaufel, und sah ganz verzweifelt aus.

»Schon in Ordnung«, sagte ich. »Tu deine Arbeit.«

Und versuchte, auf die Beine zu kommen. War nicht einfach. Klappte aber irgendwann einmal.

Hauptbahnhof Klagenfurt, fünf Uhr fünfundvierzig.

Scheiße.

Punkt zehn Uhr dreiundvierzig saß ich in dem Zug, der mich nach Buchs bringen sollte.

Hatte stundenlang verzweifelt darauf gewartet, daß sie einen Bierausschank aufmachten. Festgestellt, daß meine Reisetasche verloren gegangen war, irgendwann, irgendwo. Und mich gefragt, ob ich noch bei Sinnen war.

Dann fuhr der Zug los. Ich hatte endlich den Speisewagen gefunden und ein Bier bestellt. Vor morgen mußte ich nicht arbeiten. Und wenn die mich schon zwingen wollten, mit dem Zug zu fahren, mußten sie auch die Folgen in Kauf nehmen.

Ich hatte acht Stunden Speisewagen vor mir. Knappe tausend Schilling im Sack. Und einen dicken Kopf. Mir konnte nichts mehr passieren.

Nach dem zweiten Bier kam ich langsam zu mir. Soweit, daß ich einen Blick in die Runde werfen konnte.

Jetzt verstand ich plötzlich, wo der Lärm hergekommen war. Mir schräg gegenüber, an einem schon ganz ordentlich mit Bierflaschen belegten Tisch, saßen ein paar junge Menschen mit kahlgeschorenen Schädeln. Und redeten lauthals von Eishockey, von ihrer Mannschaft und den anderen, die sie *klaan* machen wollten.

Echte Fans.

Dann hielt der Zug.

Eine schwarzhaarige Frau kam in den Waggon. Sah sich um, und setzte sich an meinen Tisch.

Himmel, warum gerade hier, dachte ich. Ich hatte anderes zu tun. Sie nahm keine Notiz von mir, winkte dem Kellner und bestellte ein Bier.

Arme Jugend, dachte ich, bist auch schon in deinem weiblichen Teil ganz morsch. Mehr als zwanzig Jahre alt konnte sie nicht sein. Hatte sich die Kopfhörer übergestülpt und hörte weltvergessen Musik.

»Wenigstens nicht reden müssen, Tschenett«, sagte ich.

Sie sah mich an.

Aha, dachte ich, bist nicht ganz so weg, wie du tust.

Die Kahlgeschorenen grölten, lachten und taten alles, um wie Rottweiler auszusehen, die unbedingt am Bart gekrault werden wollten. Der Kellner schaute ganz verzweifelt drein. Dann legten sich die Glatzen mit einem Mann am Nebentisch an und machten sich, als dieser klugerweise das Feld räumte, übereinander her.

Die Schwarzhaarige bestellte ein Bier und hielt mir ihre Kopfhörer hin. Ich sah sie verständnislos an.

»Hör's dir an«, sagte sie.

Ich kontrollierte die Glatzen. Waren immer noch mit sich selbst beschäftigt. Und dann sah ich mir die Schwarzhaarige genauer an. Kurzhaarschnitt, schmales Gesicht, ein Auge leicht größer als das andere, verdammt wenig an für die Jahreszeit, und ein Lächeln, daß es mich an mich als jungen Menschen erinnerte. Alles wollen, alles sofort, alles sofort vergessen. Und wieder von vorne.

»Wie heißt?« sagte ich.

»Hilde«, sagte sie.

Altertümlicher Name, für ein so ein junges Mensch.

»Tschenett«, sagte ich.

»Hör's dir an«, sagte die Schwarzhaarige.

Ich tat, wie befohlen. Stülpte mir den Kopfhörer über und nahm einen Schluck.

Dem Horath Karl und meiner Wenigkeit verdankt ja die Wissenschaft, also die Psychologie, das Erkenntnis der Tatsache, daß siebzig Prozent aller Männer das deppate Gefühl haben, daß eana Zünder zu kurz ist.

Ich nahm den Kopfhörer wieder ab.

»Was soll denn das?« sagte ich.

Da lief ein Baß, Schlagzeug, manchmal drei Finger Piano. Und dieser Mensch, der etwas erzählte. In einer Sprache, die mir kaum verständlich war. Wienerisch. Weanarisch.

»Hör's dir an«, sagte die Schwarzhaarige und lächelte vielversprechend.

Alsdann. Ich setzte mir den Kopfhörer wieder auf und grinste zurück. Vergiß es, Tschenett. Bist besoffen, stinkst wie eine Büffelherde und hast kaum geschlafen. Das bringst du nie.

Dann setzten Baß, Gitarre und Schlagzeug ein und gaben Druck.

I ruaf di on und sog, wast eh was die Hüde wü. Und der Chor sang: *Wos wü dü wüde Hüde? De is net wüd auf dü, de is nur wüd auf dei Automobü.*

Yes, dachte ich mir, got'it.

Crazy 'bout an automobil. Here I'm standing with nothing but a rubber heel. Und olle seins net wüd auf dü, nur auf dei Automobü.

Ich legte die Kopfhörer vor mich auf den Tisch.

»Ich fahr nur LKW«, sagte ich. »Und das auch nicht immer, wie man sieht.«

Die kleine Schwarzhaarige lächelte schon wieder.

»Schon gut«, sagte sie.

Dann stand sie auf und ging. Drehte sich am Ende des Speisewagens um und machte eine kleine Kopfbewegung.

Tschenett, dachte ich, was passiert dir?

Ich stand auf und ging ihr nach.

Sie stand in der Toilettentür.

»Ich hab meine Gepäck nicht mehr«, sagte ich.

»Und?« sagte sie.

»Da waren die Gummis drin.«

»Komm mit«, sagte sie.

Now she turns you up. And flip on you fan. And then you start to rolling just as fast as you can. Net wüd af dü, nur au dei Automobü.

Gesegnet sei Österreich und *dü wülde Hülde*, dachte ich und zog die Tür hinter uns zu.

XVII

Und dann war es halb acht Uhr morgens und ich vollkommen geschlaucht. Österreich, das ist ein langweiliger, langgezogener Schlauch. Ich war an seinem Ende angekommen.

War einer sorgfältigen Kontrolle unterzogen worden. Prüfenden Blicken. So, als ob sich die österreichischen Grenzer nicht klar gewesen wären, ob sie es nun mit mir zu tun hatten oder mit einem anderen. Als ob sie meinen Ausweispapieren nicht getraut hätten. Oder mir nicht. Oder beiden nicht. Ein andächtiges Ritual, der Staatsmacht zu Ehren.

Ich schaute ehrfürchtig zu. Ihrem Blättern im Fahndungsbuch, Seite um Seite, dem konzentrierten Buchstabieren ins Funkgerät, den Röntgenblicken, den sanft streichelnden Händen, die meine Beine hochglitten, Halt am Schritt.

Es war Ewigkeiten her, daß ich zum letzten Mal in den Genuß eines solchen Grenzüberganges gekommen war. LKW-Fahrer sind für den Kontrolleur uninteressant. Interessant ist, wenn schon, die Ladung, der Karren. Wir sind nur die Kärrner. Und die filzt man nicht.

Weil sie, im Vergleich zur Ladung, nichts wert sind. Weil sie nur ein Anhängsel sind. Sozusagen gar nicht da. Nur umständehalber.

Aber der Eisenbahnreisende ist nur er selbst. Und will als solcher über die Grenze. Zusammen mit anderen Eisenbahnreisenden, in einem Behälter aus Stahl, Eisen und Plastik. Der Eisenbahnreisende ist der Inhalt der Eisenbahn, ihr Frachtgut. Frachtgut muß kontrolliert werden. Stückweise. Wenn es sich um lebendes Frachtgut handelt, veterinärmedizinisch. Für alles gab es Vorschriften, Verordnungen, Gesetze. Kontrolle auf Seuche und Betrug. Falschdeklaration. Etikettenschwindel. Mogelpackung. Gesetzeswidrige Vorteilnahme. Verfallsdatum. Gütesicherung. Ordnungsgemäßer Zustand.

Ich ließ die Prozedur über mich ergehen, schaute in die Luft und wartete. Irgendwann würde es vorbei sein.

Normalerweise geht mir ein solches Übermaß an Geduld ab. Normalerweise laß ich mich nicht als Stückgut behandeln. Aber die stundenlange Bahnfahrt hatte mich weichgekocht, mich in ein surrendes Taumeln versetzt, in Ruhe und Staunen. Ich war in einem Film verschwunden. Durch die Leinwand gegangen. Der Zug hätte die nächsten Jahrzehnte hier stehenbleiben können, an der Grenze, Niemandsland, mir wäre es nicht weiter aufgefallen. Die Zeit verging so schnell, daß sie verschwunden blieb.

»In Ordnung. Auf Wiedersehen«, sagte der Grenzer und ging.

Ich hob den Arm.

»Noch ein Bier, Ober.«

Die Tatsache, daß die Eisenbahngesellschaften in ihre Fernreisezüge einen Speisewagen einkuppeln, erinnerte mich daran, daß zum Tode Verurteilte, während sie jahrelang auf den Stromstoß, das Gas oder die Injektion warten, regelmäßig auf ihren korrekten Gesundheitszustand überprüft werden.

»Wo fängt die Schweiz an?« fragte ich den Ober, als er mir das Bier brachte.

»Schweiz...«, sagte er nur und lachte. »Beim nächsten Bier.«

War's ja gar nicht mehr so weit.

Und dann wurde mir klar, was er mit dem *nächstem Bier* gemeint hatte. Ein Schweizer Grenzer kam in den Speisewagen, setzte sich an den erstbesten Tisch und schaute vollkommen uninteressiert zum Fenster hinaus. Sekunden später stand ein Bier vor ihm. Es dauerte keine zwei Minuten und er hatte die Hälfte leergetrunken und ein kurzes Handzeichen gegeben.

Ich prostete ihm zu.

»Gruezi.«

Der Grenzer antwortete nicht. Und er stand nicht auf. Trank das eine Bier aus, fing das nächste an und schaute zum Fenster hinaus.

Mehr wollten die Schweiz und ihre Zollorgane nicht von mir.

Als der Zug in den Bahnhof einrollte, kippte der Grenzer den Rest in sich hinein, stand langsam auf und ging.

Buchs. Kleines Kaff, Grenzübergabeort, Zollfreilager, Speditionsfirmen, eine nach der anderen, zwischen Bahngleisen und Bundesstraße aufgereiht.

Ich war angekommen. Und wünschte mich so schnell wie möglich wieder weg.

Auf dem Bahnsteig lief ich meinem Grenzer wieder über den Weg. Er stand ganz vorn an der Kante, schaute auf das Schotterbett, wippte vor und zurück. Und lächelte. Komisches Land.

Ich sah mich um. War wohl nichts mit *großem Bahnhof.* Kein Blumenstrauß, keine Musikkapelle, nichts.

Steigst in Buchs aus. Wirst abgeholt. Alles klar? hatte der Typ in Klagenfurt gesagt.

Nichts klar.

Ich genehmigte mir eine Zigarette und sah mich nach jemandem um, der mir ein Bier ausgeben wollte

Da war niemand. Da waren der Bahnsteig, der Grenzer und ich.

Bleibst du eben bis an dein Lebensende hier stehen, Tschenett. Vielleicht ist es das, was der Große Gasförmige mit dir vorhat.

»Schènett?«

Der Große Gasförmige. Er redete mit mir, fremdsprachig. Ich rührte mich nicht und wartete ab.

»Schènett?«

Jetzt zupfte er mich am Ärmel, der Große Gasförmige.

»Sein du Scènett?«

Ich, wenn ich das wissen würde.

Ich drehte mich um. Vor mir stand ein kleiner Mann mit großen schwarzen Augen und einem Schnauzer, der ihm bis unters Kinn hing.

»Wird sein«, sagte ich, »wird schon sein, daß ich der Tschenètt bin. Aber hinten betont.«

»Mitkomm«, sagte der Schnauzer und zog mich am Ärmel hinter sich her.

Er mußte nicht lange ziehen. War sich seiner Sache so sicher und ich mir meiner so unsicher, daß ich nichts lieber tat, als ihm hinterherzutrotten. Mit Trippelschritten. Um den Schnauzer nicht zu überholen.

Hatte einen schwarzen Anzug an, der ihm ringsherum viel zu groß war und sich von Zeit zu Zeit zu einem Segel aufblies. Staubige, faltige Schuhe. Und im Rhythmus seiner Schritte redete er Wörter vor sich hin. Auch nach zehn Minuten hatte ich nicht verstanden, ob er mich damit meinte, oder ob er mit sich selber sprach. Manchmal verstand ich ein Wort. *Barack, issi spät, Chef.*

»Wie heißt du?« sagte ich, immer noch hinter ihm her trippelnd.

Er blieb stehen, schaute so lange, bis er meine Augen gefunden hatte, wurde um zwei Zentimeter größer, der Anzug paßte ihm noch immer nicht, und sagte: »Jiorgi.«

»Jorgi«, sagte ich.

»Jiorgi«, sagte er, betonte das schleifende i und nickte langsam und gewichtig mit seinem kleinem Kopf.

»Verstanden«, sagte ich. »Jiorgi.«

Jiorgi, der Schnauzer, drehte sich um und ging weiter.

War ein sympathischer Mensch. Ruhig, gelassen, weltfern. Und deswegen kamen mir langsam Zweifel hoch, ob ich dem Richtigen hinterherstieg. Im Transportgewerbe sind solche Typen Mangelware. Eigentlich gar nicht existent. Nicht überlebensfähig. Fehlbesetzung. Falscher Rhythmus, falscher Ton. Falsche Musik.

Vielleicht bildete ich mir das alles nur ein. Den Schnauzer und die Wörter, die schubweise aus ihm herauskamen.

Wir waren inzwischen in der trostlosesten Ecke dieses trostlosen Kaffs angekommen. Eine staubige Straße, links und rechts Hallen, hinten der Rangierbahnhof, keine Menschenseele weit und breit.

»Wo gehen wir hin, Jiorgi?« sagte ich.

Er zeigte mit dem Finger nach vorne. Wortlos und ohne sich umzudrehen.

»Aha«, sagte ich.

»Arbeit, Chef«, sagte Jiorgi.

»Aha«, sagte ich.

Zwei der schlimmsten Wörter, die ich kannte, hatte Jiorgi mit großer Gelassenheit ausgesprochen.

»Scheißchef«, sagte ich.

»Scheiß schon«, sagte Jiorgi, »aber Arbeit.«

Hatte er auch wieder recht, mein Schnauzer. Schien ein Philosoph zu sein. Vielleicht war es gar nicht so falsch, daß ich ihm hinterherlief.

»Dada«, sagte Jiorgi dann und zeigte mit seiner Linken nach vorne, »da.«

Wenn es nach ihm ging, mußten wir bald da sein. Hatte das Rätselraten ein Ende.

Das Ende kam nach ein paar Metern.

Jiorgi bog nach rechts in einen Hof ab, auf dem zwei Reihen Baracken und Container standen. Auf einer der größeren Baracken stand in rot *Zantrans – Transporte – International* zu lesen. Und darunter, kleiner: *Buchs. Hauptsitz.* Hatte ich also doch nicht so falsch gelegen mit Jiorgi, meinem Schnauzer.

Jiorgi winkte mir und ging quer über den Platz.

»Kommen«, sagte er.

Ich hinterher.

Jiorgi ließ die Hauptbaracke links liegen, steuerte zielstrebig zwischen den Containern hindurch in die hintere Ecke, machte die Tür zu einer der Blechbüchsen auf und eine einladende Handbewegung in meine Richtung.

Ich tat ihm den Gefallen und ging hinein. Außer zwei metallenen Stockbetten war nicht viel zu sehen.

»Isses dein«, sagte Jiorgi, der mir hinterhergekommen war und zeigte auf die Matratze links unten.

»Schnauze!« schrie jemand.

Jiorgi duckte sich.

»Sirnomi«, sagt Jiorgi, »Tschuldigung.«

»Schnauze!«

»Hat sich ja entschuldigt«, sagte ich.

Der Schreier lag rechts oben. Regungslos.

»Is eh Zeit zum Aufstehen«, sagte ich und zwinkerte Jiorgi dabei zu.

Mal sehen, wieviel der Kollege verkraften konnte.

»Und ich bin erst schlafen gegangen«, schrie er.

»Gute Nacht«, sagte ich.

»Gut Nackt«, sagte Jiorgi und verschwand.

»Schnauze!« schrie es von rechts oben.

»Is schon gut«, sagte ich.

Und legte mich auf links unten.

War gar keine so schlechte Idee. Mich auf eine Matratze zu hauen. Und wenn es eine verdreckte wie die jetzige war.

Ein Auge hatte ich schon geschlossen und war gerade dabei, das zweite auch abzusenken, als sich die Figur rechts oben bewegte und ein Kopf zum Vorschein kam.

»Lotzin«, sagte der Kopf, »Lotzin heiß ich. Bist der neue Kolleg, nehm ich an.«

»Wird sein«, sagte ich.

Und wollte schlafen.

»Wenn der neue Kolleg bist, geh ins Büro.«

»Weil?«

»Weil sie auf dich warten. Das Büro und der LKW.«

Ich bewegte mich etwas, um bequemer zu liegen zu kommen.

»Ich weiß nicht«, sagte ich.

»Das hättest dir vorher überlegen müssen, Kolleg«, sagte der rechts oben. »Mach uns kein Ärger.«

»Ich kann's ja bleiben lassen auch«, sagte ich.

»Glaub ich nicht«, sagte rechts oben. »Wer hier schuftet, hat's nötig.«

»Was?«

»Die Pinke. Geld, Zaster.«

»Wieso«, sagte ich, »was ist das hier?«

»Eine Zastermaschine«, sagte rechts oben.

»Wie heißt denn sonst noch, außer Lotzin?« sagte ich.

»Lotzin.«

»Auch gut, Lotzin«, sagte ich. »Tschenett.«

»Ich weiß«, sagte Lotzin, der inzwischen einen hochroten Kopf bekommen hatte, weil er sich die ganze Zeit zu mir herunter gebeugt hatte. War ein Gesicht, das du auf jeder Raststätte zu jeder Tages- und Nachtzeit findest. Rund, kurzgeschoren, leicht geschwollen, feucht. Dazu gehören kurze Hosen und ein Bauch, der ein paar Zentimeter drüberhängt.

»Lotzin«, sagte ich, »und was ist der Jiorgi für einer?«

»Wer?«

»Der Jiorgi.«

Lotzin schwang sich stöhnend auf, vorsichtig darauf bedacht, den Kopf nicht an die Decke zu knallen. Dann drehte er sich mehrmals um sich selbst, solange, bis er vor mir auf dem Boden stand.

»Kenn ich nicht, Jiorgi«, sagte er.

»Der Typ, der mich hierher gebracht hat.

»Ah«, sagte Lotzin, setzte sich zu mir auf meine Matratze, holte eine zerknitterte Schachtel *Mary Long* aus der Gesäßtasche seiner kurzen Hosen und bot mir eine an.

»Die Putzfrau«, sagte Lotzin. »Das ist die Putzfrau.«

»Jiorgi?« sagte ich.

»Kann mir den Namen nicht merken, Kolleg«, sagte Lotzin und zog an seiner Zigarette, als hätte er seit Jahren nicht mehr geraucht. »Is trotzdem die Putzfrau. Für hier und die anderen Blechbüchsen. Und die LKWs.«

»Putzfrau«, sagte ich.

»Haben wir hier von'em LKW geholt, der aus Rumänien kam. Blinder Passagier. Hat sich irgendwie reingesetzt und is durch alle Grenzen gekommen. Dann war er hier. Hat ihn der Chef zur Putzfrau gemacht, statt ihn zurückzuschicken.«

»Netter Mensch, der Chef.«

»Kost ihn nichts, der Rumäne, dem Chef. Außer das bißl Essen und die alten Anzüge.«

»Guter Rechner, der Chef.«

»Das schon«, sagte Lotzin.

»Und sonst?« sagte ich.

»Schau ihn dir selber an«, sagte Lotzin. »Und geh. Der wartet schon auf dich.«

»Auf mich?«

»Schaut sich jeden einzeln an von seinen Fahrern, der Chef, bevor er sie losschickt. Ist die Baracke mit dem Firmenschild drauf.«

Ich hatte nicht die geringste Lust. Andererseits hatte ich deswegen einen Tag lang im Zug gesessen. Und nichts besseres vor. Schlafen konnte ich immer noch.

Ich schob mich langsam von der Matratze hoch.

»Dann geh ich eben«, sagte ich und stand auf.

»Brav«, sagte Lotzin, »und ich geh schlafen.«

»Sogni d'oro«, sagte ich.

»Was?«

»Träum was Schönes«, sagte ich.

»Werd ich schon«, sagte Lotzin und schwenkte ein Pornoheft.

XVIII

In der Bürobaracke saßen zwei frühmorgendlich herausgeputzte Sekretärinnen und hantierten an ihren Computern. Ich mußte ein paar Minuten warten, bis die jüngere der beiden sich von ihrer Arbeit losreißen konnte und Zeit für mich hatte.

»Ja?« sagte sie.

»Tschenett«, sagte ich.

Sie machte sich über die Tastatur ihres Computers her, hackte mit spitzen Fingern darauf herum, sah gespannt auf den Bildschirm und lächelte mich dann an.

»Richtig«, sagte sie, »Tschenett. Italiener. Klagenfurt. Sechster des Vierten, acht Uhr, Cheftermin. Berlin.«

Schien ihr alles der Computer gesagt zu haben. Ich versuchte, einen Blick darauf zu werfen und beugte mich nach vorne. Sie sah mich strafend an und drehte den Monitor von mir weg.

»Was steht denn sonst noch da«, sagte ich, »über mich? Muß einer ja wissen.«

»Nichts, was für Sie von Interesse wäre«, sagte sie und lächelte schon wieder.

»Was war das mit Berlin?« sagte ich.

»Wird Ihnen alles der Chef sagen. Dauert noch einen Augenblick.«

»Und wer sind Sie?«

Die ältere Kollegin warf mir einen strafenden Blick zu. Aber irgendwie mußte ich mir die Zeit ja vertreiben.

»Ich?« sagte die junge, »ich bin die, die hier sitzt, während ihr durch die Gegend fahrt und es euch gut gehen läßt. Und dann Spesen abrechnen wollt.«

Dann lächelte sie wieder und sprach etwas leiser weiter.

»Spesen rechnet die Kollegin ab.«

»Und Sie?«

»Ich vergebe die Aufträge«, sagte sie.

»Aufträge sind mir lieber«, sagte ich.

Die Kollegin stand mit einem solchen Schwung von ihrem Bürosessel auf, daß er beinah umgekippt wäre.

Ich grinste die *Aufträge* an. Sie zuckte nur leicht mit den Schultern. Dann summte ihr Telefon.

»Der Chef«, sagte sie. »Der nächste Container, gleich rechts.«

Ich ging bis zur Tür, drehte mich noch einmal zurück, um Winkewinke zu machen, und verschwand dann. Ist nie schlecht, wenn man im Büro eine Vertrauensperson sitzen hat.

Als ich den Chef sah, war mir alles klar. Vor allem, wie der Bulgare zu seinem Segeltuch gekommen war.

Der Chef war ähnlich klein geraten wie Jiorgi, hatte aber einen Meter mehr Umfang. Stand hinter seinem Schreibtisch und sah mich von unten nach oben an. Langsam, wachsam.

»Setzen Sie sich, Tschenett«, sagte er.

Ich gehorchte.

»Alsdann«, sagte der Chef, »einer unserer Leute hat Sie empfohlen. Aber das hat noch nichts zu sagen. Ob Sie für mich arbeiten, in Zukunft, hängt davon ab, wie Sie sich anstellen. Ich sag Ihnen, was ich von Ihnen erwarte.«

Er lehnte sich in seinem Stuhl zurück. Stellte den Daumen seiner linken Hand auf, nahm den Zeigefinger seiner rechten und haute dem Daumen eine.

»Erstens«, sagte er, »Zuverlässigkeit. Zweitens«, jetzt bekam der linke Zeigefinger sein Fett ab, »Pünktlichkeit. Und drittens«, diesmal war der Mittelfinger dran, Daumen und Zeigefinger schon wieder eingezogen, was zu einer öbszönen Geste führte, auf die er es nicht angelegt hatte, »drittens: meine Fahrer halten sich an die Straßenverkehrsordnung und an die Bestimmungen der EU betreffend Ruhezeiten, Fahrtzeiten eccetara. Verstanden? Bis hier?«

Das war allerdings neu.

Hatte bisher in dem Geschäft noch keiner von mir verlangt, daß ich mich an die Gesetze hielt. Im Gegenteil. Normalerweise hetzen sie dich übers Land, und wehe, du kommst ihnen ohne Strafzettel zurück. *Jeder Strafzettel ist Geld, das die Firma gespart hat,* hatte die Chefin der Firma *M-Bau* immer gesagt. *Wehe, ihr kommt mir ohne Strafzettel zurück. Fahrt, was das Zeug hält, und gebt die Wische im Büro ab. Ab zehn Zettel gibt's Trinkgeld,* hatte sie gesagt. Und wir waren, folgsam und brav, über Land gefahren wie die gehetzten Wildsäue. Und die Chefin hatte sich darauf so einen Bettel verdient, daß sie es sich leisten konnte, dem kleinen Sohnemann den Bürgermeisterposten zu kaufen. So nebenbei.

Und jetzt das.

»Was ist, Tschenett, haben Sie mich verstanden?«

Ließ nicht locker, der Chef,

Ich hörte auf zu staunen und senkte brav den Kopf.

»Verstanden«, sagte ich. »Dauert die Fuhre halt länger.«

»Das interessiert uns nicht«, sagte der Chef, »wichtig ist, daß Sie vollkommen problemlos ankommen. Kapiert?«

Ich nickte wieder.

Ganz normal waren die hier bei der Firma *Zantrans Transporte International* nicht. Die Container, Jiorgi, die Verdonnerung auf die Straßenverkehrsordnung. Ich schob es auf die Schweiz. Und hatte nicht die geringste Ahnung, wie falsch ich damit lag.

»Also gut«, sagte der Chef. »Sie gehen noch einmal ins Büro, füllen die Papiere aus, holen sich Ihren LKW und fahren nach...«, er schaute auf seinen Computer, »...fahren nach Berlin. Lassen den LKW da und übernehmen morgen früh einen anderen, den Sie nach hier zurückbringen. Details gibt's im Büro. Sie bekommen ein Funktelefon und sind für uns jederzeit zu erreichen. Verstanden?«

Von mir aus.

»Und...«, sagte ich und kam gar nicht erst zum Reden.

»Bezahlung laut Schweizer Tarif plus fünf Prozent, kann auf zehn oder fünfzehn angehoben werden. Falls es klappt mit Ihnen. Erfolgsbeteiligung, sozusagen. Ich entscheide, ob's mehr gibt. Also.«

Ich hatte verstanden. War auch nicht allzu schwer gewesen. Der Dicke hinterm Schreibtisch war der Chef. Und ich war der Kuli.

»Schön, daß man sich so schnell wiedersieht«, sagte ich, als ich mich an den Schreibtisch der Sekretärin setzte, um das Formular auszufüllen, das sie mir hingehalten hatte.

Recht viel mehr als Geburtsort und Führerscheinnummer wollte die Firma nicht von mir wissen. Meine Anlaufstelle im Büro war da schon neugieriger.

»Und«, sagte sie, »zufrieden?«

Ich tat ihr und mir den Gefallen und sagte: »Noch nicht ganz.«

Sie, taktatataktak, fiel wieder über die Tastatur ihres Computers her und spielte die Desinteressierte.

Ich sah die Unterlagen durch. LKW-Papiere, Frachtbrief, Zollerklärungen, Fahrtenschreiberscheiben, Grenzdurchgangszeiten, Zielort, Ankunftszeit, Moteladresse, Übernahme zweiter LKW, Ankunft Buchs. Alles fein säuberlich und schwarz auf weiß. *Zantrans Transporte International* war ein überorganisiertes Unternehmen. Und hatte alles, was meine Fahrt betraf, bereits geregelt und festgelegt. Langweilig.

Ich hatte meine Anlaufstelle lang genug gequält.

»Eines noch«, sagte ich und blätterte in den Unterlagen, »eins würd ich schon gern noch wissen.«

»Bitte«, sagte sie und gönnte mir zwei Millimeter Lächeln.

»Wie heißen Sie?«

Fünf Millimeter.

»Karin«, sagte sie.

»*Carina, carina, carina, ti voglio il più presto sposar*«, sang ich.

Ihre Kollegin war, noch bevor ich fertig war, zur Tür hinaus verschwunden, Karins Lächeln war auf einen guten Zentimeter angeschwollen, ich hatte mir die Papiere und die Schlüssel gegriffen und ihr einen Kuß übern Schreibtisch geschickt.

Zwei Minuten drauf stand ich vor meinem LKW. Eine Viertelstunde später saß ich auf dem Bock, trat die Kupplung und schob den ersten Gang ein. Sie hatten mir eine Vovol-Zugmaschine untergeschoben. Meine Hausmarke. Als ob sie's gewußt hätten.

XIX

Die Transitstrecke. Hof – Berlin. In den alten Zeiten, als noch die Vopos nach dem Rechten sahen, war hier immer eine Art Wildwestgefühl aufgekommen.

Erst die Grenzkontrollstellen mit ihren Hunderten von grünen Neonröhren, die Gruben, die Röntgenapparate, die Stempel und Transitvisa. *GänsefleischdenGofferraumuffmache, WaffenSprengstoffDrogen?* Und dann, für dreihundert Kilometer, die lichterlose Nacht. Irgendwo in der Mitte die Chemiefabriken, die man nur riechen konnte. Die Autobahn, eineinhalbspurig, meist menschenleer, Stoßdämpferteststrecke. Wartburgs hinter Bäumen und Hecken, Radarfallen, die Westmark einfuhren, durchgehend Tempo hundert. Und keine nennenswerten Abfahrten, beleuchtet schon gar nicht. Die Fugen zwischen den Betonplatten, die mit sanfter Regelmäßigkeit auf die Achse und aufs Gemüt schlugen. Intershops, zwanzig Prozent Rabatt auf Westzigaretten bei Vorlage des Passes, auch hier alles in grünes Neonlicht getaucht, *Grasovka, After Eight, Rotkäppchen, Asbach.* Bei Pannen auf den Kollegen warten, den nächsten, übernächsten, der anhielt. Kein Truckerservice, kein Automobilclub. Nach Stunden ein *Vopo*-Wartburg. Es war eine schöne Strecke gewesen, der Transit. Voller Geheimnisse, Gefahren und versteckten Reizen. Ein Abenteuerspielplatz, Eintritt *FünfMarkWest.* Ein schmales Asphalt- und Betonband durch ein fremdes Land. Nicht hier, nicht dort, nicht mehr ganz West, noch nicht ganz Ost. Irgendwas dazwischen. Und nach vier Stunden war der Spuk vorbei.

Diesmal dauerte es etwas länger. War ja schließlich wiedervereinigt, dieses Deutschland, und hatte sich zuallererst auf die Autobahnen gestürzt und baute und baute und vergoß Asphalt auf Asphalt. Aufschwung Ost stand an den Tafeln neben den Baustellen, und Aufschwung bedeutete Autobahn und bedeutete sechs Spuren, und sechs Spuren bedeuteten Baustellen, und Baustellen bedeuteten zwei Spuren à achtzig Stundenkilometern.

Der *Aufschwung* war nichts als ein zweihundertachtzig Kilometer langer Stau und genervte Aktentaschen, die auf den verbliebenen achteinhalb Kilometern, die halbwegs staufrei waren, die Sau rausließen und den bajuwarischen Zwölfzylinder für Sekunden mit Frohlocken und Jauchzen auf Hundertachtzig trieben, um dann, Knall auf Fall, ihr Bremssysthem zu testen.

Ich war am Berliner Ring.

Hatte mich streng an die Auflagen meines Chefs und die Vorschriften der Straßenverkehrsordnung nebst Sondervorschriften für den Güterschwerverkehr gehalten. Hatte meine Ladung, laut Frachtpapieren achthundertvierzig Schreibmaschinen spanischer Produktion, sicher durchgebracht. War ausgeruht wie kaum einmal auf einer meiner Touren. Und doch seltsam nervös. Dieses Herumgeeiere, auf den Stundenkilometer genau, hatte mich hibbelig gemacht. Und ich roch die Stadtluft.

Dann fiepste mein Funktelefon. Der Chef.

»Tschenett, wo sind wir?«

»Berliner Ring«, sagte ich.

»Alles regulär?« sagte er.

»Bis jetzt ja«, sagte ich.

»Bis morgen.«

Und weg war er, der Chef. Hatte ein ausgeprägtes Fürsorgebedürfnis, der Dicke in Buchs.

Das Funktelefon ging mir auf die Nerven. Der Gedanke, daß mir der Chef jederzeit in die Kabine hereinschneien konnte, sagte mir gar nicht zu. Umso weniger, als es in dieser Vovol-Zugmaschine keinen CB-Funk gab. Also keine Plaudereien mit den Kollegen. Keine Witze. Keine Aufreißereien. Und keine Vorwarnung bei Radarfallen. Wobei, richtig, ich mich eh an die Geschwindigeitsbegrenzugen zu halten hatte. Trotzdem: daß ich so von den Kollegen, die alle einen CB installiert hatten, abgeschnitten war, störte mich. Obwohl ich nie einer von den Dauerquatschern auf dem Funk gewesen war.

Autobahndreieck Potsdam. Dreieck Werder, Havelland, Oranienburg. Von der Neun auf die Zehn. Von der Zehn auf die Sechsundneunziger, Oranienburger Chaussee. Ich war in Berlin. Wieder.

Auf dem Merkzettel der *Zantrans Transporte International* stand, daß ich den *Truck-Stop* auf der Sechsundneunzig anfahren sollte. Motel einchecken, Schlüssel an der Rezeption hinterlegen, Abfahrt Richtung Buchs am Tag darauf um sieben Uhr mit neuem LKW. Wieder ein Vovol.

Der *Truck-Stop* war eine frisch in die Wälder vor Berlin gegossene Ansammlung von einstöckigen Flachbauten. Ehemaliges russisches Militärareal, auf dem sich jetzt ein riesiger Parkplatz, vollgestellt mit LKWs, breitmachte, ein Restaurant, ein schaukelnder Neon-Cowboy-Hut, eine Bar, die fünfzehn Nutten von der Straße geholt hatte, und eine dicke, blondondulierte Mittvierzigerin, die hinter ihrer Rezeption heraus ein strenges Zepter führte.

»Was wir nicht wollen, ist Ärger. Alles andere ist erlaubt«, sagte sie, als sie mir meinen Schlüssel in die Hand drückte.

»Kein Ärger«, sagte ich, »is in Ordnung. Will eh nur meine Ruhe. Und die wird keinen Ärger machen.«

»Ich hab schon Sachen erlebt«, sagte die Blondondulierte, »und ich hab hier schon solche wie dich gesehen, die nur ihre Ruhe haben wollten. Ich hab auch gesehen, was daraus geworden ist.«

»Bin morgen um sieben schon nicht mehr da«, sagte ich.

»Die Nacht ist lang«, sagte die Blondondulierte, »und ich kenn dich noch nicht. Neu?«

»Ja«, sagte ich.

»Dann sei brav. Mach kein Zoff und wir sehen uns noch öfter.«

War mir noch nicht ganz klar, wie sie das verstanden haben wollte. Gastronomisch oder physikalisch.

In einem hatte sie recht. Die Nacht war noch lang. Elf Stunden bis zur Abfahrt. Vier mußten reichen, für den Schlaf.

Der Rest war mein.

XX

Knappe zwei Jahre war ich nicht mehr in der Stadt gewesen.

Ich hatte mich geduscht, auf Firmenkosten eine Handvoll Fleisch in mich hineingeschoben, die Zugmaschine abgekoppelt und war jetzt auf der Sechsundneunziger Richtung Stadt unterwegs.

Die *Oranienburger Chausee* war mir, seit ich sie im Winter '89 zum ersten Mal gefahren war, die liebste Straße in die Stadt rein. Die *Avus* war nichts anderes als die Autobahnverlängerung vom Checkpoint am Stadtrand zum Funkturm. Die lächerlich kleine private Rennstrecke der West-Berliner. Die *Heerstraße* war einen Deut lustiger. Aber die *Sechsundneunziger* war mein Favorit. Spät entdeckt und liebgewonnen. Seit ich sie von Stralsund bis in die Stadt hinein gefahren war, hügelauf, hügelab.

Ich trat aufs Gas. Rein, rein ins Vergnügen.

Guten Kneipen sieht man ihre Qualität von außen an. Woran, weiß ich nicht. Aber wenn man drin sitzt, weiß man, daß sie gut sind. Wie gut sie waren, weiß man am Morgen danach. Ich saß in einer Kneipe namens *Umtata*, war zufrieden mit mir und der Welt und hatte gerade mein zweites Bier bestellt, als einer, den sie Jonny nannten, anfing, auf der Gitarre zu spielen. Nach drei Takten wußte ich: für heute hast du deinen Ort gefunden. Heut tut dir keiner was.

Jonny war klein und hager, blond und spitznäsig und hing über seiner Gitarre, als hätte man sie ihm in den Leib montiert. Jonny sang den Blues. Und wurde immer dünner dabei. Und immer mehr nur Stimme.

Dem Mann gibst einen Wiskey aus, schwor ich mir.

Und dann wurde Jonny immer rabiater. Machte Musik, daß es einem die Körpersäfte ins Hirn trieb. Das Kneipenpublikum feuerte Jonny an und stand zur Hälfte schon auf den Stühlen.

Jonny hatte längst vergessen, daß er vor Publikum spielte. Hieb auf seine Gitarre ein, zerrte an seinen Stimmbändern, arbeitete sich in den Text hinein. Hatte sich, blitzschnell, meine halbvolle Bierflasche gegriffen und slidete sich durch die Akkorde.

Ich war nahe dran, Jonny für immer recht zu geben. Er sang die alte Geschichte von Kommen und Gehen, vom Schnaps und von den Weibern, *just hangin round, me and my babe...*

Ich bestellte mir einen *grappa.* Und noch einen. Und war Sekunden später im Jahr 1986.

Pizzeria Italiana. Ein italienisches Lokal in Charlottenburg, in das ich geraten war, kurz bevor die Stühle hochgelegt wurden. Hatte einen *espresso* bestellt und einen *grappa.*

Der graugesichtige Kellner, der gerade dabei war, die *antipasto*-Vitrine zu putzen, hatte kurz genickt. Dann waren vier Italiener ins Lokal gekommen. Zwei waren in die hinteren Räume verschwunden, die beiden anderen vorne geblieben. Ab da stand die *grappa*-Flasche auf dem Tisch.

Es war ein angenehmer Abend geworden. Wir Italiener hatten uns gegenseitig etwas auf die Schaufel genommen, Nord und Süd betreffend, Berge und Meer, Afrika, Europa. Waren dann, einig, über die Regierungen der letzten zwei Monate hergefallen, hatten plötzlich Heimweh bekommen und *Volare! oh, oh* gesungen. Dann war einer von denen, die sich in die Küche verdrückt hatten, aufgeregt zurückgekommen, hatte geflüstert und gestikuliert. Bis ich verstanden hatte, worum es ging: er hatte einen LKW in der Hofeinfahrt verkeilt. Kein Zentimeter mehr vor, keiner zurück. Ich gab mich als dem Fach zugehörig zu erkennen. Der Aufgeregte war sichtlich beruhigt, der blasse Kellner warf mir einen aufmunternden Blick zu, und ich versuchte, die *grappas*, die ich in den letzten zwei Stunden getrunken hatte, zu vergessen.

Eine halbe Stunde später hatte ich den LKW aus der Einfahrt befreit, ohne danach gefragt zu haben, was er um diese Uhrzeit dort zu suchen gehabt hatte.

Eineinhalb Stunden später war ich der letzte, der das Lokal verließ. Und der bleiche Kellner, von dem ich inzwischen wußte, daß er Gianni hieß, hatte mich zu sich nach Hause eingeladen.

Drei Querstraßen weiter, fünfzig Meter die Straße rein, wir waren mit seiner Alfetta gefahren, sagte er: *ecco qua* und zeigte auf das Haus vor uns, als ob es ihm gehörte. Er war der Mieter drei Treppen links, Hinterhaus. Hatte Frau und drei Kinder, die am Schlafen waren, ein Wohnzimmer voller süditalienischem Barock, in dessen linker hinterer Ecke ein Synthesizer stand, an dem der *figlio*, wie Gianni mir erklärte, sich in italienischer Musik versuchte.

Gianni besorgte uns eine Flasche *grappa*, wir legten uns in die Polstermöbel. Dann griff er zur Videofernbedienung. Adriano Celentano. *Azzurro, quel pomeriggio è troppo azzurro e bello per me. Mi accorgo di non avere più risorse senza di te. E allora, io quasi quasi prendo il treno e vengo, vengo da te. Il treno dei desideri nei miei pensieri al incontrario va.* Tadadammdadadamm.

»Ah«, sagte Gianni.

Sah glücklich und zufrieden aus, während ich darauf wartete, daß Frau und Kinder oder zumindest der unmusikalische Nachbar uns beiden den Schädel einschlagen würde, so laut hatte Gianni den Celentano aufgedreht. Aber nichts geschah.

Und Gianni lag im Polstermöbel, sang mit und sagte wieder: »Ah. È un amore, eh.«

Nach der zweiten Strophe entdeckte ich eine kleine Träne in Giannis linkem Augenwinkel. Sie schien ihn nicht zu stören, hielt sich bis zur vierten Strophe tapfer an einer Hautfalte fest und war dann plötzlich verschunden.

»Agosto«, sagte Gianni, »il dieci di agosto vado a casa. E ci stò tre settimane. Caldo, mare, feste, amici, pesce.«

Alles das, was es hier in Berlin nicht gab. Kein Meer, keine Feste, keine Freunde. Zuhause, in Metaponto, da, wo man den Stiefel an der Sohle kitzeln konnte, war es jetzt warm, im August würde es brütend heiß sein. Daß er jetzt schon davon redete, machte Gianni die Berliner Kälte etwas weniger bissig.

Wir hatten uns dann noch eine Videoaufzeichnung des großen Spiels *FC Neapel* gegen *Juventus Turin* angesehen, Gianni und ich. Seine Frau war zur Arbeit gegangen, seine beiden Töchter saßen in der Küche und frühstückten.

»Se sei di nuovo in città, vieni a trovarmi«, hatte Gianni gesagt, bevor ich mich auf den Nachhauseweg gemacht hatte, quer durch eine Stadt, die schon wieder auf vollen Touren ihren Geschäften hinterherlief. Ich hatte Gianni versprochen, ihn zu besuchen, wenn ich wieder in der Stadt war.

Vielleicht klappte es ja diesmal.

Irgendwann hatte Jonny genug, legte den Kopf auf seine Gitarre und verstummte. Zehn Minuten später, immer noch in dieser Haltung, schlief er und lächelte.

Diesmal wären beinah mir die Tränen gekommen. Ich bezahlte und ging.

XXI

Die Schweiz hatte mich wieder. Autobahn staufrei, Zollabwicklung eine Frage von Minuten. Und Karin saß hinter ihrem Bürotisch und hakte mich von der Liste ab.

»Pünktlich, Tschenett, hätt ich nicht gedacht.«

»Ich auch nicht«, sagte ich.

Immerhin war ich mit etwas Verspätung und einem Kopf, der leise vor sich hinklopfte, in Berlin losgefahren, nachdem man mir an der Rezeption im *Truck-Stop* einen Briefumschlag und die Schlüssel zu meinem neuen LKW gegeben hatte.

»Bei der Gelegenheit«, sagte ich, »wie ist das mit der Kohle? Und mit der nächsten Fuhre?«

»Sie möchten das Geld überwiesen haben?«

»Ich möchte es bar auf die Kralle. Nach jeder Fahrt«, sagte ich. »Sie verstehen: Geschäftsprinzip. Bleibt keiner keinem etwas schuldig, und ich kann's lassen, wenn's mir reicht.«

»Ich verstehe«, sagte Karin und lächelte zwei Millimeter breit.

»Sehr gut«, sagte ich. »Und die nächste Fuhre? Berlin wär fein. Drei Tage Aufenthalt in Berlin wär noch feiner.«

»Sonst noch was, der Herr?« sagte sie und entzog mir ihr Lächeln.

»Das wär's.«

Sie arbeitete sich durch ihr Computerprogramm, nickte dann leicht.

»Hier«, sagte sie, »Frankfurt/Oder. Ist das einzige, was ich zur Zeit hab.«

»Frankfurt, oder was?«

»Frankfurt/Oder und retour. Marmor.«

»Und Berlin?«

»Nach Berlin ist erst wieder übermorgen etwas frei.«

»Gefällt mir gar nicht«, sagte ich.

Sie spitzte ihren Zeigefinger, sah mich bös an und hackte dann auf eine Taste.

»Ich verteil die Jobs«, sagte sie.

Das war klar.

»Und was tun Sie abends?«

»Nichts, was Sie interessieren könnte«, sagte sie.

Da ging nichts. Laß es bleiben, Tschenett.

»Frankfurt/Oder. Von mir aus. Aber die nächste Berlintour geht an mich. Versprochen?«

War ein nettes Mensch, die Kleine. Und trotzdem: lieber allein in Berlin als mit Karin in Buchs.

Ich hatte mich auf die Matratze geschmissen und beschlossen, Buchs und der Welt den Rücken zuzukehren, bis es wieder an der Zeit war, auf den Bock zu steigen. Frankfurt/Oder. *Ich verteil die Jobs.* Machte der guten Frau einigen Spaß, die Dompteurnummer.

Bei Gelegenheit mußte mir Lotzin, der Containernachtbar, ein bißchen was über die Lady erzählen. Zur Zeit schien er gerade auf Tour zu sein.

Sonderlich bequem waren die Matratzen der Firma *Zantrans* nicht. Aber die letzte Nacht war kurz genug gewesen.

Dann kam mir der Kalmsteiner entgegen, nahm den Rucksack von der Schulter, holte ein Stück Bauchspeck heraus, schnitt dünne Scheiben ab und hielt sie mir, aufs Messer gespießt, wortlos vors Gesicht. Und bewegte sich nicht mehr. Mir war nicht sehr wohl dabei.

Als Jiorgi in den Container kam, still und auf Zehenspitzen, wurde ich sofort wach. Und war froh darüber. Den Kalmsteiner hatte ich in der Woche, die vergangen war, vergessen gehabt. Den Kalmsteiner, den Grenzgang, den Prügel, mit dem ich ihn niedergeschlagen hatte. Den Grund dafür. Berta. Totò. Alles hatte ich vergessen. Alle. Und plötzlich waren sie wieder dagewesen, der Kalmsteiner hatte sie mitgebracht. Und Jiorgi hatte sie vertrieben, halbwegs.

Jiorgi ahnte nichts davon, wieso ich ihn so begeistert begrüßte.

»Hab dacht, du schläfs nich«, sagte er und wiederholte es noch einmal, sich entschuldigend.

»Schon gut, Jiorgi«, sagte ich, »hast gar keine Ahnung, was für einen Gefallen du mir getan hast.«

»Hab ich's nich gewuß«, sagte er.

»Setz dich«, sagte ich, griff mir zwei Bierflaschen unterm Bett und hielt Jiorgi eine hin. »Auf die Geister, auf die Gespenster, auf die Lebenden und die Toten.«

»Tot?«

Jiorgi war erschrocken.

»Sagt man so. Ist ein Trinkspruch.«

»Trinken?«

»Ja, trinken. Zum Wohl, Jiorgi.«

Als Jiorgi wieder gegangen war, war ich bettfaul, die Geister waren verschwunden, und außerdem wußte ich, daß von den zwei Damen im Büro die eine die Tochter des Chefs und die andere dessen frühere Geliebte war.

»Haste Auge auf kleine Chefin?« hatte Jiorgi wissen wollen.

»Kleine Chefin?« hatte ich gesagt. »Ein Auge? Nein. Bin sozusagen blind. Beidseitig.«

Jiorgi hatte sich damit zufriedengegeben. Und dann hatte ich noch erfahren, daß er ein halber Grieche war. Als Ergebnis zweier Biere reichte das vollkommen aus.

Das schlimmste an der Tour nach Frankfurt/Oder war, daß ich Berlin zu umfahren hatte. Und keine Zeitreserven für einen Abstecher. Diesmal hatte das Büro den Kontrollanruf übernommen.

»Keine Probleme«, sagte ich. »Werd auf die Minute genau ankommen. Außer, es zieht mich nach Berlin.«

»Unterstehen Sie sich«, sagte Karin.

»Zu Befehl, kleine Chefin«, sagte ich.

Sie legte auf.

»Sagen Sie das nie wieder«, sagte Karin, kaum stand ich vor ihr.

»Was denn?«

»Das. Sie wissen schon. Chefin und so.«

»Und klein? Auch nicht?«

»Gar nichts.«

»Was soll ich dann sagen? Frau wie?«

»Karin, das reicht.«

Hatte es gesagt und war weitergegangen.

Ich war gerade angekommen, als ich sie aus ihrem Bürocontainer kommen gesehen hatte. Und jetzt war sie in einem anderen Container verschwunden. So einfach machst du's ihr nicht, Tschenett, dachte ich und ging ihr hinterher.

Als ich die Tür hinter mir zumachte, saß sie schon wieder an einem Computer und hatte einen Telefonhörer in der Hand. Sie saß mit dem Rücken zu mir und hatte mich nicht gehört.

»Alles in Ordnung?« sagte sie und horchte in den Hörer hinein. Währenddessen klickte sie ein paar Mal mit der Computermaus. Auf dem Monitor erschien ein Kartenausschnitt.

»Achtzehn Uhr«, sagte sie, »bestätigt.«

Legte den Hörer auf und klickte noch einmal, der Kartenausschnitt vergrößerte sich, links von der Mitte war ein blinkendes kleines Quadrat zu sehen.

»Was ist das, was da blinkt?« sagte ich.

Irgendetwas mußte ich ja sagen.

»Der Einsnullsiebner-LKW«, sagte sie, sofort und ohne lang nachzudenken, erst dann erschrak sie und drehte sich zu mir um.

»Was tun Sie denn hier?«

Ziemlich laut war sie geworden. Die Überraschung.

»Wollte etwas fragen«, sagte ich.

»Fragen können Sie im Büro.«

Ich hätte nicht behaupten können, daß sie erfreut war, mich zu sehen.

»Und was ist das hier?« sagte ich. »Das wird doch nicht so ein Satellit sein, der euch sagt, wo wir gerade herumfahren.«

Wenn ich's schon verschissen hatte, konnte ich mir auch dumme Fragen erlauben.

Sie stand auf und setzte ihr bösestes Gesicht auf.

»Gehen wir«, sagte sie.

Ich blieb stehen. Sie schob mich Richtung Tür und wurde rabiat.

»Raus hier.«

»Schon gut«, sagte ich. Und wußte, daß ich mit meinem halb erratenen Schuß ins Blaue recht gehabt hatte.

So eine Firma war mir noch nicht untergekommen. Sollst dich an die Straßenverkehrsordnung halten, an die Ruhezeiten, telefonieren dir dauernd hinterher, wo du gerade bist, und haben dich dann auch noch auf dem Monitor, auf fünfhundert Meter genau. Eine Schweizer Firma, die ihre Fuhren zum guten Teil nach Deutschland machte. Es machte keinen Sinn. In Ordnung, einer, der die russische oder süditalienische Tour fährt, wird sich einen Sender auf seine LKWs montieren und sie vom Satelliten überwachen lassen. Weiß er, falls sie ihm geklaut werden, wenigstens, wo sie sind. Ist schlimmstenfalls die Ladung verloren. Und die Versicherung spielt mit.

Aber auf der Deutschlandroute. Hatte ich noch nie erlebt, in den zehn Jahren, die ich auf dem Bock saß. Hatte ich noch nicht gehört, die letzten Jahre. Und ein paar Jahre gab es das Satellitenortungssystem immerhin schon.

»Was wollten Sie, Tschenett?«

Die kleine Chefin war bemüht, die Situation zu entschärfen.

»Erstens Kohle, zweitens eine Fuhre nach Berlin.«

»Berlin...«, sagte die kleine Chefin.

»Und die Kohle für die Frankfurter Tour.«

»Unsere Buchhaltung wird noch ganz verrückt werden, mit Ihnen«, sagte sie.

»Kann sie gern«, sagte ich, »wofür werden die denn sonst bezahlt?«

»Sagen Sie das bitte nicht laut, wenn meine Kollegin dabei ist.«

»Die alte Ex vom Herrn Vater?«

»Sie werden Ärger bekommen, so.«

»Hab ich immer. Ist mein vorlautes Maul.«

Sie blieb stehen, legte den Kopf etwas schräg, lächelte eineinhalb Millimeter breit. Wir standen vor der Bürobaracke.

»Vergessen Sie den Satelliten«, sagte sie.

»Vergessen?« sagte ich. »Mit leerem Magen vergißt's sich schlecht. Und alleine essen kann ich sowieso nicht. Logische Folge, kleine Chefin: wir zwei gehen heut abend essen. Irgendwie muß ich das Geld, das ich gleich kassiere, ja loswerden.«

Das Geld hatte ich bekommen, das Abendessen, wider alle Erwartung, auch. War ein billiger Aufhänger gewesen, mit dem ich die kleine Chefin an den Tisch der Gaststätte *Zum Eidgenossen* bekommen hatte.

Und während wir da saßen und ein Stück Reh in kleine Teile schnitten, um es dann auf die Gabel zu spießen, dachte ich darüber nach, was die kleine Chefin dazu gebracht haben mochte, mit einem ihrer unzähligen LKWler, und nicht nur mit irgendeinem, sondern ausgerechnet mit mir, dem alten Tschenett, sich für einen fast schon romantischen Abend an einen Tisch zu setzen.

Die kleine Chefin lächelte mich aus ihren blaßblauen Augen an.

»Sie sind kein richtiger LKWler, Tschenett« sagte sie.

»Wie bitte?«

»Ich mein«, sagte sie und ließ sich noch etwas Wein nachschenken, »kein echter.«

»Ich steh gleich auf und geh«, sagte ich. »Und dann nehm ich mir die nächstbeste von euren Zugmaschinen und fahr damit Volldampf in ein Einfamilienhaus, in dem die kleinen Kinderchen so schön schlafen. Reicht das, als Beweis?«

»Au«, sagte die kleine Chefin, »jetzt hab ich ihn erwischt.«

»Ihn vielleicht«, sagte ich, »mich nicht. Und falls ich wirklich kein richtiger LKWler bin, sitz ich zur Zeit ja genau richtig. Schließlich ist das ja auch keine richtige Speditionsfirma, die vom Herrn Papa und Fräulein Tochter.«

»Der Herr Papa ist Geschäftsführer, Herr Tschenett«, sagte sie.

»Zweite Stunde Wirtschaftsunterricht«, sagte ich. »Wenn du Dreck am Stecken hast, stell einen Geschäftsführer ein. Der macht dir dann die Dreckarbeit.«

Keine Ahnung, was mit mir los war. Ich war plötzlich laut geworden. So würde das mit der kleinen Chefin nie was werden. War jetzt aber auch schon egal.

»Ihr habt da ein paar eigenartige Leute, die für euch arbeiten. Jiorgi, der Lotzin, der Tschenett. Und bei dem Geld, das ihr verdient, sitzt ihr immer noch in diesen Blechschachteln. Ganz normal ist das nicht, oder?«

Die kleine Chefin sah zuerst mich, dann die Rehreste an.

»Tschenett«, sagte sie dann, so leise, daß ich sie kaum verstand, »Tschenett, laß das.«

Schien sich nicht wohl zu fühlen, die kleine Chefin, in ihrer Firmenhaut. Vielleicht hat sie recht, Tschenett, dachte ich. Laß die blöden, alten Gewohnheiten. Laß das Schnüffeln. Bringt nichts. Und vergrault dir die kleine Chefin.

»Ich sag ja schon nichts mehr«, sagte ich. »Vergiß es.«

»Nur, wenn wir nicht mehr über die Arbeit reden.«

»O. k.«, sagte ich.

Gab ja auch sonst genug Dinge, über die man mit einer jungen Dame reden konnte.

»Also...«, sagte die kleine Chefin.

»Also«, sagte ich.

»Berlin«, sagte sie dann. »Wieso Berlin?«

»Wie wieso?«

»Wieso willst du unbedingt da hin?«

»Berlin?« sagte ich. »Einfach. Is'ne Stadt. Gibt's sonst nicht so oft im innereuropäischen Güterverkehr.«

»Vielleicht komm ich mal vorbei«, sagte die kleine Chefin.

»Sehen, was die Leibeigenen machen?«

»Mit dir kann man kein vernünftiges Wort reden.«

Die kleine Chefin war etwas sauer geworden.

»Sorry«, sagte ich und versuchte, den Abend noch in den Griff zu kriegen, »war nicht so gemeint. Nichts mehr über Geschäfte, richtig?«

»Richtig.«

Ab da wurde es ein angenehmer, entspannter Abend. Die kleine Chefin stellte sich als vollkommen harmlose und überaus reizende Person heraus. Spätestens beim *mousse a chocolat* waren wir uns einig, daß es sich leben ließ, in dieser Welt.

Aber als der Schnaps kam, biß mich die Wildsau.

»Ein paar Jahre«, sagte ich und sah auf die Hand, die ich in der Hand hielt, »ein paar Jahre bin ich ja schon im Geschäft. LKW-mäßig. Und ein bißchen was kriegt man da auch mit. Aber sowas wie eure Firma ist mir noch nicht untergekommen.«

»Weil?« sagte die kleine Chefin, zog ihre Hand aus der meinen zurück und sah mich groß an.

Entweder die spielt dir ganz gut was vor, Tschenett, oder die ist so, wie sie ist. Und wie sie ist, ist sie eigentlich genau richtig.

»Weil«, sagte ich, »weil man im Transportgeschäft kein Geld machen kann, wenn man sich an Gesetze hält. Weiß jeder. Aber der Papa besteht darauf. Und du kontrollierst es am Computer.«

Da waren plötzlich zwei kleinen rote Flecken auf ihren Wangen aufgetaucht. Konnte der Schnaps sein. Oder sonst was.

»Die Computer«, sagte die kleine Chefin leise und drehte ihr Schnapsglas in der Hand, »wenn du wüßtest. Die funktionieren sowieso nur die halbe Zeit.«

»Und du?« sagte ich.

Die kleine Chefin griff nach ihrer Handtasche und stand auf.

»Entschuldige«, sagte sie.

Ich zündete mir eine Zigarette an und sah ihr nach. Die Diskussion schien ihr auf die Blase geschlagen zu haben. Als sie nach einer Viertelstunde immer noch nicht zurückgekommen war, bezahlte ich und ging. So simpel hatte mich schon lang niemand mehr geleimt.

Bist ein blöder Hund, Tschenett, dachte ich. Laß die Firma ihre Geschäfte machen und kümmer dich mehr um die Frauen. Kein Wunder, daß sie dir weglaufen. So, wie du das machst.

Der Kollege Lotzin hatte zwei Flaschen Wiskey in unseren Container geschleppt.

»'n Schluck. Auf Flasche.«

Wieso nicht.

»Sag mal, hast du's gewußt? Das mit dem Satelliten und dem Computer?« sagte ich nach dem dritten Schluck.

»Der Satellit, der Satellit...«, sagte Lotzin und kratze sich am Sack. Dafür war er sich mit seiner Rechten extra in die Hose gefahren. Im Liegen.

»Bist jetzt also auch draufgekommen. Früher oder später kommt jeder drauf. Auch wenn sie ein Geheimnis drum machen.«

»Dafür, daß wir nicht nach Rußland fahren, ist das ein ganz schöner Luxus.«

»Laß sie«, sagte Lotzin. »Ist ihre Sache. Mich stört's nicht. Und ich fahr seit einem guten Jahr für den Chef. Zahlt ordentlich.«

Hatte er auch wieder recht.

Tschenett, mach's wie der Lotzin. Kalte Schnauze. Ruhe im Karton. Abzocken. Und wenn sie dir unbedingt mit ihrem Satelliten beim Pissen zusehen wollen, laß sie, ist ihre Sache. Hau dir den Wiskey rein und dann hau dich hin. Die kleine Chefin will eh nichts mehr wissen von dir.

Irgendwann wurde ich wach, weil mich Lotzin schüttelte.

»Hör auf zu schreien«, sagte er.

Ich wischte mir den Schweiß von der Stirn.

»Schlaf«, sagte Lotzin, »und schrei nicht. Kann ja keiner ein Auge zu tun.«

Und dann drückte er mir die Wiskeyflasche in die Hand.

Die kleine Chefin hatte mir, trotz allem, eine Berlintour zugeteilt.

»Ich komme, Platz da«, rief ich, als ich auf dem Berliner Ring war.

Den Sender für den Satelliten hatte ich unterm Beifahrersitz entdeckt, die Antenne unter der Abdeckung in der Schlafkoje.

XXII

Herzsprung. Herzsprung ist ein 250-Seelen-Dorf.

»Fahr nach Herzsprung«, hatte die kleine Chefin mich per Funktelefon umdirigiert. »Die Vierundzwanzig, Richtung Rostock, kurz vor Wittstock.«

Ich hatte mich geweigert.

»Berlin war abgemacht«, sagte ich, »und nach Berlin fahr ich auch.«

Zwei Minuten später hatte ich den Chef am Apparat. Genauer gesagt: der Chef mich.

»Tschenett, oder wie Sie heißen«, hatte er gesagt, »Berlin ist gecancelt. Herzsprung anfahren.«

»Ich hab eine Verabredung in Berlin, Chef.«

War so wahr wie ein Wahlversprechen. Aber ich hatte einfach keinen Bock.

»Passen Sie auf«, hatte der Chef gesagt, »keine Scherze. Wir haben umdisponieren müssen, Sie müssen umdisponieren. Wenn's daran den geringsten Zweifel gibt, sind Sie entlassen. Sofort. Nächster Parkplatz, raus. Gibt genug solche wie Sie, die weiterfahren. Für Dreimarkfuffzig allemal.«

Dreimarkfuffzig waren ein Argument, dem ich nicht widerstehen konnte. Sie ließen mich sogar den Ton vergessen, in dem mit mir geredet wurde.

»Herzsprung«, sagte ich, »in Ordnung. Klingt halt etwas makaber. So, als ob es eine Bedeutung hätte.«

»Scheißen Sie auf den Namen«, sagte der Chef, »fahren Sie den LKW hin und basta. Weitere Anordnungen dort.«

»Zu Befehl, Sir«, sagte ich.

Also Herzsprung. War mir eigentlich gar nicht so fern, vom Namen her. Und einen Schluck oder eineinhalb würde es da auch geben.

Brav wie ein Idiot war ich dann im richtigen Augenblick von der Autobahn abgefahren. Auf dem Bildschirm der kleinen Chefin würde ein Quadrat blinken. Und sie würde mit dem Kopf nicken. Brav, Tschenett, brav. Brav und folgsam, für Dreimarkfuffzig.

Ich begann das Ding, das da seine Signale an den Satelliten schickte, zu hassen. Scheißapparat. Nabelschnur. Gängelband.

Kurz vor Herzsprung fiepste das Telefon.

»Fahren Sie einfach ins Dorf rein, bis zur Kreuzung. Ist nicht zu verfehlen. Ich hab nur eine auf dem Bildschirm. Links hinter der Kreuzung muß ein Haus stehen. Auf dem steht *Herzsprung. Das Tanzlokal.* Da parken Sie. Einer unserer Leute kommt vorbei.«

»Wieso nicht Sie, kleine Chefin?« sagte ich. »*Tanzlokal* klingt doch gut. Wir könnten jede Menge Spaß haben.«

»Ich tanze nicht.«

»Wieso werd ich dann hierher geschickt?«

»Arbeit«, sagte die kleine Chefin, dann machte es *Tütütü,* und sie hatte aufgelegt.

Herzsprung, das sind zwei Straßen, die sich kreuzen, und eine Straße, die von der Kreuzung abgeht. Herzsprung, das sind Felder und Wälder, da, wo die Gärten vor den paar Häusern aufhören. Und Herzsprung ist ein Parkplatz, hinter Sträuchern versteckt, gegenüber vom Tanzlokal Herzsprung. Mehr war da nicht. Und der Parkplatz war, bis auf zwei kleine Transporter, leer.

Ich stieg von meiner Vovol-Zugmaschine, schloß ab und drehte eine Runde durchs Dorf. Nichts. Tot. Kein Mensch auf der Straße. Obwohl es erst in einer halben Stunde dunkel wurde.

Dann stand ich vor dem *Tanzlokal.* Vielleicht gaben Sie ja einem auch etwas, wenn man nur herumsitzen wollte. Und vielleicht tauchte endlich der Abgesandte der Firma *Zantrans* auf.

Das *Tanzlokal Herzsprung* konnte noch keine besseren Zeiten erlebt haben. Dazu waren die guten Zeiten zu lang vorbei. Und die neuen Zeiten zu neu. Recht viel mehr als das rote Neonherz mit dem Riß querdurch und den Schriftzug auf der Hausfassade hatten sie nicht gebracht. Auf jeden Fall keine Kunden. Wenigstens nicht um diese Uhrzeit.

Das Lokal war menschenleer. Musik lief, drei Discolichter blinkten vor sich hin, eine Spiegelkugel drehte sich. Mehr war nicht los.

Ich setzte mich an den Tresen und wartete. Auf irgendjemanden, der mich mit etwas Trinkbarem versorgen konnte, und auf die Firma *Zantrans.* Als nach fünf Minuten noch niemand zu sehen war, rief ich nach der Bedienung, drei Minuten später ließ ich einen Aschenbecher zu Boden fallen. Nichts. Langsam wurde ich sauer.

Insgeheim hoffte ich immer noch, heut abend in einer Stadt untertauchen zu können. Die nächste, die die Vokabel wert war, war Berlin. Bequem zu erreichen mit einer Zugmaschine. Knappe Stunde.

In der hintersten Ecke des Raumes ging eine Tür auf. Eine schmale junge Frau stellte sich hinter den Tresen und schaute mich wortlos an.

»Und«, sagte ich, »gibt's hier was zu trinken?«

»Und was?«

»Bier.«

»*Radeberger.*«

»Soll mir recht sein«, sagte ich, »*Radeberger* groß.«

Sie zapfte das Bier in einmal durch, so unsachgemäß wie nur irgendwie möglich, und verschwand dann wieder.

Einen Schritt war ich der Glückseligkeit wenigstens näher gekommen. Wenn auch nur einen kleinen.

Trink nicht zuviel, Tschenett, dachte ich, wenn die dich heut wieder auf Tour schicken, kannst das nicht brauchen. Und zuzutrauen ist der *Zantrans* alles.

»Die *Zantrans* soll mich am Arsch lecken«, sagte ich.

»Laß das den Chef nicht hören«, sagte hinter mir eine Stimme.

Ich drehte mich um. Und glaubte es nicht.

Tschenett, jetzt siehst Gespenster, dachte ich. Und befaßte mich wieder mit meinem *Radeberger*. Ein paar Sekunden lang ging das gut.

»Willst 'n alten Kumpel nicht mehr kennen, oder watt?«

Eine gewisse Ähnlichkeit hatte er, immerhin. Und die Stimme errinerte mich auch an ihn.

»Ralle?« sagte ich.

»Richtig, Tschenett, alter Sack.«

Es war wirklich Ralle. Und dann lagen wir uns in den Armen. Sylvester neunundachtzig, knapp nach dem *Fall der Mauer*, hatten wir uns kennengelernt, seither hatten wir uns nicht mehr gesehen. Ralle, bis zu seinem elften Lebensjahr Ralf genannt, seither nur mehr Ralle.

»Was verschlägt denn dich in das Kaff hier?« sagte ich.

»Dasselbe wie dich. Arbeit.«

»Als ob du je gearbeitet hättest, Alter.«

Ralle rutschte auf den Hocker neben mir.

»Tu ich jetzt auch nicht«, sagte er. »Bekomm nur bezahlt als ob, verstehste?«

»Versteh ich nicht.«

Wenn er einen neuen Trick heraus hatte, würde er ihn mir erzählen müssen.

»Erklär ich dir bei Gelegenheit«, sagte Ralle. »Vorher geb ich einen aus.«

»Nobel«, sagte ich.

»Gar nich nobel. Die Kneipe gehört mir.«

»Reich wirst damit ja nicht, so wie's hier aussieht.«

»Später«, sagte Ralle und klopfte mit seinem dicken Schlüsselbund auf den Tresen, »später wird's was besser. Is hier eben jottweedee. Aber solang man noch 'n paar Märker nebenher machen kann, geht det schon. Keine Angst, Alter, noch bin ich nicht am Verhungern.«

Konnte ich mir bei Ralle allerdings auch nur schwer vorstellen.

»Kommt wieder einmal keiner«, sagte er.

Erst jetzt begriff ich, daß er nach der Bedienung geklopft hatte. Wieso sollte es ihm auch besser gehen als mir.

»Auch juut«, sagte er, »zapft der Chef eben selbst. Wirds Glas eben weniger voll.«

»Aber nicht, wenn's meines ist«, sagte ich.

»Mal sehen«, sagte Ralle und verschwand hinterm Tresen.

Ging ebenso stramm wie ich auf die vierzig zu und hatte auch schon einiges hinter sich. In den allerersten Morgenstunden des Jahres neunzehnhundertneunzig hatten wir uns gegenseitig unsere Geschichten erzählt. Nachdem wir uns zufällig über den Weg gelaufen waren, zwei einander wildfremde Menschen, die von dem fröhlichen Feiern rings um sie herum gelangweilt waren, von dieser Ausgelassenheit, die den Teutonen pünktlich und auf Verordnung ein- bis zweimal im Jahr überkommt und die genauso schnell verflogen ist, wie sie gekommen ist.

Ralle und ich gehörten eher zu der Kategorie von Menschen, die am liebsten rund ums Jahr feiern, völlig grundlos und vollkommen unkontrollierbar. Wer zu dieser Gattung gehört, erkennt einen Amtsbruder sofort, und wenn's in einer völlig überlaufenen Kneipe ist. So waren Ralle und ich aufeinander gestoßen. Waren um die Häuser gezogen, bis wir in einer Kneipe ein bequemes und gar nicht so sylvestriges Eck gefunden hatten. Hatten uns hinter den Tisch geklemmt und waren sitzen geblieben.

Ralle war in Oranienburg großgeworden, vor den Toren Berlins, wie er sagte, mit stolzgeschwellter Brust, bis ich ihm eine in den Magen gehauen hatte und die Luft raus war.

Hatte kein Glück in der Schule, dafür um so mehr Glück bei der Nationalen Volksarmee gehabt. Spezialausbildung zum Marinetaucher, drei Jahre lang, bis es ihm doch zu blöd war und die Haare etwas zu lang geworden waren. Dann hatte er sich mit irgendwelchen Jobs über Wasser gehalten, nicht immer ganz legal, nicht immer ganz sozialistisch. Kein vorbildlicher Bürger der Deutschen Demokratischen Republik. Aber auch keiner, an dem sie im Westen ihre Freude gehabt hätten. Eigentlich war alles klar gewesen für die nächsten zwanzig Jahre.

Bis zum 7. Oktober 1976. Am Fernsehturm hatte es ein Rockkonzert gegeben, Ralle war, wie Tausende andere auch, hingegangen, um sich ein bißchen Musik reinzutun, *jeden Tag gab es det ja nich, am Telespargel*, und sie hatten Spaß gehabt und ein paar Biere, hatten getanzt, und plötzlich hatte der Boden nachgegeben. Ein

Ventilationsschacht war eingestürzt, es war zu einer Massenhysterie gekommen und Ralle hatte versucht, sich in Sicherheit zu bringen. War weggelaufen, Richtung Alex.

Die *Vopos* hatten den Tunnel unter dem Alex gesperrt, weil sie sich wer weiß was gedacht hatten, Volksaufstand und so, jeden einzeln kontrolliert, *Füße am Bordstein, Arme im Nacken verschränkt, Ellenbogen an die Wand, und dann ein Tritt von innen an die Füße, die janze Nacht so dajestanden*, hatte Ralle erzählt, *kenn ich*, hatte ich gesagt, und mich an Wien und die Sondereinheit, die sie in Österreich *Cobra* nannten, erinnert, *und dann ab in die Minna und drei Tage abjesessen, mit Verhör und allem drum und dran, und mir alles vorgehalten, wa, was jemals jewesen war, so von wegen bei Rot über die Fußgängerampel am soundsovielten, und das bei meiner militärischen Vergangenheit, und ikke immer nur auf stur jeschaltet, hatte ja keenem wat getan, nich*, hatte Ralle erzählt, und hatte dann zweieinhalb Jahre bekommen, wegen *Rowdytum und Alkoholismus oder sowat* und dann im Knast noch einmal drei Jahre wegen Schlägerei, *wollte mir einer beim Geschäft übers Ohr hauen, konnt ich ihm nicht durchgehen lassen, wa, warens eben nochmal dreie dazu, war auch schon egal.*

Und als er dann aus dem Knast raus war, war er nicht mehr richtig auf die Füße gekommen, *Bock uff det Janze hatt ich ooch keen mehr*, da war er im Sommer, als Landschaftsmaler verkleidet, nach Ahrenshoop gegangen, *Stasi-Ostseebad, weeste*, mit noch zwei Kumpels, Stafflei am Rücken und mächtig dicker Rucksack, rein ins Sperrgebiet, und eines nachts waren sie in ihrem Schlauchboot, *keen einziges Stück Metall dran, von wegen Radar und so, wozu hab ick Marine jemacht* in See gestochen, auf ihre Armmuskeln und auf die Strömungsberechnungen Ralles, *Marine, sag ick nur*, vertrauend, und waren nach zwei Nächten und einem Tag glücklich und hungrig in Dänemark an Land gegangen.

Und dann ging det Janze wieder von vorne los, Ralle hatte immer noch keinen Boden unter die Füße bekommen, hatte sich in Hamburg herumgetrieben und, *hätt ick nie geglaubt*, Heimweh bekommen, *nach den Broilern, nach den* Karos, *nach allem*, und als dann die Mauer plötzlich nicht mehr stand, *bin ick zurück. Sofort. Nich, daß mich det politisch intressiert hat, nee*, aber nach Berlin wollte er zurück.

Und so hatten wir uns, Sylvester neunundachtzig, getroffen. Purer Zufall.

Und jetzt wieder.

»Zwee Radeberger, drei Zentimeter unterm Zapfstrich«, sagte Ralle und stellte die Gläser vor uns hin.

»Gauner«, sagte ich.

»Schnauze, Alter«, sagte Ralle und kam wieder um den Tresen herum.

»Sag eh nichts.«

Ralle legte mir den Arm auf meine linke Schulter.

»Und dir hat es noch nicht gereicht, oder wie?« sagte er.

»Was denn?«

»Die Fahrerei«, sagte Ralle.

»Ich kann ja sonst nichts«, sagte ich.

»Das ist noch kein Grund.«

»Vielleicht nicht.«

»Siehst du. Und schon denkt es nach, das kleine Männchen da oben drin.«

Er hatte mir auf den Hinterkopf gehauen.

Wenn mir Ralle so kam, mußte er etwas in der Hinterhand haben. Umsonst war bei Ralle gar nichts.

»Sag, was du zu sagen hast, Ralle.«

»Noch nicht«, sagte er und stand auf.

In der Zwischenzeit waren ein paar Kunden in die Kneipe gekommen. Und trotzdem sah sie noch immer leer aus.

»Wir gehen nach hinten«, sagte Ralle. »Wird langsam voll hier.«

»Bei sechs oder bei sieben Leuten?« sagte ich.

Im Weggehen bestellte Ralle bei der Kellnerin noch zwei Essen.

»Chefsache«, sagte er, »und dalli, ja?«

Sie nickte nur und verschwand in der rückwärtigen Tür.

»Hast Hunger, oder?« sagte Ralle, nachdem wir uns an einem Tisch in der hintersten Ecke des Tanzlokals niedergelassen hatten.

»Doch«, sagte ich, und nach einer Pause: »Also...«

Ralle unterbrach mich.

»Ist mir noch geblieben aus dem Knast, die Angewohnheit. Jeden Tag, pünktlich, auf die Minute genau zur selben Zeit zu essen. Mich überfällt ganz einfach der Hunger. Pünktlich. Hat mich zwei Jahre gekostet, um es von abends achtzehn auf abends einundzwanzig Uhr zu schieben, das Essen. Wird man nicht so schnell los, den Knast.«

Ralle sah sich um.

»Ich kenn mich ja nicht so aus«, sagte er dann, »und bei uns hier war det immer so 'ne Sache mit der Gastronomie. Du kommst immerhin aus so 'ner Touristengegend. Was denkst du, was mit dem Laden hier zu verdienen ist?«

Ich sah mich im Raum um. Wenn die Kneipe vorne schon einen tristen Eindruck hinterlassen hatte, so war's hier hinten endgültig aus und vorbei. Grau, billig, abgerissen. Dabei konnte das Lokal nicht mehr als drei Jahre alt sein. Wer sich freiwillig hier reinsetzte, mußte entweder aus Herzsprung kommen, keine Freunde, keinen Führerschein und kein Blut in den Adern haben oder er war sonst irgendwie nicht normal. Es war kein Lokal, in das man ein zweites Mal ging. Es war tödlich. Traurig. Langweilig.

»Was mit so etwas wie dem hier zu verdienen ist?« sagte ich. »Nichts. Kann ich mir nicht vorstellen. Versuch, das Ding loszuwerden, bevor es jeder mitgekriegt hat, daß hier nichts läuft.«

»A: du hast recht. B: du hast nicht recht«, sagte Ralle. »Es ist nichts zu verdienen mit dem Lokal. Keine müde Mark. Richtig. Aber ich werd's nicht verkaufen.«

»Und wieso nicht?«

»Essen kommt«, sagte Ralle.

Und ließ mich die nächste halbe Stunde zappeln. Ging auf keine Frage ein, redete über Gott und die Welt und das Wetter, über alles, kam aber nie auch nur in die Nähe unseres Themas. Zweimal fiepste sein Funktelefon, er sagte *ja* und *nein* und nicht recht viel mehr, und ich wußte, wieso: er wollte mich auf die Folter spannen. Taktisch klug. Hatten sie ihm also doch etwas beigebracht bei der Marine, dem alten Kampftaucher.

Dann hatte er seinen Teller leergegessen, ich meinen auch, er hatte uns eine zweite Flasche *Bardolino* bringen lassen, und plötzlich, wie von Geisterhand, tauchten ein paar Minderjährige auf, zehn Minuten später sogar so etwas wie ein Discjockey. Als ich wegen der Musik, die dann einsetzte, die Stirn runzelte, hob Ralle kurz den Arm, und eine halbe Minute später hatte sein Plattenknecht Musik auf den Teller gelegt, die dem Durchschnittsalter an unserem Tisch etwas näher kam. Den Minderjährigen hatte Ralle eine Runde *Cuba libre* ausgegeben.

»Bißchen viel Aufwand für ein Geschäftsgespräch«, sagte ich, »und das soll es ja werden, oder?«

»Wie man's nimmt«, sagte Ralle. »Man kann's auch als Gespräch unter Freunden sehen. Such's dir aus.«

»Ich entscheid mich später«, sagte ich, »laß mal hören.«

Ralle nahm sein Funktelefon und schaltete es aus.

»Du fährst zur Zeit für die *Zantrans*«, sagte er. »Biste zufrieden?«

»Zahlen pünktlich. Cash. Und nicht schlecht.«

»Willste das Doppelte verdienen? Mindestens. Das Dreifache?«

»Wovon reden wir?«

»Fünf Mille, netto. Als Anfang.«

Fünf Mille. Nicht schlecht. War echtes Geld.

»Willst mich abwerben?« sagte ich.

»Nee«, sagte Ralle, »anwerben.«

Ich dachte kurz nach.

»*Zantrans*?«

»Richtig. Du arbeitest weiterhin für die *Zantrans*. Aber eben mit mir.«

»Für fünf Mille?« sagte ich. »Was ist faul?«

»Nicht mehr als bis jetzt auch, für dich«, sagte Ralle.

Jetzt wurde es interessant. Die kleine Chefin ging mir für einen Augenblick durch den Kopf, mit weiten, ausholenden Schritten.

»Und was war faul?« sagte ich.

»Tschenett«, sagte Ralle, »sag mir nicht, daß dir noch nichts aufgefallen ist. Meine Fresse. So bekloppt kannste gar nich sein.«

»Ich war gerade dabei, dran zu arbeiten«, sagte ich. »Die Ruhezeiten, die Telefonate, das Tempolimit, der Satellit. Denen scheint's zu gehen wie dir: sie wollen kein Geschäft machen.«

Ralle sah mich abwartend an. Ich schaute zurück.

»Weiter«, sagte Ralle.

»Warum will einer kein Geschäft machen?« sagte ich.

Ralle wartete.

Ich schenkte mir nach. Viele Möglichkeiten gab's nicht. Um genau zu sein: nur zwei. Ich hätte früher dahintersteigen müssen. Viel früher. Du läßt nach, Tschenett, dachte ich. Irgendwann einmal kostet dich das noch den Kragen. Früher als du denkst, wenn du nicht aufpaßt.

»Warum?« sagte Ralle.

»Warum einer kein Geschäft machen will?« sagte ich. »Entweder aus religiösen Gründen, sozusagen weil er spinnt. Oder...«

»Oder...«

Ralle wollte die Sache zu Ende bringen.

»Oder weil er nebenher ein viel größeres Geschäft am Laufen hat, von dem keiner etwas wissen soll.«

»Nicht schlecht«, sagte Ralle, »und wovon reden wir?«

»Autos?«

Ralle schüttelte den Kopf.

»Nee.«

»Drogen.«

»Nich ganz.«

»Nutten?«

»Denk in Ruhe nach«, sagte Ralle, »und komm nicht immer auf die Weiber. Was geht in einen LKW?«

»Viel.«

»Und ist quadratisch, praktisch, gut?«

Mir reichte es.

»Laß das Spiel, Ralle«, sagte ich. »Raus mit der Sprache. Sag mir, wovon wir reden, und sag mir, was du von mir willst.«

»O. k.«, sagte Ralle. »Stell dir einen Container voller Zigaretten vor.«

Klappte auf Anhieb. Gorgonzola.

»Auf dem Weg von der Fabrik zum Qualmer«, sagte Ralle, »wird der Container um ziemlich genau zwei Millionen Mark teurer. Zollabgaben und Steuern. Verstanden?«

Natürlich. Die Rechnung war einfach. Und der Schnitt verdammt groß, falls es einer schaffte, sich zwischen Fabrik und Abnehmer zu hängen.

»*Zantrans*?« sagte ich.

Ralle nickte leicht mit dem Kopf.

»Auch.«

»Die kleine Chefin?«

Ralle grinste.

»Vergiß sie.«

»Und du?«

»Ich organisiere die Verteilung hier vor Ort, Abteilung Nordostdeutschland. Engros. An die nächste Ebene. Mehr brauchst du nicht zu wissen.«

»Und mein LKW da draußen?«

»Ist schon leer. Zweitschlüssel.«

»*Truck-Stop*?«

»Dasselbe.«

»Das waren aber spanische Schreibmaschinen.«

In Gorgonzola waren es noch Hemden gewesen, schweizerische.

»Für den Zoll. Nicht für mich«, sagte Ralle und lächelte. »Mit zwei Millionen kann man einiges anfangen. Dafür kann man auch schon mal 'nen Stempel schwingen, oder? Und 'n paar Märker zusätzlich kann jeder brauchen. Ein Zollbeamter auch.«

»Und ich hab nichts gewußt und fahr die Teile quer durchs Land.«

»Gib's zu«, sagte Ralle, »du hast es nicht wissen wollen. Sei froh, daß du mich getroffen hast. Jetzt weißt du wenigstens, woran du bist.«

»Wieso erzählst du mir das alles?« sagte ich. »Ich mein...«

»Schon gut. Der Transport heut ist schiefgelaufen. Der *Truck-Stop* war nicht sauber. Razzia, zufällig, hatte nichts mit uns zu tun.

Hab trotzdem 'nen Tip bekommen. Also wirst du direkt nach hier umgeleitet. Ist das kleinste Risiko. Ich hör deinen Namen. Und denk mir: verdammt, den kennste doch. Außerdem brauch ich einen, der mir zur Hand geht. Wird langsam zu viel. Das Geschäft expandiert, oder wie man da sagt. Ich schaff's allein nicht mehr.«

Ich atmete einmal durch.

»Laß dir Zeit«, sagte Ralle. »Bis man sich an die Wahrheit gewöhnt hat, dauert es. Andererseits weißt du ganz genau, daß das nicht das erstemal gewesen ist, daß du Schmuggelware in deinem LKW gefahren hast, oder? Ist doch kaum einer von den Trucks sauber, die über Land fahren. Wär det Janze ja keen Geschäft nich mehr. Nur daß immer die anderen den Schnitt machen.«

Er sah mich einen Augenblick lang an.

»Alter«, sagte er, »diesmal hast du die Chance, ein paar Märker mitzuverdienen.«

»Hab ich?«

»Ja. Wenn du willst.«

»Ist vielleicht gar nicht so schlecht, auf meine alten Tage auch einmal ans Geld ranzukommen«, sagte ich. »Wer weiß, was man alles damit anfangen kann.«

»*Wir sind die junge Garde – des Pro-le-ta-ri-aats*«, sang Ralle, völlig übergangslos und ohne mit der Wimper zu zucken.

Irgendwo in meinem Kopf begann es zu arbeiten. Die Melodie kannte ich.

»*Zu Mantua in Ba-an-den – der treue Hofer war*«, sagte ich dann. Ich hatte gerade noch rechtzeitig die zwei verstaubten Winkel in meinem Hirn gefunden, in denen die dazugehörigen Bilder und Töne abgelegt worden waren.

Zu Mantua in Banden. Schützenaufmärsche. Ich war acht, zehn, dreizehn Jahre alt. Stramm standen sie, stramm marschierten sie. Das Fremde zu wehren, den Fremden ein Begehren. *Die Fremden*, das waren die Touristen, die wie die Heuschrecken über ein Land herfielen, das sie mit offenen Armen sabbernd empfing. Ich war sechzehn, und die treutiroler Schützen gingen mir mit ihren halbfaschistischen Sprüchen, dem todesergebenen Weinpanscher Andreas Hofer, ihrem dumpfrhythmischem Auftreten und ihrem Oberhäuptling, der so stolz auf seine frischgewixten Stiefel war, nur mehr auf die Eier.

Wir sind die junge Garde. Massenaufmärsche. Es war '85 gewesen, wenn nicht '84. Stramm winkten sie, Fäustchen, Händchen, Fäustchen, stramm marschierten sie. Zu der Melodie von *Mantua in Banden* sangen sie *Wir sind die junge Garde*. Mir kamen die Schützen hoch. Dann entdeckte ich: ganz Berlin-Ost war ein

Auflauf junger Frauen in blauen Hemden. Der Rest war mir fast schon egal, ich war älter geworden. Die alten Herren auf der Tribüne, ihre alten Ehefrauen daneben, die beleidigend dummen Sprüche auf den von beamteten Sprüchemalern in Serie gemalten Spruchbändern. Ich dachte nur an meine Eier. Und an die jungen Frauen in den blauen Hemden.

»Schluß mit lustig sein«, sagte Ralle und stand auf, »fang schon mal an, geschäftlich zu denken. Bin gleich wieder da.«

Viel zu verlieren hatte ich nicht. Und wenn ringsherum schon die zwanzigjährigen Milchbärte an nichts anderes als ans Geldmachen dachten, konnte so einer wie ich, während er auf die Vierzig zuging, ja auch langsam damit anfangen. Daß du es bis jetzt noch nicht getan hast, ist dir von niemandem gedankt worden, Tschenett. Ganz sicher nicht. Die lachen höchstens. Und wieso dem dummen Staat nicht die paar Märker abnehmen. Stellt eh nur Blödsinn an damit. Hol dir das Geld. Und lach. Diesmal bist du an der Reihe, Tschenett.

Langsam ergab das alles einen Sinn. Der Kalmsteiner, der Grenzgang, der Schlag. Hast alles hinter dir gelassen, Tschenett, was dir lieb und teuer war. Kannst nicht zurück. Wird schon einen Grund gehabt haben. Und wenn der Berta schon nicht mehr unter die Augen kommen kannst, kannst gleich in Herzsprung bleiben.

Herzsprung. Umsonst hatte der Ort seinen Namen nicht.

Dann saß Ralle wieder neben mir.

»Läuft alles wie geschmiert«, sagte er.

»Geschmiert«, sagte ich, so still, daß Ralle nachfragte.

»Was ist?«

»Geschmiert«, sagte ich, »läuft alles wie geschmiert. Das ist es. Wir werden langsam erwachsen, Ralle.«

Ralle sah mich verwundert an. Zog an seinem Ohrläppchen. Und wechselte dann das Thema.

»Alter«, sagte er, »erzähl mal, was du die letzten Jahre so getrieben hast.«

»Nicht viel«, sagte ich.

Mir war nicht danach, nach hinten zu denken. Aus. Vergessen und vorbei.

»Hast dich die ganze Zeit da unten in den italienischen Bergen rumgetrieben?«

»Nicht mehr«, sagte ich. »Ärger gehabt. Ich mach einen Bogen um Italien.«

»Bullen?« sagte Ralle.

Hatte eine Nase für sowas, der Gute.
»Auch«, sagte ich.
Nach mehr war mir nicht.
»Und sonst?« sagte Ralle.
Er gab nicht auf.
»Komm schon«, sagte er, »stell dich nicht so an. An die Geschichte mit dem Fußballer kann ich mich noch erinnern. Hast mir doch wat von 'nem Fußballer erzählt an Sylvester?«
»Stimmt«, sagte ich, »Paolo Canaccia. Netter Kerl. Ungute Geschichte. Wenn ich nach Berlin reinfahr, könnt ich eigentlich seinen Vater besuchen gehen. Ist Pizzaiolo da.«
»Hast ihn noch einmal gesehen, den Fußballer?«
Ralle tat alles, um mich zum Reden zu bringen.
»Gute Freunde«, sagte ich, »gute Freunde muß man nicht allzu oft sehen.«
»Und sonst?« sagte Ralle.
Mich sprang ein Gedanke an. Jetzt, wo Ralle mich in die Vergangenheit zurückdrängte.
»Nach Hamburg sollte ich fahren. Nachschauen.«
»Wo?«
»Bei einer Petrologin.«
»Wo bitte?«
»Ein Weibermensch, das Tunnels baut. Kurz gesagt.«
»*Weibermensch?*« sagte Ralle. »Was ihr Bergler alles für Wörter habt. Kommst dir vor wie im Mittelalter. Was hast'n du mit Tunnels am Hut gehabt?«
»Nichts, eigentlich. Bin nur wieder einmal zu neugierig gewesen. Und hab 'n Koffer geklaut.«
»Tschenett, Tschenett«, sagte Ralle. »Immer dasselbe mit dir. Gibst dich mit den kleinen Sachen ab und kriegst jede Menge Ärger. Umgekehrt ist's besser, denk ich mir.«
War er also, auf Umwegen, wieder zum Geschäft zurückgekommen, der gute Ralle.
»Und?« sagte Ralle.
»Das Ganze endete mit zwölf an eine Holzwand genagelten Hühnern und einem schweren Tiefschlag, was die Hamburger Dame betrifft«, sagte ich.
»Verstehe«, sagte Ralle, »und jetzt willst ihr hinterherlaufen, weil du hoffst, die Dame ist doch nicht so schlecht, wie sie mit dir umgegangen ist.«
Ich faßte einen Entschluß.
»Ich fahr nicht nach Hamburg«, sagte ich und tat einen Schnaufer.

Und dann saßen wir da, sagten kein Wort und schauten hochkonzentriert in unsere Gläser.

»Also hör mal...«, sagte Ralle.

»Stop«, sagte ich.

War entschlußfreudig heute. Schon wieder.

»Ralle«, sagte ich, »ich bin dabei. Was hab ich zu tun?«

»Ganz einfach«, sagte er, »mir 'n bißchen Arbeit abnehmen.«

»Genauer.«

Ralle grinste.

»Jetzt isser da, der Tschenett. Willkommen an Bord.«

»Ich höre«, sagte ich.

Mir war nicht nach Grinsen zumute.

»Alsdann«, sagte Ralle, »paß uff. Morgen nachmittag irgendwann bist im *Truck-Stop* und nimmst dir 'n Zimmer. Ganz oben, nach hinten links raus. Da, wo man auf den Parkplatz sehen kann. Dann sitzt du rum. Wieviel du willst. Tust, was du willst. Hauptsache, dir fällt auf, falls was nich läuft. Sollte eigentlich nicht sein, die Kollegen von der grünen Berittenen da haben wir unter Kontrolle, aber ich geh lieber auf Nummer sicher. Punkt achtzehn Uhr kommt 'n LKW.«

»*Zantrans*.«

»Richtig. Ich seh, du hast begriffen. Der bleibt da stehen. Hinten im Eck. Schau, daß der Fahrer den Schlüssel abgibt. Zur Sicherheit. Wir haben zwar einen zweiten, ist mir aber lieber so. Kann er uns nicht dazwischenkommen. Ist wieder so einer, der von nichts weiß.«

Und dabei grinste Ralle mich an.

»Schon gut«, sagte ich, »weiter.«

»Bleibst da sitzen. In der Bar. Drehst deine Runden. Dreiundzwanziguhrfünfunddreißig gehste wieder auf'n Parkplatz. Da müssen vier Transporter stehen. Zwei weiß, einer rot, einer blau. Kennzeichen kriegste noch schriftlich, Zeiten auch. Wenn sie da sind, gehst du in dein Zimmer und rufst mich kurz übers Funktelefon an. Zehn vor zwei sitzt du an deinem Fenster. Fernglas mit Restlichtverstärker besorg ich dir noch.« Er grinste wieder. »Bestes DDR-Erzeugnis. Da müßten dann sechs Leute in Lederjacken am Umladen sein. Meine Rocker. Du schaust einfach zu und wartest ab. Laß das Funktelefon an. Ne halbe Stunde später is der Spuk vorbei. Fährst noch'n paar Kilometer durch die Stadt. Und dann kannste das Geld einsacken.«

»Das war alles?

»Vorläufig schon«, sagte Ralle. »Ist doch leicht verdiente Kohle, oder?«

»Wenn ich's wöchentlich abkassieren kann...«
»Traust keinem, was?«
»Alte Gewohnheit«, sagte ich.
»Wöchentlich«, sagte Ralle. »In Ordnung. Und jetzt machen wir uns über die Dorfjugend her.«

XXIII

Ich war mittags aufgestanden, hatte mir in der verwahrlosten Küche des Tanzlokals Herzsprung etwas zu essen gesucht, eine Nachricht von Ralle gefunden samt einer Reihe von Kennummern, dem Fernglas und einem Autoschlüssel, der zu einem 164er Alfa paßte. Und einen Tausender Vorschuß auf die Spesen.

Fing ja gut an.

Ein paar Stunden hatte ich noch. Ich beschloß, in Ruhe nach Berlin zu fahren und einen Kaffee zu trinken.

Auf dem Parkplatz gegenüber dem Lokal schraubten zwei Typen an ihren Motorrädern. Im Eck stand ein weißer Transporter. Sonst war das Dorf wie ausgestorben.

Ich fuhr alle Straßen ab, die es in Herzsprung gab. Sah die Feldwege. Den Weg in den Wald. Besser, man tut sich beizeiten um.

Wobei das Blödsinn ist, Tschenett, dachte ich mir. Ralle ist nicht dumm. Und er macht das schon seit einem Jahr. Hat noch kein Problem damit gehabt. Außerdem ist er ein Freund.

Vielleicht war es einfach nur die Folge einer langen Übung und alte Gewohnheit, daß ich mich immer nur auf mich verlassen hatte. Wenn's hart auf hart kam. Totò und Berta vielleicht ausgenommen. Aber die waren weit weg.

Ich setzte mich in den Alfa. Ein Genuß, die italienischen Ventile klappern zu hören. Lang nicht so verschmiert wie die deutschen. Ein leises, metallisches Sirren. Ein paar Jahre noch, dachte ich, und die bauen auch in die Alfas einen VW-Motor ein. Das war's dann.

Ich war auf die Landstraße gebogen. Erkundungsrundgang, zweiter Teil. Alleen, Felder, Waldstreifen.

Und dann kam mir ein russischer LKW in den Sinn. Rechts an der Straßenböschung abgestellt, schräg, knapp vorm Umkippen. Oktober war es gewesen, als ich daran vorbeigefahren war. Oktober neunzig. Auf einer Fahrt nach Rostock. Hatte mich verfahren, mußte von der Autobahn runter und auf die nach Rostock rauf. War hier in der Gegend gewesen. Knapp hinter Herzsprung.

Dann war da der LKW. Einer. Einen Kilometer weiter wieder einer. Beim dritten war ich vom Gas gegangen. LKW mit hohem Radstand, roter Stern an der Fahrertüre, schön zum ansehen. Ansehnlich. Dann hatte ich die Soldaten entdeckt. Verstreut in Zweierreihen auf dem kilometerlangen Kartoffelacker der *Landwirtschaftlichen Produktionsgenossenschaft Sowieso*. Vornübergebeugt standen sie da.

Ich mußte anhalten und eine Weile zuschauen, bis ich begriff, was da vor sich ging. Die Soldaten der ruhmreichen Sowjetarmee, in Deutschland stationiert, damit es Deutschland gab, wie es hieß, suchten nach vergessenen Kartoffeln. Suchten nach etwas zu essen.

Abends, im Speisesaal vom *Haus Sonne* in Rostock, inzwischen ein fast schon stinknormales Hotel und früher so etwas wie ein Seemannsheim der DDR-Handelsmarine, deren Matrosen der Herkunft nach notorische Landratten waren, hatte ich mir von einem Thüringer Kesselwart, der seit zwei Wochen vergeblich auf seine Heuer wartete, die früher so selbstverständlich war, aber jetzt, wo die Sowjetunion in Deutschmark zu zahlen hatte, eine seltenere Angelegenheit geworden war, hatte mir von dem Thüringer Kesselwart also erklären lassen, was es mit den kartoffelsuchenden Soldaten der Sowjetarmee auf sich hatte.

Nachdem ihren Oberen klar geworden war, daß es nur mehr eine Frage der Zeit war, bis sie nach Hause in die Arbeitslosigkeit zurückbeordert wurden, hatten die ganz Schlauen unter ihnen alles, was sowjetisch war, zu Geld, besser gesagt: zu Mark gemacht. Waffen, Treibstoff, Bauholz, Heizöl, alles. Bis nicht einmal mehr genug Essen in den Kasernen rund um Berlin angekommen war.

Daraufhin hatten ganze Kompanien ihren Verteidigungsauftrag und ihren Stolz vergessen, sich nur mehr um ihren Bauch gekümmert und waren auf die deutschen Felder gefahren, um zu sehen, was die Maschinen noch im Boden gelassen hatten.

Jetzt, als ich in meinem fetten Alfa an den leeren Kartoffeläckern vorbeifuhr, Klima- und Stereoanlage auf Vollgas, kam mir der Oktober neunzig und sein trauriges Licht wieder in den Sinn. Und die noch größere Traurigkeit, die die gebückten kleinen Gestalten in den großen, braunen, erdigen Äckern am Leib hatten.

»Werd nicht sentimental, Tschenett«, sagte ich und drehte das Radio noch lauter.

Die Blondondulierte hatte gleich ein geeignetes Zimmer für mich gefunden.

»Für länger?« hatte sie gesagt.

»'n paar Tage schon.«

Einen Tick freundlicher war sie gewesen als das letzte Mal, hatte ich den Eindruck. War entweder Ralles Einfluß oder mein Alfa. Also auch wieder Ralle.

Die nächsten Stunden drehte ich meine Runden im *Truck-Stop*. Wie befohlen. Bar, Restaurant, Parkplatz. Alles unter Kontrolle, alles im Lot. War eine eigenartige Sache, so leicht sein Geld zu verdienen. Aber ich hatte mich beinahe schon dran gewöhnt.

Der *Zantrans*-Fahrer war pünktlich gewesen. Ich hatte aus der Entfernung die Schlüsselübergabe kontrolliert und überlegt, was und wieviel die Blonondulierte von Ralle bekam für ihren Nebenjob.

Das war es, was Freund Ralle eigentlich tat: er brachte Kohle unter die Leute. War auch eine Form von Daseinsberechtigung. Und nicht die Schlechteste.

Weil ich für mein Geld nicht nur fett herumsitzen wollte, drehte ich eine Ehrenrunde auf dem Parkplatz. Alles in Ordnung.

Kurz vor Mitternacht noch eine Runde, wie befohlen. Die Transporter standen da. Einer neben dem anderen. Sonst war es inzwischen schon ziemlich still am Parkplatz.

»Na siehst du, geht ja«, sagte Ralle am Telefon, als ich ihn anrief.

Und dann war es zwei Uhr und die Lederjacken am Umladen. Kurz bevor sie fertig waren, fiepste es.

Ich brauchte ein paar Sekunden, bis ich verstand, daß es mein Funktelefon war. Hatte mich immer noch nicht gewöhnt an das Ding.

»Ja«, sagte ich.

»Paß uff, Alter«, sagte Ralle. »Setz dich in deinen schönen Alfa und dreh eine Runde. Immer schön den Transportern hinterher. Bis auf die Stadtautobahn. Dann häng dich an den roten. Sobald er in der Garage steht, hast du Feierabend. Viel Spaß. Ich meld mich morgen wieder. Außer es gibt Ärger.«

»An den Roten«, sagte ich, aber da hatte Ralle schon aufgelegt.

Eine Stunde später stand ich vor einer Garage in Zehlendorf und hoffte, wieder zurück in belebtere Stadtviertel zu finden.

Was Ralle mit den vierundzwanzig Kartons Zigaretten in Zehlendorf wollte, war mir überhaupt nicht klar. War aber auch nicht mein Problem.

Dein Problem, Tschenett, dachte ich, dein Problem ist, den Rest der Nacht herumzubringen. Bei der Unmenge an Kohle, die du auf Tasche hast.

Dann hatte ich doch noch ein Lokal gefunden, in dem es sich bleiben ließ. Winterfeldstraße, Domina. Ein handtuchbreites Loch, mit zwei Leuten hinterm Tresen, die ihre Arbeit verstanden, und ein paar Typen neben mir, die, nachdem sie gefressen hatten, daß ich nicht ihr Fall war, mir meinen Wiskey und meine Ruhe gönnten.

Zwar tauchte der Kalmsteiner kurz in einer Bierpfütze auf der Chromplatte auf, aber nach dem dritten Wiskey war das auch passé. Es gab nichts mehr, nichts mehr um mich herum. Nur warme, tanzende Luft und die Musik.

Ich ließ meinen Kopf gehen, wohin er wollte. Wenn es Zeit zum Aufbruch war, das wußte ich, würde er wieder zurückkommen, und wir würden gemeinsam das Lokal verlassen. Mehr konnte man nicht verlangen, von zwei so ungleichen Freunden wie mir und meinem Kopf.

Es fing an zu schneien. Die Luft wurde feucht und warm. Ein zwei Meter großer Nikolaus mit fuchsigem Bart stand vor der Kirchentür und machte langsam und bedeutsam den bauchigen Sack auf, der ihm bis an die Brust reichte, es schneite immer mehr, wie bei Frau Holle unterm Fenster, im Halbkreis um den Nikolaus standen eine Handvoll Betweiber und ließen Rosenkranzperlen in Höchstgeschwindigkeit durch die dürren Finger laufen, ein Geräusch wie gleichzeitig fünf Stalinorgeln, jede Perle eine Explosion, neben dem Weihwasserbrunnen stand der Dekan mit einem englischen Witwer und trank Wiskey, einen Schluck nach dem anderen, und prostete dem englischen Witwer auf die Gesundheit seiner Frau zu, und die lachte blutig aus der steilen Felswand heraus, mit verdrehten Gliedern, plötzlich fing die Musikkapelle von der Kirchturmspitz herunter einen Tusch an, der Nikolaus tat ganz weihevoll, holte die Hand langsam aus dem Sack, Schneeflocken wie Handteller so groß und warm, und grinste, der Nikolaus, und wie er die Hand herausen hatte, hielt er eine dreifarbig gefleckte Katze in die Höhe und schrie »Trotzki, Trotzki« und hielt sich die andere Hand, die einen blau lackierten Vorschlaghammer hielt, vor den Mund und spuckte drei Dutzend Hunderternägel aus und die Betweiber sangen vierstimmig »Oh Haupt voll Blut und Wunden« und ein Dutzend Hühner liefen über den Platz, zwei von ihnen kopflos die Kirchturmmauer hoch, bis sie sich oben drum stritten, wer den Wetterhahn machen durfte, ein Nackter mit Eiszapfen im Haar fuhr auf einem Motorrad über den Platz und schrie »Tirol, Tirol« und der Nikolaus nickte und nagelte die gefleckte Katze mit ein um den anderen Nagel an die Kirchentür, während die Musikkapelle »Ich hatt einen Kameraden« spielte und der Dekan dazu den Text vom Horst-Wessel-Lied herunterbetete, als plötzlich ein großer, fetter Carabiniere laut italienisch schreiend im Handstand auf den Platz kam, und da, wo seine Hände den Boden berührten, der Schnee und das Eis wegschmolzen wie nichts, der Carabiniere in seiner Uniform und auf Händen laufend den Dekan umkreiste, während sich oben auf seinen Sohlen zwei Handbreit Schnee angesammelt hatten und der Dekan unter seiner Soutane eine Stange *West* herauszog, und, als er sie aufgebrochen hatte, Hühner aufflogen aus der Packung, sämtliche kopflos, während der Carabiniere immer näher kam auf seinen Händen, näher und näher.

»Noch'n Wiskey?«

»Nein«, sagte ich, »wer weiß, was der Carabiniere sonst noch alles macht. 'n Kaffee.«

Der Lockenkopf hinterm Tresen sah mich für eine Sekunde lang verständnislos an und ging dann an die Kaffeemaschine. Dabei konnte er gar nicht ahnen, wie dringend nötig ich den Kaffee hatte. Immerhin war mir gerade mein Vater, der gewesene und verstorbene Carabiniere-Brigadier Johann Tschenett, auf Händen entgegengekommen in einem Traum, den er mir erzählt hatte, als ich zwölf Jahre alt war. Und Bertas Hennen hatten sich zu ihm gesellt.

Höchste Zeit für einen Kaffee.

War also doch nicht ganz Verlaß auf meinen Kopf, solang er Freigang hatte.

»Kaffee«, sagte der Lockenkopf und stellte die Tasse vor mich hin, offensichtlich froh, mich wieder bei Sinnen zu sehen.

»Und zahlen«, sagte ich. »Ist Zeit geworden.«

»Vierunddreißigfuffzig«, sagte der Lockenkopf.

Draußen war es hell geworden und roch nach Schnee.

XXIV

Ralle hatte mich mittags geweckt, um mir zu sagen, daß ich einen beinahe arbeitsfreien Tag haben würde.

Ich hatte das Funktelefon in die Ecke geschmissen, nachdem ich ihm erklärt hatte, daß ich Besuch bekommen hatte.

»Besuch«, hatte er gesagt, »davon weiß ich nichts. Hat mir die Rezeption nicht gesagt.«

Konnte sie ihm auch nicht gesagt haben. Waren Geister, die durch die Hintertür gekommen waren.

Die nächsten Stunden hatte ich geschlafen wie in Blei gegossen. Schwer und regungslos.

Als ich das nächste Mal aufwachte, beschloß ich, mich tot zu stellen. Solange, bis mein Kopf wieder leer war. Noch bevor es soweit war, klingelte das Hoteltelefon.

»Tschenett«, sagte Ralle, »alter Freund. Tu mir das nicht an. Schalt das Handy nicht aus, ok?«

»Mich gibt's gar nicht«, sagte ich.

»Und wie«, sagte Ralle. »Und wie's dich gibt. Komm auf die Füße. Was hast du getrunken? Haut dich doch sonst nichts um.«

»Getrunken?« sagte ich. »Gar nichts. Fast nichts. Vergiß es.«

Ralle würde mich nie im Leben verstehen. Also hatte es auch keinen Sinn, lang herumzureden.

»Du stehst jetzt auf, gehst ins Bad und duschst«, sagte Ralle beschwörend.

Genau daran hatte ich auch gedacht. Wenn auch nicht aus denselben Gründen wie Ralle. Er wollte mich zum Laufen kriegen und ich wollte mich wegwerfen. Aber bei klarem Kopf.

Ich war noch unter der Dusche, als es an der Tür klopfte.

»Das Frühstück.«

Alter Ralle, versuchte es mit allen Tricks.

In der Zwischenzeit waren ein paar von den Eisenringen, die mir auf die Stirn drückten, im Abfluß verschwunden. Und Hühner, Katzen und Betweiber und ein fetter Carabiniere. Dabei war der Brigadier Tschenett ein spindeldünner Mensch gewesen.

Vielleicht war es doch machbar. Vielleicht schaffte ich es ja doch, auf die Beine zu kommen.

Es war fünf Uhr nachmittags, als ich mich in den Alfa setzte und mich bei Ralle telefonisch abmeldete.

»Ich fahr jetzt los«, sagte ich, »und dann häng ich mich bis Greifswald hinter den Transporter, wie besprochen.«

»Unterm Sitz liegt eine Beretta«, sagte Ralle. »Und ein Ersatzmagazin. Daß du mir nicht erschrickst.«

Ich fuhr gerade bei Rot über die Ampel, als ich die Pistole fand.

»Kleine Aufmerksamkeit für unseren italienischen Freund«, sagte Ralle.

»Und was soll ich damit?«

»Mensch«, sagte Ralle, »du fährst Begleitschutz. Denk mal nach.«

Ich hatte mich sofort unter Deck begeben, ans Fenster gesetzt, eine Bulette und ein Bier bestellt und auf das braune Wasser geschaut, das an die Mauern des Kanals schwappte. Berliner Binnenschiffahrt. Kreuzberg-Wannsee. Badewannenschipperei. Mußte sich ein alter Seebär wie ich, der längst schon vergessen hatte, wie Meereswasser roch, das über den Bug spritzte und an den Wanten festfror, unbedingt geben.

Ralle hatte mir, nachdem ich drei Tage lang die Spielchen vom ersten Mal wiederholt hatte, einen Tag freigegeben.

»Heut is nix«, hatte er gesagt, »laß es dir gut gehen und bring die Kohle an den Mann.«

Ich war durch die Stadt gefahren. Hin und her, auf und ab, Ellebogen zum Fenster raus, Musik auf Anschlag. Bis ich den Kahn gesehen hatte. *Spreeschiffahrt*. Und mich daran erinnert hatte, womit ich in früheren Zeiten meine Brötchen verdient hatte. Redlich und mit schwerer Arbeit. Unter Grönland. Auto einparken und auf den Kahn springen, war eins gewesen.

»Und jetzt zu unserer Rechten das Kraftwerk *Ernst Reuter*, benannt nach dem vormaligen Regierenden Bürgermeister dieser Stadt, als sie noch zweigeteilt war. Zu Zeiten der Blockade der Stadt durch die Sowjetunion wurde durch dieses Kraftwerk und die Hilfe der Vereinigten Staaten von Amerika die Versorgung der Stadt sichergestellt. Allein um dieses Kraftwerk zu versorgen, wurden täglich zig Tausen Tonnen Kohle eingeflogen. Man wollte dieser Stadt, dem West-Teil der Stadt, um genau zu sein, den Hahn abdrehen. Ham se nich jeschafft.«

Die Sprüche, die die Kapitäne über die Bordlautsprechanlage für ihre Touristen vom Stapel leierten, waren immer noch diesselben wie vor ein paar Jahren. Als ob nichts passiert wäre.

»Jetzt, wo diese Stadt wiedervereinigt ist wie das ganze Land, liefert das Ernst-Reuter-Kraftwerk auch Strom in den Osten der Stadt. Damit se sich nich 'n Arsch abfriern«, sagte der Kapitän und schien recht zufrieden zu sein mit seinen Qualitäten als Unterhalter.

Am Wannsee angekommen, war ich an Bord geblieben und hatte so lange in die blassen Frühlingslichter geschaut, die auf den Wellen spielten, bis die *MS Spreeathen* wieder die Rückfahrt antrat.

XXV

Die Tage vergingen damit, daß ich hinter Tansportern voller Zigaretten in der Gegend herumfuhr, den Fahrer auf die Finger schaute und ansonsten Däumchen drehte.

Ich hatte mich inzwischen an meinen Job gewöhnt. Und Ralle war zufrieden. Zwischenfälle hatte es keine gegeben, meinen ersten Wochenlohn hatte ich abkassiert.

Die Geschichte sah wirklich nach einem krisenfesten und idiotensicheren Job aus. Entweder waren die Bullen alle geschmiert oder sie hatten anderes zu tun. Zwar fuhren sie die Straßen Berlins in ihren grünen Wannen auf und ab. Aber offensichtlich war ihnen mehr daran gelegen, die Zivilbevölkerung einzuschüchtern, als sich mit Zigarettenschmugglern anzulegen. Jedenfalls nicht mit uns. Nicht mit denen, die sie tonnenweise verschoben.

Ein einziges Mal waren mir die Bullen auf den Pelz gerückt.

Ich hatte, aus reiner Neugier, als ich am Prenzlauer Berg wieder einmal an den vietnamesischen Straßenverkäufern vorbeigefahren war, den Wagen in die nächste Parklücke gestellt und war zu Fuß zurückgegangen. War an einem Vietnamesen vorbeigekommen, der an der Straßenecke Schmiere stand. Weiter vorn an einem zweiten, der in einem Hauseingang lehnte und ums Eck linste. Auf der anderen Straßenseite stand eine Frau. Ich ging weiter und zählte mit. Mindestens fünf Leute sicherten ihre zwei Kollegen, die in einer Einfahrt standen, neben sich Plastiktüten voller Zigaretten der verschiedensten Marken, stangenweise.

Ameisenverkäufer nannte man sie. Das hatte was für sich. Sie verteilten sich täglich über die Ostbezirke der Stadt, schleppten ihre Tüten durch die Straßen, tauchten morgens aus dem Nichts auf und verschwanden nachts genauso plötzlich. Dutzende, Hunderte, junge, ältere, still und freundlich, ein wahnsinniger Menschenaufwand für die paar Zigaretten, Ameisen eben.

Als ich den beiden in der Toreinfahrt auf einen halben Meter nahegekommen war, flüsterte der eine: »Zigaretten?«

Ich blieb stehen.

»Was kostet die Stange?« sagte ich.

»Dreißig«, sagte der größere der beiden.

»Gib mir eine«, sagte ich.

Dann wurde doch nichts daraus. Von irgendwoher kam ein Pfiff. Die beiden griffen sich flink ihre Taschen und waren genauso rasch hinter dem Tor verschwunden. Der eine hatte mich mitgezogen.

»Polizei«, sagte er.

Sein Kollege schielte durch einen Spalt nach draußen.

»Ärger?« sagte ich.

»Manchmal«, sagte der Größere, »wenn man nicht gut aufpaßt. Oder wenn Zivis.«

»Die Bullen kommen auch in Zivil?«

Er nickte und lächelte.

»Aber oft dieselben. Kennt man. Schlagen.«

»Wie, schlagen?«

»Schlagen. Sind sauer. Manchmal. Weil Arbeit nichts bringt. Wenn sie Leute verhaften, sind sofort andere da.«

»Kann ich verstehen«, sagte ich und lächelte auch.

War ja wirklich keine erhebende Vorstellung. Und nichts für diese Möchtegernrambos. *Vietnamesen fegen* in den Straßen von Berlin. Und immer wieder tauchten neue auf oder die alten. Wer konnte das schon wissen. Sahen sich für unsereinen, der sich nicht damit auskannte, ja auch ziemlich ähnlich.

Der Größere sagte etwas in Vietnamesisch zu seinem Kollegen. Der schüttelte den Kopf und schaute weiter durch den Türspalt.

»Noch Moment«, sagte der Vietnamese.

Ich nickte nur. Hatte alle Zeit der Welt.

»Und was verdient ihr da drauf?« sagte ich. »Wieviel?«

»Drei Mark die Stange«, sagte der Vietnamese.

»Alle zusammen?«

»Ja.«

Da mußten sie ganz tüchtig reinhauen, damit jeder auf ein paar Märker kam. Hart verdientes Geld, die drei Mark, dafür, daß sie sich den Tag in den Bauch stehen mußten.

Tschenett, dachte ich, so ist das. Du machst die billige Kohle, ohne dir die Hände schmutzig zu machen, fährst ein bißchen durch die Gegend, telefonierst dreimal am Tag. Und die Kollegen vom Detailverkauf reißen sich den Arsch auf für ein Trinkgeld. Tschenett, Tschenett, wie gesagt, scheinst ja wirklich langsam erwachsen und ein Arschloch zu werden.

Um mich noch mieser zu fühlen, gab ich dem Vietnamesen, nachdem der Kollege Entwarnung geblasen hatte, einen Zehner zuviel für die Stange und ließ es zu, daß er sich auch noch bei mir bedankte.

»Schon gut«, sagte ich, »ist ja sozusagen dein Geld.«

Am Tag darauf hatte mich Ralle nach Herzsprung kommandiert, und ich hatte ihn auf die Vietnamesen angesprochen.

»Die?« sagte Ralle. »Die Viets sind froh drum. Können sie auch. Wirst schon wieder sentimental, Tschenett?«

»Naja«, sagte ich.

»Paß auf«, sagte Ralle, »weißt du, wieso ich die Sentimentalen nicht mag? Weil sie keine Ahnung haben. So ist das.«

Das hatte gesessen.

»Nimm die Viets«, sagte Ralle und hatte ordentlich Luft geholt. »Die hat die DDR aus ihrem sozialistischem Bruderstaat nach hier geholt, weil sie ein paar Malocher gebraucht haben. Außerdem hatte der Vietnam Schulden aus dem Krieg. Siehste, im Osten hieß das Vertragsarbeiter. Und im Westen, wenn ich nicht irre, mein Liebster, eben Gastarbeiter. Jetzt sag mir, welches das gemeinere Wort ist. Soweit, so gut. Dann ist der November neunundachtzig gekommen und alles was dazugehört, und kurze Zeit später waren die vietnamesischen Vertragsarbeiter arbeitslos. Wie ein paar andere auch. Dann wollte man sie loswerden. Und plötzlich waren sie schon nur mehr Halblegale. Wohnen irgendwo draußen am Rand der Stadt in Heimen, übereinandergestockt wie in der Legebatterie, und drehen Däumchen, bis man sie wieder nach Vietnam zurückverfrachtet. Verglichen damit, daß anderswo die Gastarbeiter abgefackelt werden, ist das ja geradezu human. So gesehen, sind die drei Mark pro Stange gut verdientes Geld für die Viets. Und du willst ihnen das auch noch nehmen.«

»Woher denn«, sagte ich. »Mehr sollen sie bekommen, wenn schon.«

»Und du bist mit der Hälfte von deinem Geld zufrieden? Das glaubst ja selber nicht. Das System«, sagte Ralle, »du mußt das System begreifen.«

»Begriffen hab ich's schon«, sagte ich, »aber ob's mir Spaß macht, ist eine andere Frage.«

»Suchst du dir den Spaß eben anderswo.«

Und damit war für Ralle das Thema erledigt. Für mich eigentlich auch.

An diesem Abend übernachtete ich beruflich in Greifswald. Weil sonst nichts mehr zu bekommen gewesen war, im Hotel Kernkraftwerk. Ein Plattenbau etwas vor der Stadt, grau und rissig, drei Etagen Einzelzimmer, für jeweils zwei hatten sie eine Eingangstür und eine Dusche spendiert. Die Damen an der Rezeption hielten eisern an den alten Regeln fest. Als ich um zwei Uhr morgens von meinem Wiskey im Hotel Boddenhus zurückkam, mußte ich minutenlang an die Tür klopfen und mir dann eine Strafpredigt anhören, bevor ich auf mein Zimmer gelassen wurde.

Das *Boddenhus* hatte mir und den Westbankern außer Wiskey eine mitternächliche Unterwäschemodenschau zu bieten gehabt.

Ein Anzugträger hatte versucht, mir eine unserer unverzollten Zigaretten anzubieten.

»Sind nicht schlechter als die versteuerten«, hatte er gesagt, »und ist ja schließlich auch nur recht und billig, daß wir Westler ein paar von den Märkern, die wir in dieses Land stecken, wieder nach Hause nehmen können. Nehm jedes Wochenende ein paar Stangen mit, wenn ich rüberfahre. Bei zwanzig Mark pro Stange ist das auch Geld.«

Ich hatte dankend abgelehnt.
»Nicht meine Sorte«, hatte ich gesagt.

Ralle mußte für zwei Tage verreisen.

»Ich fahr in die Schweiz«, hatte er gesagt und mir die Geschäfte übergeben. »Es gibt da ein kleines Problem. Nichts besonderes. Muß man aber bereden. Du schmeißt hier in der Zwischenzeit den Laden. Kommt eh nur ein LKW rein. Is alles schon geregelt. *Truck-Stop*. Eberswalde.«

Um Ralle ein würdiger Stellvertreter zu sein, stellte ich mir mittags einen Stuhl vors Lokal, erklärte Ralles Angestellter, wie man eine *bicicletta* mixt und beobachtete das Dorfleben.

Abends war ich hundemüde, so wenig los war gewesen.

Trotzdem fuhr ich los und suchte die West-Berliner Kneipe, in der ich bei einem italienischem Menü den neunten November neunundachtzig verpennt hatte. Aus alter Anhänglichkeit hätte ich mir dort gern ein Abendessen gegönnt.

Damals hatte ich mich an den kleinen Tisch gleich links vom Eingang verzogen, was Schönes zu Essen und die beste Flasche Wein bestellt und war zufrieden gewesen. Ich hatte es wieder einmal geschafft, an meinem Geburtstag allein zu sein.

Ich war gerade beim *semifreddo* angelangt und hatte mir die zweite Flasche auftragen lassen, als um Mitternacht herum ein Zeitungsverkäufer ins Lokal kam. Mehr aus Gewohnheit als aus Interesse hatte ich ihm eine abgekauft und sie gleich auf den Stuhl neben mir gelegt. Ich mußte mich zuerst in Ruhe meiner Nachspeise widmen. Später hatte ich die Zeitung dann vergessen. Und mich mit *grappa* beschäftigt. Erst am Tag darauf, nachmittags, hatte ich dann erfahren, was alle Welt schon längst wußte: daß *die Mauer gefallen war*.

Ich gab es schließlich auf, nach der Kneipe zu suchen, und stellte mich in die nächste Kebab-Bude. Gab es heute abend eben türkisch zu essen.

Als ich am Gehen war, kamen zwei Vietnamesen in den Imbiß. Die beiden, mit denen ich vor ein paar Tagen Verstecken mit der Polizei gespielt hatte. Als ich sie grüßte, sahen sie mich verwundert an. Dann kam der größere an meinen Stehtisch.

»Ja?« sagte er.

»Wir kennen uns«, sagte ich, »geschäftlich.«

»Geschäft?«

Ich deutete mit den Händen eine Zigarettenstange an.

»Ah«, sagte der Vietnamese und lächelte.

War natürlich verwegen von mir zu glauben, er könne sich an

mein Gesicht erinnern. War einfach zu wenig weit gedacht. War aber auch nur eine spontane Aktion meinerseits gewesen.

»Trinkt ihr was?« sagte ich und versuchte, die Sache zu überspielen. »Ich lade euch ein.«

Der Vietnamese schüttelte zweifelnd und zurückhaltend den Kopf.

»Na, kommt schon«, sagte ich und hob meine Büchse, »ein Bier?«

»Cola, bitte«, sagte der Vietnamese dann.

Ich holte zwei Colas und ein Bier.

Wir prosteten uns zu.

»Tschenett«, sagte ich. »Ich bin der Tschenett.«

Der Vietnamese lächelte und sagte etwas zu seinem Kollegen.

»Ho Van Tu«, sagte er dann und lächelte wieder. »Und das ist Cousin Nguyen Van Tu.«

»Ho, Nguyen, man sieht sich«, sagte ich und trank aus. »Ich muß weiter. Macht's gut.«

Als Ralle zurückkam, war er etwas wortkarg. Ich schob es auf die Kilometer, die er hinter sich hatte.

»Und?« hatte er gesagt. »Hat's was Besonderes gegeben?«

»Nee«, hatte ich gesagt.

Wie auch, in all der Eintönigkeit.

»Siehste«, hatte Ralle gesagt, »geht also auch ohne mich.«

»Hör auf«, hatte ich gesagt, weil ich glaubte, etwas verstanden zu haben, »ohne dich, Ralle: niemals.«

»Ohne dich aber auch nicht«, hatte Ralle gesagt, »hast gleich noch ne Fuhre nach Berlin rein.«

Ein paar Minuten später wußte ich, was Ralle mit *Fuhre* gemeint hatte. Wer nach Berlin rein wollte. Die kleine Chefin.

»Das«, sagte ich, »das freut mich aber. Daß man sich so wiedersieht. Nachdem man mich das letzte Mal hat sitzen lassen.«

Die kleine Chefin verzog nicht einen einzigen Muskel in ihrem schmalen Gesicht.

»Ralle«, sagte ich, »vergiß es. Wer mich einmal hat sitzen lassen, braucht sich für den Rest des Lebens nichts mehr auszurechnen. Die Dame hier schon gar nicht. Nicht einmal eine Mitfahrgelegenheit von Herzsprung nach Berlin.«

»Halt keine Reden«, sagt Ralle und zeigte nicht die geringste Lust zu blödeln, »das ist die Tochter vom Chef, und du fährst sie in die Stadt, ins Hotel. Ende der Diskussion.«

Was soll's, Tschenett. Jetzt haben sie dich schon zum Taxler gemacht.

Kilometer um Kilometer waren wir wortlos durch die Landschaft gefahren. Die kleine Chefin saß schräg hinten.

Den ersten Blick in den Rückspiegel gestattete ich mir erst, als wir die Stadtgrenze passiert hatten. Die kleine Chefin sah zum Fenster hinaus.

»Und welches Hotel soll es sein?« sagte ich.

»*Hotel Forum*«, sagte die kleine Chefin.

Keinen Millimeter hatte sie sich bewegt.

»So nicht«, sagte ich, bremste ab und fuhr rechts ran. »So geht das nicht. So geht das vielleicht mit einem von euren Leibeigenen, aber nicht mit mir. Wenigstens 'nen guten Abend will ich hören.«

»Guten Abend«, sagte sie nach ein paar Sekunden.

»Haben wir uns gestritten?« sagte ich. »War da was? Kann mich eigentlich nicht erinnern. Kann mich nur daran erinnern, daß ich eine halbe Stunde wie voll verblödet da gesessen bin und gewartet habe.«

»Ja«, sagte die kleine Chefin.

»Wie, ja?« sagte ich.

Jetzt war's aus. Am Arsch nehmen muß man sich nicht auch noch lassen. Ich legte den Gang ein, drückte aufs Gaspedal und versuchte dann, die Alfetta wieder unter Kontrolle zu bekommen.

»Ich weiß«, sagte die kleine Chefin.

Und dann sagte sie nichts mehr.

Mir war, ehrlich gesagt, auch nicht nach Konversation. Man hatte mich einmal verhonepiepelt. Das genügte mir. Auf ein zweites Mal hatte ich keine Lust.

Den Rest der Fahrt wurde geschwiegen. Mit dem *Hotel Forum* hatte sich die kleine Chefin eine stilechte protzige Bleibe am Alexanderplatz ausgesucht. Einen Bonzentempel.

Ich beeilte mich beim Aussteigen, um ihr die Wagentür aufhalten zu können. Aber sie hatte keinen Wert darauf gelegt und war schon ausgestiegen.

»Madame«, sagte ich und bekam keine Antwort.

War mindestens ebenso stur wie ich, die kleine Chefin.

XXVI

Vier Tage lang hatte ich von Ralle nicht viel gehört außer den Kontrollanrufen auf meinem Zimmer im Truck-Stop. Ein LKW war durchgekommen, ordinaria amministrazione, wie der Italiener sagt, keen Problem, wie Ralle gesagt hätte. Wenn er geredet hätte. Aber er hatte es sich immer noch nicht wieder angewöhnt.

Deswegen war ich auch nicht sonderlich verwundert, als das nächste recht einsilbige Telefonat reinkam.

»Setzt dich ins Auto«, sagte Ralle, »komm nach Herzsprung. Wir haben was zu besprechen. Heut nachmittag noch.«

Für fünf Mille konnte er auch eine Besprechung von mir haben. Außerdem war ich neugierig darauf, was los war.

»Setz dich«, sagte Ralle.

Und wartete, bis mir die Kellnerin mein Bier gebracht hatte.

»Hier hinten«, sagte er dann zur Kellnerin, »ist bis auf weiteres geschlossen. Sollen vorne saufen, die Leute. Falls welche kommen. Verstanden?«

Die Kellnerin nickte nur kurz und ergeben und verschwand schleunigst. Ralle konnte einen Ton draufhaben, dem man ihm gar nicht zutraute.

»Was ist los?« sagte ich.

»Nichts«, sagte Ralle, »fang du nicht auch noch an.«

»Und wieso bin ich die ganze Strecke hergebrettert?«

»Weil wir gemeinsam eine Tour machen.«

»Wohin?«

»Fahr einfach hinter mir her.«

Ich nickte gottergeben.

Ralle jagte seinen Wagen wie ein Kranker über die Autobahn. Streckenweise hatte ich Mühe, an ihm dranzubleiben. Mir fielen die *Zantrans*-Regeln für den Straßenverkehr ein. Galten wohl doch nur für einfache LKWler.

Ralle, der Idiot, hatte mir nicht einmal verraten, wo er hinwollte.

Als wir nach Berlin-Marzahn reinfuhren, ging er vom Gas. Ich hatte Zeit und Muße, die Marzahner Skyline zu bewundern. Die Hochhäuser hier mußten von Wahnsinnigen gezeichnet worden sein. Die alte Volksweisheit ging mir durch den Kopf: Zwing den Architekten dazu, ein Jahr lang in dem Haus zu wohnen, das er entwirft, und es wird alles halb so schlimm werden. Das funktionierte natürlich nur, wenn man die zuständigen Politiker und Spekulanten gleich mit verdonnerte.

Wir kurvten zwischen den Plattenbauten herum, bis Ralle auf einen Parkplatz einbog. Mehr als die Hochhäuser, Parkplätze, drei vergammelte Bäumchen und ein paar Supermärkte gab es hier nicht. Der Parkplatz hatte die Größe eines Sportflugplatzes.

Ralle fuhr bis nach hinten durch, hielt an und blieb im Auto sitzen. Ich, in fünfzig Meter Abstand, genauso.

Wir warteten.

Ich sah mich um: nichts zu sehen. Zwei Kinder, die von Auto zu Auto gingen und den Antennen einen Knick verpaßten. Ein Hund, der leicht verhaltensgestört immer wieder einen Laternenpfahl umrundete. Hinter den Autos, auf einer Mauer, ein paar Glatzköpfige, die die Beine in der Luft baumeln ließen. Und Wind. Wind, der sich zwischen den Hochhäusern sammelte, langsam in Schwung und Drehung kam und dann losbrach.

Den älteren Mann hatte ich zuerst nicht beachtet. Er war langsam nähergekommen, so als würde er seinen Spaziergang über den Parkplatz machen.

Ralle stieg aus.

Die beiden redeten miteinander. Nicht unbedingt wie welche, die sich besonders gut kannten. Eher geschäftlich, knapp. Dann holte Ralle einen Briefumschlag aus seiner Jacke und gab ihn dem Alten. Der öffnete ihn kurz, und es sah aus, als ob er mit dem Daumen nachzählte. Der Alte nickte, drehte sich grußlos um und ging. Die Skinheads gröhlten.

Ralle stieg wieder in seinen Wagen und fuhr los. Ich hinterher.

Pinnummer, Vorwahl, Nummer. Ich wählte Ralle an.

»Ja.«

»Der hinter dir, dein Schutzengel. Was war denn das jetzt?«

»Notwendig«, sagte Ralle.

»Seh schon«, sagte ich, »mehr wird aus dir heute nicht rauszukriegen sein.«

»Fahr zum *Truck-Stop*«, sagte Ralle, »ich ruf dich an.«

»Wann?« sagte ich.

Aber Ralle hatte das Gespräch schon unterbrochen.

So ging das auch nicht. Egal, welche Probleme der gute Ralle zur Zeit am Hals hatte, mir brauchte er sie nicht reinzuwürgen. So nicht.

»Scheiß drauf«, sagte ich, nahm die Ampel bei Rot und überlegte mir, wer oder was als nächstes dran war.

»Als nächstes, Tschenett«, sagte ich dann, »als nächstes ist ein kühles Bier dran. Dann sehen wir weiter.«

Ich hatte es bei dem einen Bier belassen und war ins Hotel gefahren.

»Und?« sagte ich zu der Blondondulierten, »ist irgendwas für mich dabei?«

»Nichts«, sagte sie.

Ich zögerte einen Augenblick. Eigentlich hatte ich erwartet, von Ralle eine Nachricht vorzufinden. Schließlich war mein Funktelefon seit zweieinhalb Stunden nicht mehr in Betrieb.

»Tschenett«, sagte die Blondondulierte, »die Polin ist heut wieder da. Soll ich sie dir raufschicken?«

Die Polin war eine Rumänin. Aus irgendeinem Grund hielten es ihr Zuhälter und die Blondondulierte aber für lukrativer, Irina als Polin zu verkaufen. *Seit fünfuhrfünfundvierzig wird zurückgeschossen.* Irgend so ein Hirngespinst der Kunden mußte der Grund dafür sein.

»Irina?« sagte ich. »Denk nicht. Mir ist heut nicht danach.«

»Kriegst keinen hoch?«

»Das sowieso nicht.«

Die Blondondulierte liebte makabre Scherze. Jedesmal, wenn sie in der letzten Woche ein Geschäft zwischen Irina und mir vermittelt hatte, hatte es gratis einen Kommentar dazu gegeben.

Irina war ein nettes Wesen. Und genau deshalb war mir nicht danach. Konnte ja nichts dafür, daß ich schlechter Laune war.

Ich hatte mich auf die Matratze geschmissen und den Fernseher angemacht in der Hoffnung, eine dieser grenzdebilen deutschen Fernsehserien präsentiert zu bekommen. Statt dessen gab es auf dem einen Kanal Tips, wie man sich das Geld zusammensparen konnte, um an ein Häuschen zu kommen, auf dem anderen Kanal war eine lispelnde Dame zu sehen, die die Unterhemden ihres fetten Mannes nicht sauber bekam, eine Position weiter lief eines der schmalzheroischen Unterwasserepen eines französischen Geheimdienstmitarbeiters namens Cocteau, dann wieder Werbung, Slipeinlage, zapp, Streichwurst, zapp, Glücksrad, Waschmittel, Haarwasser. Zwölf Kanäle und nur Scheiße.

Ich fing wieder von vorne an und dachte an Irina.

Dann bekam ich einen lokalen Nachrichtensender auf den Schirm und war richtiggehend erlöst. Zu melden hatten sie zwar nichts, die Jungs von *Berlin-news*, aber das taten sie mit einer solchen höllenverachtenden Unprofessionalität, daß es eine Gaudi war. Tempo dreißig in der Zweiwinkelstraße in Berlin-Staaken. Die Lichtenberger Bürger forderten eine Parkbank in der Waldsiedlung Wuhlheide. In der Heimkehlenstraße in Berlin-Steglitz war ein Baum gefällt worden. Ein Vietnamese namens Ngyugen Van Tu, neunundzwanzig, ist heute abend in Berlin-Marzahn erschlagen und erstochen aufgefunden worden. Die Polizei vermutet, daß er Opfer eines Bandenkrieges geworden ist.

Ich saß aufrecht auf dem Bett.

Und wenn ich mich an den Namen dreimal nicht erinnern konnte, und wenn es in Berlin dreißig Van Tu's gab: der auf dem Foto war der kleine Cousin meines Ameisenvietnamesen. Und tot.

XXVII

Mein Zimmer hatte ich in weniger als dreißig Sekunden verlassen, Aufzug, Rezeption, die Blondondulierte hatte mir etwas hinterhergerufen, ich hatte nicht verstanden und nichts verstehen wollen, die Vorderräder des Alfa drehten im Kies durch. Ich war losgefahren.

Einfach los. Stadteinwärts. Bis ich unter einem S-Bahn-Bogen vor einem Vodka saß und das immergleiche, regelmäßige Schütteln und Rattern der Züge mich etwas beruhigt hatte.

Hast dich etwas viel aufgeregt, Tschenett, dachte ich. Hast ihn ja eigentlich nicht gekannt, den Vietnamesen. War ja auch vielleicht ein anderer.

War kein anderer, Tschenett, war genau der. Und eine Cola hast auch getrunken mit ihm.

Na gut, eine Cola. Brauchst dich trotzdem nicht so aufregen. Kommt halt vor.

Erschlagen und erstochen.

Kommt auch vor.

Marzahn, heut abend.

Richtig.

Langsam dämmerte es mir, was mich in die Höhe getrieben hatte. Mindestens drei Leute, die ich kannte, waren in den letzten Stunden in Marzahn gewesen.

Ich ließ mir noch einen Vodka geben. Von der Straße kam das Geschrei einer Frau und eines Mannes.

»Isses wieder soweit«, sagte der Kneipier. »Mal sehen, wie det heute ausgeht.«

Drei waren in Marzahn gewesen. Drei.

Vergiß es, Tschenett, Zufall.

»Zufall, Tschenett?« sagte ich.

Mußt ja deswegen nicht unbedingt wieder laut mit dir selber reden, Tschenett.

Muß ich nicht. Aber das ist mir ein bißchen zuviel Zufall. Der Tschenett fährt nach Mahrzahn, Ralle fährt nach Marzahn. Beide machen in Zigaretten. Und dann wird in Marzahn einer totgeschlagen, der auch in Zigaretten macht. Der gute Ralle hat sich vorher mit einem getroffen und Geld hingelegt.

Geld?

Das war Geld, Tschenett. Ich weiß doch, wie das aussieht, wenn einer Geld zählt.

Gut, angenommen. Und weiter?

Weiter... Weiter war da nichts mehr.

Außer den paar Glatzen.

Die Glatzen. O.k. Aber der Alte?

Frag Ralle.

Was soll ich?

Ralle fragen. Wenn's so ist, wie du meinst, kann er dir's genau sagen, wie's gegangen ist.

Können vielleicht, Tschenett. Aber ob er's tut?

Weißt du hinterher.

Und wenn du falschliegst, Tschenett? Wird er ziemlich böse werden, der gute Ralle.

Und wenn ich richtig lieg? Was dann? Außerdem war da noch die kleine Chefin. Richtig. War ja auch in dem Verein. Verdammt.

Ich bestellte mir noch einen Vodka.

Von draußen war wieder die kreischende Frauenstimme zu hören. Lauter, höher als vorher.

War eine Scheiß Zwickmühle, die Geschichte. Mit Ralle würde ich es mir so oder anders verscherzen. Mit der kleinen Chefin hatte ich das schon.

»Da kommt heut noch ein Donnerwetter«, sagte der Kneipier und zeigte mit dem Kopf nach draußen. »Ist immer dasselbe. Erst hab ich die beiden den ganzen Tag hier in der Kneipe, friedlich und fröhlich, 'n Bier, 'n Korn, sitzen da, erzählen sich irgendwelche Geschichten, lachen, trinken. Ein nettes Ehepaar, beide so um die vierzig. Dann sind sie breit genug, um nach Hause zu gehen. Hier genau gegenüber, letzter Stock. Wenn Sie sich nach hinten beugen, können Sie das Licht in der offenen Balkontür sehen. Kaum sind sie eine Stunde in der Wohnung, geht der Zauber los. Wenn ich's sage: einmal die Woche mindestens. Und dann ist es plötzlich wieder ruhig. Bis zum nächsten Mal. Heut wird's noch was dauern.«

Von mir aus, dachte ich. Mir reicht schon das, was bei mir los ist.

Laß dich nicht kirre machen, Tschenett, dachte ich. Du trinkst jetzt noch in Ruhe deinen Vodka aus, und dann gehst du brav ins Hotel. Morgen ist auch noch ein Tag. Und morgen redest du mit Ralle.

In Ordnung, dachte ich. Ist ein vernünftiger Vorschlag. Heut kannst eh nichts mehr machen.

Und die kleine Chefin? Gute Frage.

Vergiß sie, Tschenett. Gute Antwort.

»Wird wohl doch nichts mehr, mit dem Donnerwetter«, sagte der Kneipier zu mir, als ich bezahlte. »Normalerweise fliegt irgendwann das Geschirr auf die Straße. Da unterm Haus parkt schon keiner mehr. Weil es immer dasselbe ist. Aber heut scheinen sie sich wieder beruhigt zu haben. Tut mir leid für Sie, daß es kein Spektakel gibt.«

»Hab genug davon gehabt, heute«, sagte ich und ging.

Eben fuhr wieder eine S-Bahn über uns hinweg. Ich blieb einen Augenblick in der Tür stehen und hörte ihr zu. Dann wurde es wieder still. Ich griff nach meinem Autoschlüssel.

In diesem Augenblick hörte ich die Frau wieder schreien. Anders als die vorigen Male. Zu Anfang stiller, dann immer lauter, gleichmäßig lauter werdend. Ich schaute hoch. Da war der Balkon. Licht im Raum dahinter, Türen offen. Und dann sprang ein schreiender Schatten über die Balkonbrüstung, alles in einem Satz, ruderte und schrie, leiser werdend, die vier Stockwerke lang, die er unterwegs war. Und schlug mit einem satten Schmatz, in den sich leise ein Bersten mischte, auf den Pflastersteinen auf.

Als ich neben der Frau stand, bewegte sie sich noch. Und flüsterte. Was, war nicht zu verstehen. Ich setzte mich neben sie und nahm ihre Hand, die seltsam verdreht aus dem Gelenk herauskam.

»Wird schon«, sagte ich, »wird schon.«

Sie öffnete die Augen und schaute in den Nachthimmel.

Als nach zehn Minuten der Notarztwagen um's Eck kam, hatte sie schon längst aufgehört zu atmen. Hinter ihr kniete ihr Mann, redete auf sie ein und weinte.

Ich stand auf, zwängte mich durch die Zuschauer und ging.

XXVIII

Irgendwann um vier Uhr morgens hatte ich meinen Entschluß gefaßt. Nachdem ich stundenlang auf dem Bett gesessen und ins Leere gestarrt hatte.

Etwas lief falsch. Etwas war außer Kontrolle. Wo ich auftauchte, gab es innerhalb kürzester Zeit Tote. Dafür mußte es einen Grund geben. Mußte. Auch wenn ich noch nicht dahintergestiegen war.

Ich hatte die ganzen Stunden lang große Lust gehabt, einfach wegzutauchen. Bis ich verstanden hatte, daß das auch keine Lösung war.

»Das mußt jetzt angehen, Tschenett«, sagte ich, als ich vor dem Spiegel stand und mir eine Handvoll Wasser ins Gesicht schaufelte. Was ich da im Spiegel gesehen hatte, ließ mich allerdings kaum daran glauben, daß ich recht weit kommen würde.

»Du machst jetzt eines nach dem anderen, Tschenett«, sagte ich und versuchte, meiner Stimme den nötigen Druck zu geben. »Du versuchst erst einmal, wieder zu Leben zu kommen. Und wach zu werden. Dann...«

Und schon haperte es. Was dann?

»Kaffee und eine Viertelstunde Zeit, um nachzudenken. Danach, egal wie, hast du dich entschieden.«

Der Kaffee schmeckte so, wie sich mein Kopf anfühlte. Verbrannter Gummi. Es war kurz vor acht.

Ich trank zwei Kännchen von dem Zeug, ohne zu kotzen. Dann war alles klar. Ich wußte, was ich zu tun hatte. Ungefähr.

Ich rief Ralle an.

»In einer Stunde bin ich in Herzsprung«, sagte ich, »und du auch.«

»Wollte dich sowieso anrufen«, sagte Ralle.

»War ich eben schneller«, sagte ich und legte auf.

Als ich auf dem Weg nach Herzsprung einen LKW der Bundeswehr überholte, auf dem brav und geordnet Rekruten hockten, kam mir der Mongole in den Sinn.

Es muß im Sommer neunzig gewesen sein. Ich war mit meinem LKW auf der Sechundneunziger unterwegs, hügelauf, hügelab, unter Alleebäumen, die sich über die Straße bogen und einen die Zeit vergessen ließen. Die ganze Strecke war ein einziger Stau. Es war heiß und feucht, die Musik im Radio war zum Weinen. Ich fuhr hinter einem sowjetischen LKW her, ein LKW voller Soldaten, links eine Reihe auf dem Bänkchen, rechts eine Reihe, Gewehr zwischen den Füßen.

Dann ging gar nichts mehr weiter. Ich zündete mir eine Zigarette an. Und brauchte eine ganze Weile, bis ich festgestellt hatte, daß mir vom LKW aus zugewinkt wurde. Ich sah genauer hin. Ganz hinten links saß ein blutjunger Bursche mit großen mongolischen Augen und einem Lachen, das ihm quer übers Gesicht ging. Er winkte und winkte. Ich stieg aus. Und dann begriff ich, was mit dem Winken gemeint hatte. Er hatte die Handbewegungen eines Rauchers nachgemacht, weit ausholend und übertrieben vielleicht, und trotzdem eindeutig. Ich kletterte wieder in meine Kabine, holte die Zigaretten, ging zu dem sowjetischen LKW und hielt sie dem Mongolen hoch. Der lachte, daß es eine Freude war, griff sich die Schachtel Zigaretten und verteilte eine nach der anderen an seine Kollegen. Dann nahm er selbst eine zwischen seine Finger, winkte mir damit zu und redete auf mich ein. In diesem Augenblick fuhr der LKW wieder los. Ich blieb stehen und schaute ihm hinterher. Solange, bis die Kolonne hinter mir zu hupen anfing. »Habt's bloß nicht so eilig«, hatte ich gesagt, »sonst schick ich euch die Sowjetarmee auf den Hals.« Und dann hatte ich mir alle Zeit der Welt gelassen, um wieder auf meinen LKW zu steigen.

Dieser junge, lachende Mongole mit seinen großen Augen, den sie vom anderen Ende der Welt her nach Deutschland geschickt hatten, wie seinen Vater und seinen Großvater, um das Schlimmste zu verhindern, dieser junge, lachende Mongole mit den verwegen fuchtelnden Armen war mir wochenlang nicht mehr aus dem Kopf gegangen.

Und jetzt war er zurückgekehrt. Mit einer Zigarette zwischen den Fingern.

»Paß auf dich auf«, sagte ich zu ihm.

Ralle stand vor dem *Tanzlokal Herzsprung*, an seinen Wagen gelehnt. Ich hielt neben ihm an und wollte aussteigen.

»Bleib sitzen«, sagte Ralle, »fahr mir hinterher.«

Und war schon in sein Auto gestiegen und losgefahren. Mir blieb gar nichts anderes übrig, als hinter ihm herzukurven. Über Funk war er nicht zu erreichen.

Ralle fuhr nach Berlin hinein. Ich hatte immer noch keine Ahnung, wohin er wollte. Was. Wozu.

Er parkte auf dem Mittelstreifen vor dem *Hotel Forum*.

Als er ausgestiegen war, zeigte ich auf das Hotel.

»Was tust denn jetzt?« sagte ich. »Gehst beichten, bei der kleinen Chefin?«

Ralle sah mich verständnislos an.

»Bin in zehn Minuten wieder da«, sagte Ralle.

»Solang kann ich warten«, sagte ich.

Konnte ich wirklich. Auf die zehn Minuten kam's jetzt auch nicht mehr an. Dafür würde er mir dann umso mehr Fragen zu beantworten haben.

Da sitzt du ganz schön in der Scheiße, Tschenett. Mitten im Dreck. Ein Toter. Du. Freund Ralle. Die kleine Chefin. Schöne Bande.

Ich stellte mein Auto quer vor Ralles Wagen.

Ralle kam nach einer Viertelstunde wieder zurück. Zeit genug für einen gediegenen Plausch in der Hotelbar. Hatten sie sich einen Kaffee genehmigt, Ralle und die kleine Chefin?

Ich blieb im Alfa sitzen.

Ralle stieg in seinen Wagen und wartete, daß ich zurücksetzte. Dann sprang er aus dem Auto.

»Sag mal, willst mich rauslassen?« sagte er.

Schien es eilig zu haben. Kam mir entgegen, die Tatsache. Inzwischen wußte ich ziemlich genau, was ich wollte. Hatte lange genug gedauert.

Ich schüttelte den Kopf.

»Was heißt das?« sagte Ralle. »Bist du übergeschnappt? Los, komm.«

»Erst reden«, sagte ich.

»Was?« sagte Ralle.

»Erst wird geredet. Dann kannst du fahren, wohin du willst.«

Ralle gab auf. Irgendwas an mir mußte ihn überzeugt haben. In früheren Zeiten wär er einfach eingestiegen, Rückgang rein, Vollgas. Ersten rein. Vollgas. So lange, bis er draußen gewesen wäre. Aber auch Ralle war älter geworden.

»O. k.«, sagte Ralle, »aber beeil dich.«

»Dauert nicht lange«, sagte ich, »nur so lange, wie's dauert.«

»Ich höre.«

»Der Reihe nach. Als erstes: wofür war das Geld, das wir nach Marzahn gebracht haben?«

»Geschäftlich.«

»Wofür?«

»Mehr kann ich dir nicht sagen.«

»Hängt es mit der Fahrt in die Schweiz zusammen?«

Ralle antwortete erst gar nicht.

»Wer war der Alte?«

»Kann ich dir nicht sagen.«

»Ich denke, ich bin dein Geschäftspartner.«

»Nicht so«, sagte Ralle.

Und dann drehte er sich einmal kurz weg, mit dem Oberkörper, kam wieder zurück, bewegte sich für eine Sekunde nicht, atmete tief durch und nickte dann.

»In Ordnung«, sagte er. »Du willst es wissen?«

»Ja.«

»Sicher?«

»Ja. Mach schon.«

»Du hast keine Ahnung«, sagte Ralle, »und viel Ahnung hatte ich bis vor ein paar Tagen auch nicht. Soll ich dir was sagen? Wir sind keine Geschäftsleute, du und ich. Sind wir nicht. Wir sind Idioten, die im Zirkus die Affen spielen, ihre Erdnüsse bekommen und zweimal im Jahr in die Manege scheißen dürfen. Das sind wir. Aber keine Geschäftsleute. Davon haben wir keine Ahnung. Wir nicht. Nicht soviel.«

Er hielt mir den Nagel seines kleinen Fingers vors Gesicht.

»Was hat er euch getan, der Vietnamese?« sagte ich.

Ich wollte zu Ende kommen.

»Nichts hat er getan«, sagte Ralle. »Nichts, eigentlich. Es war eine Frage des Prinzips.«

»Des Prinzips?«

Wenn ich das Wort nur hörte.

»Ja«, sagte Ralle.

»Welchen Prinzips?«

»Daß man nur dann Geschäfte machen kann, wenn sich jeder an die Spielregeln hält. Und daß jeder seinen Platz hat. Und daß er auf seinem Platz bleiben soll.«

»Und Van Tu?«

»Wollte mehr. Die haben sich zusammengetan, er, ein Verwandter, 'n paar andere. Wollten die Spielregeln ändern. Mehr Prozente.«

»Und du?«

»Ich hab damit gar nichts zu tun gehabt. Kannte die nicht einmal. Aber der Geschäftsleitung ist's zu Ohren gekommen.«

»Die Schweiz«, sagte ich, und dachte: die kleine Chefin.

»Die Geschäftsleitung wollte gleich durchgreifen. Damit die anderen nicht auch noch angesteckt werden. Kannst dir das vorstellen: eine Gewerkschaft der Ameisenverkäufer? Weißt du, was da los ist? Nichts mehr. Kein Geschäft, kein Deal mehr. Ende, aus, Feierabend.«

»Und deswegen mußte die arme Sau verrecken.«

Ralle schwieg.

»Und du?« sagte ich.

Ralle, dachte ich, das kann doch nicht sein. Warst doch immer ein normaler Mensch.

»Der, der solche Dinge sonst regelt, war grad nicht da«, sagte er. »Urlaub. Gibt's ja auch. Da sind sie auf mich gekommen. Wär sonst nicht passiert. Bin nicht der Mensch für sowas.«

Ich schaute ihn ungläubig an.

»War alles schon klar, alles vorbereitet: Der Typ, der das mit den Skinheads machte. Kohle, Foto und Adresse.«

»Der Alte?« sagte ich.

»Ein ehemaliger Offizier, jetzt arbeitslos. Gute connections.«

»Ihr spinnt«, sagte ich.

»Ich gehör nicht zu denen«, sagte Ralle, »aber ich will auch nicht schon wieder von vorne anfangen. Irgendwann einmal ist Schluß, weißte. Irgendwann einmal reicht's. Ich will meine Märker machen. Und meine Ruhe haben. Und aus.«

»Und,« sagte ich, »hast du die jetzt?«

Ich hatte genug gehört. Genug für die nächsten Stunden, Tage, Wochen.

»Ich steig aus«, sagte ich. »Jetzt, sofort.«

Ich warf Ralle die Autoschlüssel zu. Er fing sie auf und sah sich einen Schlüssel nach dem anderen an.

»Das wird nicht gehen«, sagte er.

»Wie, nicht gehen?«

»Sie werden dich nicht so einfach fortlassen.«

»Und du?« sagte ich.

Ralle tat, als ob er meine Frage nicht gehört hätte.

»Unterschätz sie nicht«, sagte Ralle. »Du weißt zuviel.«

»Was ich weiß, können sie nur von dir erfahren, Ralle«, sagte ich. »Und wenn ich du wäre, und wenn du der bist, den ich gekannt habe, würde ich an deiner Stelle genauso schnell abhauen wie ich. Solange noch Zeit ist.«

»Du gehst?« sagte Ralle

»Ja«, sagte ich, »und du?«

»Zu spät«, sagte Ralle. »Bei mir ist es zu spät.«

Und dann holte er ein paar Scheine aus seiner Hosentasche und hielt sie mir hin.

»Du wirst es brauchen können. Nimm es. Und geh. Ich weiß von nichts.«

Ich sah ihn mir an. Da stand er, der gute Ralle, und wußte nicht ein und aus.

»Eine Frage noch, Ralle.«

Es mußte sein.

»Die kleine Chefin«, sagte ich, »was ist mit der? Welche Rolle spielt die in dem Spiel?«

»Die? Keine. Sitzt an ihren Computern.«

»Kleine, blinkende Quadrate«, sagte ich.

»Was?« sagte Ralle.

»Nicht wichtig«, sagte ich.

»Geh. Weit weg«, sagte Ralle dann, und hielt mir wieder das Geld hin.

Ich nahm es. Und ging. Über den Parkplatz. Überquerte die Straße. Den Alexanderplatz. Und drehte mich erst dann wieder um. Kein Ralle weit und breit.

Vielleicht hatte Ralle recht. Vielleicht tippte sie wirklich nur auf ihren Tasten herum. Eine Hilfskraft, wie ich.

Ich mußte es genau wissen.

Der Uniformierte an der Rezeption des *Hotel Forum* sah mich von oben bis unten an. Er schien mich nicht für einen zu halten, der ein Anrecht darauf hatte, in diesen geheiligten Hallen zu wandeln.

Das war sein Problem. Meines war, daß ich nicht wußte, wie die kleine Chefin hieß.

»Firma *Zantrans*«, sagte ich. »Eine unserer Mitarbeiterinnen ist hier zu Gast. Ich hätte sie gern gesprochen«

Der Uniformierte sah mich stirnrunzelnd an und bequemte sich dann endlich an den Computer.

»Frau Hurter ist zur Zeit nicht im Hause«, sagte er.

»Ist sie nicht, die Frau Hurter...«, sagte ich.

Einen Schritt weiter war ich ja schon mal.

»Dann hätt ich ihr gern eine Nachricht hinterlassen«, sagte ich.

»Sehr wohl.«

Kündige hiermit. Und hätte gern gewußt, wer wieviel Dreck am Stecken hat in dem Scheißspiel. Tschenett.

Ich legte den Umschlag auf den Tresen und ging.

XXIX

Skip a life completely. Stuff it in a cup. She said money is like us in time. It lies but can't stand up. Down for you is up.

Ich ließ mich ziellos durch die Straßen der Stadt treiben. Jetzt, zu Fuß, sah alles plötzlich etwas anders aus. Die Baustellen größer, die Neubauten protziger, die Häuser eingefallener. Die Straßen waren länger geworden, der Himmel enger, höher. Der Wind feuchter.

Down for you is up.

Ein Fuß setzte sich automatisch vor den anderen. Stundenlang war ich schon so herumgelaufen. Kein Hunger, kein Durst, keine Zeit. Ich ging und ging und spürte irgendwann nur mehr meine Füße. Keinen Bauch, keine Arme, keinen Kopf. Mir war, als kämen mir aus den Pflastersteinen Liedfetzen entgegen.

Down for you is up. Linger on, your pale blue eyes.

Ruhig war es geworden um mich herum. Plötzlich war mir die Stille aufgefallen. Sie hatte im Hirn ein leises Pochen erzeugt. Ich stand in einer Straße, die kein Ende zu haben schien. Normalerweise stößt man irgendwann auf eine Querstraße. Hier war am Ende der Straße nur ein grauer Fleck zu sehen.

Auf einem Straßenschild stand *Fritz-Heckert-Str.* Es war das erste Mal seit Ewigkeiten, daß ich mir die Frage stellte, wo ich war. Ich beschloß, bis nach vorne zu dem grauen Fleck zu gehen.

Und dann stand ich am Wasser.

Wasser. Ich saß auf einer Mauer und schaute ins Wasser. War zwischen Lagerhallen und Containern herumgewandert. Hatte den Geräuschen zugehört, metallenem Geklimper, das über das Gelände wanderte, ohne daß genau auszumachen war, woher es kam und was es zu bedeuten hatte.

Irgendwann war ich ans Hafenbecken gekommen war. Lastkähne. Schiffskräne. Ein Lagerhaus, auf dem *Zantrans* stand. Verfolgte mich bis hierher, die Firma. Braunes Wasser, das leise gurgelnd an rostige Eisenwände schlug.

Ich ließ die Füße baumeln, bis mir schwindlig wurde.

Down for you is up. Down for you ist up.

Laß dich einfach hinterher fallen. Den baumelnden Füßen hinterher. Wenn sie wieder nach vorne schwingen. Das Gewicht aus den Schenkeln in die Fußsohlen sinkt. Kurz bevor es wieder umdreht. Laß dich mitziehen. Hinterher. Schaukeln. Die Hände, mit denen ich mich auf den Beton gestützt hatte, spürte ich nicht mehr. Die Hände nicht, die Arme nicht. Sie würden einfach mitsegeln. Oder auf der Hafenmauer liegenbleiben. Allein und verlassen. Vergessen.

Down for you is up.

»Verschwind hier, Mensch.«

Ich sah den Mann hinter mir verständnislos an.

»Ist Werksgelände. Hast hier nichts verloren.«

Ich nickte.

Plötzlich hatte das Schaukeln aufgehört.

Ich stand auf, mit zittrigen Knien. Schüttelte die steifen, durchgefrorenen Arme. Und ging.

Auf Marmor und in Sandsteinsäulen waren russische und deutsche Texte eingemeiselt. *Ewiger Ruhm den Kämpfern der Sowjetarmee, die ihr Leben hingegeben im Kampf für die Befreiung der Menschheit von faschistischer Knechtschaft.*

Ich ging langsam von Säule zu Säule und versuchte, im Zwielicht die Inschriften zu entziffern. Gleich würde es ganz unmöglich sein. Über den riesigen, von Säulen umrahmten Platz sank ein mattes Grau, das immer sanfter und stahlblauer wurde.

Als ich an der Treppe angekommen war, war es Nacht geworden. Ich stieg die Treppe langsam höher. Langsam und knieweich, mit dem Berglerschritt, der einem die steilsten Hänge hinaufhilft.

Down for you ist up.

Nach vierunddreißig Steinstufen stand ich auf der Empore. Ging einmal um die Kuppel herum, die drauf stand. Schaute in die

Nacht hinein, in den Himmel, den die Stadt an seinem untersten Rand hellgelb zum Leuchten brachte.

Mir war kalt.

Ich betrat die Kuppel und sah mich um. In der Mitte stand eine Tafel voller kyrillischer Buchstaben. Ich setzte mich auf den Sockel vor der Tafel. In dem Licht, das das Feuerzeug zitternd an die Wände warf, konnte ich Fresken entdecken. Männer, Frauen, Arbeiter, Bauern, Soldaten. Hand in Hand.

Als ich aufwachte, lehnte ich schräg an der Tafel. Ich legte mich auf den Boden und schlief gleich wieder ein.

Ich habe in dieser Nacht nicht geträumt. Ich bin mir sicher.

Genauso sicher bin ich mir, daß ich Besuch hatte. Besuch von einem alten Mann. Ein alter Mann, der sich neben mich setzte und schweigend dasaß. Ein alter Mann, der halb einem Pflerer, halb einem Marzahner Alten glich. Er war schon wieder weg, als ich aufstand.

Ich schlug mir mit den Armen über Kreuz auf den Rücken, um etwas Wärme in meinen Körper zu bekommen.

Am Ende der Allee stand ein Schild: *Sowjetisches Ehrendenkmal*. Jetzt wußte ich wenigstens, wo ich übernachtet hatte.

Zum Kaffee hatte ich mir einen Rum geben lassen.

Ich schaufelte ordentlich Zucker in den Kaffee, goß den Rum dazu, rührte um und genoß den aufsteigenden Geruch. Dann nahm ich einen Schluck und begann nachzudenken. Darüber, was ich als nächstes vorhatte. Darüber, was zu tun war. Falls etwas zu tun war.

Ich konnte abhauen. Ralle hatte es mir dringend empfohlen. Ich konnte wieder einmal die Stadt wechseln. Das Land. Die Freunde. Die vier Wände, in denen ich hauste. In der Hoffnung, daß das etwas ändern würde.

Als ich den Kaffee ausgetrunken hatte, war mir klar, wie es weitergehen würde.

Es hatte keinen Sinn. War vollkommen sinnlos. Ich würde nicht abhauen. Die letzten Male hatte es nichts gebracht. Wieso sollte es diesmal etwas bringen. Aus Pflersch war ich abgehauen. Aus Italien. Und jedesmal war es schlimmer geworden.

Ich würde die Stadt nicht verlassen. Ich würde in der Stadt untertauchen. Abtauchen. Mich in ihr Wasser schmeißen, mich absinken lassen, regungslos, bis ich auf ihrem Grund lag. In den Schlick einsank. Bewegungslos. Versank. Verschwand.

Wenn sie mich finden wollten, würden sie mich früher oder später finden. Sollten sie. Aber bis dahin wollte ich meine Ruhe haben.

XXX

Ich traf Jonny nachmittags auf einer Straße im Prenzlauer Berg. Hätte er mich nicht angesprochen, ich wär an ihm vorbeigelaufen.

»Und?« sagte Jonny, »hast was Unaufschiebbares zu tun?«

»Gar nichts«, sagte ich.

»Willst nicht mitkommen? Ich muß noch einen Verstärker organisieren. Zu Fuß ist das ein bißchen viel. Ich geb dir einen aus, wenn du mir tragen hilfst.«

»Konzert?«

»Kneipenauftritt«, sagte Jonny. »Handgeld.«

»Ich komm mit«, sagte ich.

Wir hatten Jonnys Verstärker abgeholt und abwechselnd durch die Straßen getragen. Das Ding stellte sich als höllenschwer heraus.

»Die Spule«, sagte Jonny. »Macht einen verflixt guten Sound. Is so 'n altes Ding aus den frühen Siebzigern. Für den Sound darf sie ruhig etwas wiegen.«

Wir ließen uns Zeit. Ab und zu machten wir Halt, wer gerade am Tragen gewesen war, setzte sich auf den Verstärker.

»Ich weiß nicht mehr genau, wo ich heute zu spielen hab«, sagte Jonny, als wir wieder einmal eine Verschnaufpause eingelegt hatten.

Ich lehnte Jonnys Gitarre an die Hausmauer.

»Und das fällt dir jetzt ein. Vielleicht laufen wir die ganze Zeit schon in die falsche Richtung.«

»Ich denk ja schon die ganze Zeit darüber nach«, sagte Jonny. »Aber ich komm nicht drauf. Irgend so'ne Kneipe, 'ne dunkle, kleine.«

»Kann also jede hier sein«, sagte ich.

Jonny nickte und lachte.

»So ziemlich«, sagte er.

Dann griff er sich die Gitarre, holte sie aus ihrer beigen Stoffhülle und spielte leise drauflos. Zuerst einzelne Töne, dann wieder welche, tiefe, hohe. Einen halben Akkord. Einen Akkord. Mit dem Fuß klopfte er sich den Rhytmus. Das Ohr hatte er auf die Gitarre gelegt. Er schien in sie reinzuhorchen.

Nach zehn Minuten packte er die Gitarre wieder ein, gab sie mir, nahm den Verstärker und ging los.

Als ich ihn einholte, sagte er: »Wir suchen uns jetzt 'ne schöne Kneipe. Und da spiel ich.«

Und Jonny spielte. Sie kannten ihn nicht in der Kneipe. Er kannte sie nicht. Jonny war in die Kneipe gegangen, wir hatten uns zwei

Wiskeys bestellt, er hatte seine Gitarre ausgepackt und leise vor sich hingespielt.

»Na, Manager«, hatte Jonny nach einer Weile gesagt, »willst nicht was tun für dein Geld?«

»Zehn Prozent?« hatte ich gesagt.

»Allright, Mister Ten Percent.«

Ich hatte nach dem Chef gefragt.

»Jonny«, hatte ich gesagt, »Jonny hört jetzt dann auf zu spielen. Für zweihundert Mark spielt er bis morgen früh.«

»Zweihundert?«

»Und 'ne Flasche Wiskey.«

»Hundertfünfzig. Und die Flasche.«

Jonny nickte bloß, als ich ihm mein Verhandlungsergebnis mitteilte. Nickte und spielte weiter.

Als Jonny seine Gitarre wieder einpackte, war es kurz vor fünf Uhr morgens. Er hatte ein anderes Programm gespielt als das letzte Mal. Etwas stiller. Etwas trauriger.

Noch war es nicht hell geworden. Die ersten fleißigen Bürger saßen in ihren nach kaltem Zigarettenrauch riechenden Autos und hetzten sich auf dem Weg zur Arbeit.

Jonny und ich ließen uns Zeit. Hielten an jeder Straßenecke. Und erzählten uns Geschichten.

»Willst du mit hochkommen?« sagte Jonny dann und zeigte auf die heruntergekommene Hausfassade hinter ihm, »kannst hier pennen, wenn willst.«

Ich ging mit.

Jonny hatte Milch, Brot, Käse, Obst und Zeitung besorgt.

Wir saßen an einem riesigem Tisch, bei dem nicht klar war, was er vorher gewesen war. Eine schwarz gestrichene Eisenplatte, die mindestens viereinhalb Meter lang war und so stabil, daß sie sich keinen Millimeter durchbog. Jonny hatte auch keine Ahnung, woher das Ding stammte. Und noch viel weniger, wie es in die Wohnung gekommen war. Jonny wohnte erst seit ein paar Wochen in dem Haus.

Es war vor einem Jahr besetzt worden, nachdem ein Spekulant Bauarbeiter geschickt hatte, um die Leitungen rauszuschlagen und die Treppen einzureißen. Seither waren die ersten zwei Stockwerke praktisch unbewohnbar, der dritte und der vierte Stock nur über eine behelfsmäßige Treppe erreichbar und ohne Strom und Wasser.

»Wird alles noch«, sagte ein struppiger junger Mensch, der sich zu uns an den Tisch gesetzt hatte und einen Hund kraulte. »Im

Sommer kommen das Treppenhaus und der zweite Stock an die Reihe. Wir gehen hier nicht mehr raus. Wollen die eh nur teuersanieren, die Schweine. Und dann haben wir plötzlich das Beamtengesindel und das Juppiepack im Kiez. Bis sie uns ganz aus dem Kiez vertrieben haben. Schau dir Kreuzberg an.«

Im Winter war es etwas hart gewesen. Keine richtigen Öfen.

»Die haben sie als erstes rausgeschlagen, die Schweine.«

Sie hatten sich mit improvisierten Heizstellen beholfen, auch schon mal mit einem Lagerfeuer in einem der Zimmer, und waren enger zusammengerückt. Neun Leute in drei Zimmern.

Jetzt waren sie insgesamt zu zwölft und auf zehn Zimmer verteilt. Im Sommer würden es mehr werden.

Langsam füllte sich die Küche. Als ich mich ans Zeitungslesen machte, waren wir zu siebt.

»Und?« sagte Jonny. »Was ist nun. Machst du weiter meinen Manager?«

»Hängt davon ab, ob du dir einen leichteren Verstärker anschaffst.«

»Der bleibt«, sagte Jonny, »ein bißchen Schweiß muß sein, um den Blues zu spielen.«

»Ich überleg's mir noch«, sagte ich.

Jonny grinste.

»Nein, im Ernst«, sagte ich, »ich überleg's mir.«

»Tu das«, sagte Jonny.

»Was hör ich da?« sagte ein blutjunger Punk, der eben in die Küche gekommen war. »Manager? Affenscheiße. Das hat man davon, wenn man die Grufties in Haus läßt.«

Und dabei sah er Jonny und mich herausfordernd an.

»Schon gut«, sagte Jonny, »iß was. Dann wächst du auch noch.«

»Scheiße«, sagte ich und haute auf die Eisenplatte, daß es quer durch den Raum dröhnte.

»Was is'n?« sagte Jonny.

»Van Tu«, sagte ich.

»Was?«

»Van Tu.«

»Was ist das?«

»Der Cousin von einem Toten«, sagte ich.

Es war eine kleine Meldung. Seite vierzehn, rechts unten. Nach Ho Van Tu wurde gefahndet. Er stand im Verdacht, zusammen mit einem anderen vietnamesischen Vertragsarbeiter seinen Cousin ermordet zu haben, hieß es. In der Mitte ein kleines Foto.

»Und?« sagte Jonny.

»Er ist es nicht gewesen. Ich weiß, wer's gewesen ist. Ein paar Skinheads.«

»In dem Fall würde sogar ich die Scheißbullen anrufen«, sagte der Punk, »und denen das mit den Skins verklickern.«

»Eben nicht«, sagte ich. »Da haben ein paar Leute die Finger im Spiel, die es anscheinend sogar geschafft haben, die Bullen auf die beiden zu hetzen. Die Bullen sind das letzte, was sie brauchen können.«

»Sind sowieso das letzte«, sagte ein Rasta und zog an seinem Kiff-Pfeifchen.

»Und?« sagte Jonny.

Ich hob die Schultern.

»Wenn man wüßte, wo er umgeht...«, sagte ich und dachte laut nach, »wenn man wüßte, wo er umgeht, könnt man ja vielleicht etwas tun. Aber im Wohnheim ist er sicher nicht mehr und auf seinem Standplatz auch nicht. Der ist ja nicht blöd, dem haben sie ja schließlich seinen Cousin erschlagen. Vielleicht sind die beiden untergetaucht, der Ho und der andere.«

Untergetaucht. Jetzt waren wir schon zu dritt.

»Gib mal her«, sagte der Rasta, zog die Zeitung zu sich hinüber und riß die Meldung aus, »den finden wir schon.«

»Und wie?« sagte ich.

Die konnten überall sein. Und die Stadt war groß.

»Laß das mal unsere Sorge sein«, sagte er. »Sind nicht nur die Faschisten organisiert. Die Antifaschisten auch, mein Lieber. Wo hat der seinen Standplatz gehabt?«

Ich sagte es ihm.

»Siehste«, sagte der Rasta, »ist ja hier im Kiez. Zwölf Stunden, und wir haben sie. Wir bringen sie ins Haus.«

Plötzlich klang der kiffende Rasta ziemlich militärisch.

»Gut«, sagte ich, »danke.«

Ich war ziemlich erleichtert.

XXXI

Zwei Dinge hatte ich mir vorgenommen. Die Vietnamesen aus der Schußzone zu holen. Und in der Geschichte etwas klarer zu sehen. Lange genug hatte ich mir gesagt, daß ich meine Ruhe haben wollte und sonst gar nichts. Damit war es jetzt aus und vorbei.

Ich griff zum Telefon. Frau Hurter war auf ihrem Zimmer. Frau Hurter würde mich empfangen.

Einen Augenblick hatte sie gezögert. Und dann ja gesagt.

»Ist vielleicht besser so«, hatte sie gesagt.
»Ist es, kleine Chefin«, hatte ich gesagt.

Feudales Hotelzimmer, in dem die kleine Chefin da saß.

Und, Tschenett, dachte ich, was jetzt?

Es dauerte einige Zeit, bis ich einen Anfang fand.

»Du weißt, daß ein *Zantrans*-Mitarbeiter, um es mal so zu sagen, gestorben ist?«

Die kleine Chefin nickte.

»Du meinst den Vietnamesen«, sagte sie. »Ja. Hat mir Ralle erzählt.«

»Ralle?«

»Er hat mich angerufen. Und gesagt, daß du dich melden würdest.«

Ralle. Wie sollte man aus dem Menschen schlau werden.

»Eigentlich«, sagte die kleine Chefin und knetete mit der Rechten die Finger der linken Hand, »eigentlich hat der Vietnamese ja nicht für die *Zantrans* gearbeitet.«

Sie hatte viel Geduld, die kleine Chefin. Offensichtlich hatte sie sich inzwischen auch ein paar Fragen gestellt, auf die sie keine Antwort wußte.

»Eigentlich schon«, sagte ich. »Eigentlich hat er schon für die *Zantrans* gearbeitet.«

Sie sah mich still an.

»Was weißt du?« sagte ich.

»Nichts«, sagte die kleine Chefin. »Ralle hat mir nur gesagt, daß es einen Toten gegeben hat, der irgendwie mit der Firma zusammenhängt.«

Es schien sie nicht kalt zu lassen.

»Weißt du, wer dir das Hotelzimmer bezahlt?« sagte ich.

»Die Firma«, sagte die kleine Chefin erstaunt.

»Eigentlich nicht«, sagte ich. »Hunderte von Vietnamesen, die für drei Mark auf der Straße stehen, bezahlen. Dein Hotelzimmer, meine Kohle, Ralles Kohle.«

»Das versteh ich nicht.«

Konnte sein, daß sie es wirklich nicht verstand. Aber eine kleine Ahnung war längst in ihr hochgestiegen.

»Die Firma?« sagte sie.

»Die Firma. Die gute *Zantrans* ist, wenn ich's richtig sehe, einer der Partner in dem Geschäft. Wie lang habt ihr die Firma?«

»Ist das wichtig?«

»Kann sein«, sagte ich. »Ich will einfach nur wissen, was gelaufen ist und wie's läuft.«

Die kleine Chefin nickte.

»In Ordnung«, sagte sie, »ich will's auch wissen.«

Ich sah sie mir kurz an. War eigentlich viel zu jung und viel zu ehrlich, um in einen Mord verwickelt zu sein. Ich mußte ihr aus der Geschichte raushelfen. Und das ging nur über den direkten Weg. Den schmerzhaften.

»Also«, sagte ich, »was ist mit der Firma?«

»Mein Vater hat vor zwanzig Jahren angefangen. Als LKW-Fahrer. Hat sich dann irgendwann selbstständig gemacht.«

»LKW gekauft. Auf Pump?«

»Zwei. Mutter ist verrückt geworden. Die Schulden.«

»Und?«

»Dann war er fast pleite. Und dann...«

»...hat ihm einer Geld geliehen«, sagte ich.

»Woher weißt du das?«

»Geht immer so. Kaum einer von uns schafft es, sich selbstständig zu machen. Die meisten haben einen Hai im Nacken.«

»Hai?«

»Ja. Weißt du, was so eine Zugmaschine kostet?«

Die kleine Chefin schüttelte den Kopf.

»Vater hat dann einen Geschäftspartner gefunden. Ab da ging's aufwärts.«

»Geschäftspartner, ja?«

»Stiller Teilhaber, eigentlich«, sagte die kleine Chefin.

»Aha«, sagte ich. »Dann paß mal auf, kleine Chefin. Was glaubst du, womit ihr die letzten Jahre eure Kohle verdient habt?«

Sie sah mich vorsichtig interessiert an.

»Mit Speditionsaufträgen«, sagte sie.

»Nicht so ganz«, sagte ich.

»Womit dann?«

Langsam glaubte ich ihr, daß sie wirklich nichts wußte. Hatte keine Ahnung. Aber einen Verdacht.

»Ganz einfach«, sagte ich. »Mit Schmuggel. Im großen Stil. Zigaretten. Direkt ab Werk der großen Firmen bis vor Ort. Und dort übernehmen die kleinen. Nachdem so mittlere Fische wie Ralle und ich zwischengeschaltet waren. Und die ganz kleinen sind die Vietnamesen, die ohne Aufenthaltsgenehmigung und Arbeit auf der Straße stehen und die Ware unters Volk bringen. Für zwanzig Mark am Tag, wenn's gut geht. Und wenn's nicht gut geht, oder wenn sie nicht brav sind, geht's ihnen an den Kragen.«

»Der Vietnamese...«

»Den Auftrag hat Ralle aus der Schweiz mitgebracht. Ausschalten, den Mann. Umlegen.«

»Aus der Schweiz...«, sagte sie.

Ihre Stimme war mit jedem Wort leiser geworden.

»Ja«, sagte ich.

»Mein Vater?«

»Weiß ich nicht. Oder der stille Teilhaber. Oder beide.«

Sie hatte sich in den Ledersessel zurückgelehnt und angefangen zu weinen. Still, leise, trocken.

»Ich wollte nur wissen, was du damit zu tun hast«, sagte ich.

Es dauerte einige Zeit, bis sie antwortete.

»Nichts«, sagte sie. »Daß die Firma nicht immer alle Steuern zahlt, daß der eine oder andere LKW nicht ganz die korrekte Route gefahren ist oder Übergewicht hatte, das wußte ich. Mehr nicht.«

»Und wieso bist du nach Berlin gekommen?«

»Das Computerprogramm. Wir haben es hier in der Niederlassung neu installiert. Es lief nicht. Ich hab mich drum gekümmert.«

»Osthafen«, sagte ich.

»Ja«, sagte sie.

Und dann sagte sie nichts mehr. Saß da, schaute in die Luft und bewegte sich nicht.

Ich ließ mich von der Vermittlung mit Ralles Funknummer und mit dem *Tanzlokal* in Herzsprung verbinden. Nichts. Ralle ging nicht ran.

»Ich sag dir jetzt, was ich tun werde.«

Die kleine Chefin stand auf und goß uns zwei Cognacs ein.

»Was?« sagte sie.

»Gekündigt hab ich schon. Aber ich will, wenn's irgendwie geht, der Drecksfirma noch auf die Schliche kommen. Einen Namen, zwei, möcht ich schon noch herausbekommen.«

»Hier«, sagte sie, und hielt mir das Glas hin.

»Hast du einen Namen für mich?«

»Einen«, sagte sie. »Meinen. Und den von meinem Vater. Mehr weiß ich nicht.«

»Dann muß ich woanders suchen«, sagte ich und hob das Glas.

»Bleib hier«, sagte die kleine Chefin.

»Komm mit«, sagte ich.

XXXII

Jonny, die kleine Chefin und ich waren durch die Kneipen gezogen. Jonny hatte gespielt, und ich hatte seine Schildmütze hingehalten und abkassiert.

»Kannst eh nichts tun«, hatte er gesagt, »wenn die Jungs von der *Antifa* sie nicht finden, dann findet sie keiner.«

Mußte ich mich also in Geduld üben. Jonnys Musik half. Und die kleine Chefin schien mir beweisen zu wollen, daß sie Unmengen von Cognac zu verkraften im Stande war.

»So«, sagte Jonny kurz nach Mitternacht, »für heute reicht's. Jetzt gehen wir. Ich zeig euch was.«

Und dann standen wir in einer Baracke, die bis auf den letzten Zentimeter vollgestellt war mit technischen Geräten, Einzelteilen, Spiralen, Schaltungen, Dioden und ähnlichem Zeug, das alles aus den sechziger Jahren zu stammen schien. Die Baracke war von Regalen durchzogen. Geduldige Menschen hatten Teil für Teil sortiert und liebevoll in die Regale gestapelt. Einige der Maschinen standen unter Strom und reagierten bei Knopfdruck mit Kurvenlinien auf dem Monitor. Ich sah mir die Exponate genauer an. Sahen nach medizinisch-technischen Geräten aus, EKG oder was weiß ich. Die meisten hatten russische Aufschriften. Es war die Spielecke eines wütigen Sammlers, der sich in den Kellerverliesen sämtlicher Ostberliner Krankenhäuser und Forschungslabors herumgetrieben haben mußte auf der Suche nach Technoschrott aus dreißig Jahren. An den Regalen standen Leute, prüfend eines der Teile in der Hand, die meisten allerdings hielten sich an einer Bierflasche fest und quatschten. Im Hintergrund lief Musik.

»Haste mal 'ne Mark?« sagte Jonny.

Aber sicher. Schließlich hatte ich noch unsere Abendkasse in der Hosentasche.

Jonny nahm die Mark und drängte sich zwischen Regalen und Leuten nach vorne.

Schließlich kamen wir zu einem Schrein aus Holz und Glas. Er war mit dicken, altertümlichen Kabeln verbunden, innen waren Metallteile zu sehen.

Hinter dem Schrein tauchte eine junge, buntfrisierte Frau auf.

»Einmal«, sagte Jonny.

Die Buntfrisierte bückte sich unter den Tisch.

»Gleich wirst du wissen, wieso der Laden hier *The glowing pickle* heißt«, sagte Jonny.

»*Glühende Gurke*?« sagte ich. »Auch nicht schlecht.«

»Mir ist schlecht«, sagte die kleine Chefin, auf's Stichwort.

»Laß dir Zeit damit«, sagte ich, »Jonny will uns etwas zeigen.«

»In Ordnung«, sagte die kleine Chefin und hängte sich bei mir ein.

»Schaut her«, sagte Jonny.

Die Buntfrisierte war wieder aufgetaucht und hielt mit einer Zange eine acht Zentimeter große Essiggurke, von der das Wasser tropfte. Dann nahm sie den Deckel vom Schrein und klemmte die Gurke zwischen zwei Eisenklammern.

»Anode und Kathode«, sagte Jonny.

Tatsächlich. So was hatte ich vor Jahrzehnten schon einmal im Physikunterricht gesehen.

»Und jetzt...«, sagte Jonny, »aufgepaßt.«

Er ließ das Markstück in den Schlitz fallen und drückte auf einen Knopf. Erst geschah gar nichts. Dann fing die Gurke an ihrem linken Ende von innen heraus gelbgrünlich zu leuchten an. Dann an ihrem rechten Ende. Schließlich stieg etwas Rauch auf, das Glühen wurde schnell schwächer und hörte dann ganz auf. Übrig blieb nur eine etwas runzelige Gurke und ein Rauchkringel, der noch für Sekunden über ihr schwebte. Die ganze Vorstellung hatte eine knappe Minute gedauert.

»Faszinierend, Holmes«, sagte ich. »Überaus faszinierend.«

So etwas Verrücktes hatte ich schon lang nicht mehr gesehen.

»Jonny«, sagte ich, »du hast dir 'n Bier verdient.«

»Und ich einen Schnaps«, sagte die kleine Chefin.

Beide hatten das ihre bekommen. Und dann hatte ich Jonny entschuldigend angesehen, die kleine Chefin um die Taille gefaßt und auf die Straße geschleppt. War wohl zu viel für sie gewesen. Der Schnaps. Der Cognac. Die *Zantrans*.

Als sie neben mir im Taxi lag, in die Ecke gelehnt, halb schlafend, stellte ich fest, daß ich heute abend nicht allein sein wollte.

Die kleine Chefin hatte meine Hand in die ihre genommen und drückte sie.

Der Nachtportier hatte großzügig über Frau Hurters Zustand hinweggesehen. Mich blickte er mißbilligend an. Ich zuckte mit den Schultern.

»Geb'm Sie'n Herr'n 'n Schlüssl«, sagte die kleine Chefin.

Und war endgültig im Rausch verschwunden.

Es war ein mittlerer Kraftakt, die kleine Chefin ins Bett zu bringen. Bis ich sie soweit hatte, war ich selbst so müde, daß ich mich einfach neben sie legte. Alles andere war vergessen. Die hehren Ziele, die dringlichen Aufgaben.

Meine Zunge fühlte sich übermäßig dick an, als ich wach wurde. ich bekam kaum Luft. Bis ich staunend entdeckte, daß daran die zwei Zungen Schuld waren, die sich in meinem Mund den Platz streitig machten. Ich stellte auf Beatmung durch die Nase um und ging der Sache nach.

An der Zunge hing ein Gesicht, daran ein paar schmale Schultern, weiche Haut. Undsoweiter. Die kleine Chefin mußte sich im Lauf der Nacht entkleidet haben. Und mich gleich mit.

XXXIII

Als ich, noch nicht ganz wach, ins besetzte Haus zurückkam, saßen die zwei Vietnamesen und ein paar von den Besetzern am Küchentisch.

»Ho«, sagte ich und drückte ihm die Hand, »haben sie euch tatsächlich gefunden.«

Ho nickte und lächelte.

Jonny saß in der Ecke und grinste mich unverschämt an. Was ein echter Blueser ist, der hat eben den Blues. Und legt sich nicht zu einer Frau ins Bett.

Und dann erzählte mir Ho, was er den anderen schon erzählt hatte. Daß sie sich in Hinterhöfen und Kellern versteckt hatten, immer in der Angst, man könnte sie entdecken. Ho hatte ziemlich rasch begriffen, daß Nguyens Tod kein Zufall gewesen war. Er hatte sich versteckt und zuvor noch seine Freunde gewarnt.

»Alle, die mitgemacht haben wegen unsere Organisation«, sagte Ho. »Alle, die wir schnell gefunden haben.«

Seitdem waren Ho und sein Freund gemeinsam auf der Flucht gewesen, mit nichts als ihren Kleidern am Leib und ein paar Mark in der Tasche.

Als sie jetzt erfuhren, daß auch die Polizei nach ihnen suchte, schüttelte Ho den Kopf.

»Ich Mörder von Cousin?« sagte er. »Was denken die?«

Ich sagte ihm, wer es meiner Ansicht nach gewesen war.

»Skin,« sagte Ho, »wieso Skin? Haben nichts mit Zigaretten zu tun.«

Ich erzählte ihm von dem Ex-Offizier, den Skins und dem Geld. Von Ralle sagte ich nichts.

»Oi, oi«, sagte der Rasta, »da fragt man sich aber, was mit dem Brandanschlag auf das Wohnheim in Rostock ist.«

»Vielleicht«, sagte ich, »vielleicht ist es beides. Den einen paßt's, ein paar Ausländer abzufackeln. Und den anderen paßt's ins Geschäft.«

»Oder das Ganze ist viel stärker strukturiert, als wir denken«, sagte der *Antifa*-Rasta.

»Wattn dette?« sagte der Punk.

»Daß das überhaupt eine organisiertere Sache ist, Mann«, sagte der Rasta und zog an seiner Haschischpfeife, »wär nicht das erste Mal, daß das Kapital zur Verfolgung seiner Ziele sich faschistischer Mördertrupps bedient. Verstanden?«

Der Punk nickte nur mehr.

Wie der Rasta bei seinem Shit-Konsum mit seinem Vokabular klar kam, ohne bei jedem einzelnen Wort darüber zu stolpern, war mir in meiner Altherrendummheit nicht klar. Aber was er gesagt hatte, war nicht ganz ohne Hand und Fuß.

Jonny hatte begonnen, leise vor sich hinzusummen.

»Was ist mit Rostock?« sagte Ho, der aufmerksam zugehört hatte und seinem Freund zwischendurch ein paar Sätze ins Vietnamesische übersetzte. »Was ist?«

Der Rasta zog an seiner Pfeife, bevor er antworte.

»Sie haben ein Wohnheim angezündet. Gestern. Haben auch Vietnamesen drin gewohnt, hat's geheißen. Und draußen standen die Bürger und haben die Feuerwehr nicht rangelassen. Die Polizei hat zugeschaut.«

»Und?« sagte Ho und hatte ein schmales Gesicht bekommen.

»Kein Verletzter«, sagte der Rasta.

»Ich will raus.«

Ho war aufgestanden.

»*Deutschland, Deutschland, über alles, über alles in der Welt. Polen, Türken, Vietnamesen, alles lebt von unserm Geld*«, sagte der Rasta.

»Wie bitte?« sagte Jonny und hatte urplötzlich mit seinem Singen aufgehört.

War er also doch nicht ganz so abwesend, wie es den Anschein hatte. Jonny, der Blueser.

»Richtig gehört«, sagte der Rasta. »Hat ein deutscher Polizeibeamter gedichtet und hängt fotokopiert auf Anschlagtafeln deutscher Polizeistellen. Und ist ganz sicher nicht zur Fahndung ausgeschrieben.«

»Raus aus dieses Land«, sagte Ho und war laut geworden. »Raus. Sofort.«

Und dann sagte er etwas in Vietnamesisch.

»Du willst raus?« sagte ich.

Ho nickte nur.

»In Ordnung«, sagte ich zu ihm. »Ich laß mir was einfallen.«

Und was, Tschenett? dachte ich. Da hast jetzt wieder geredet, bevor du gedacht hast. Andererseits hatte Ho's Angst auch mir Angst gemacht.

Der Punk stand auf und winkte.

»Kommt mit«, sagte er, »ich besorg euch was zu essen und ein paar Decken.«

Wir saßen in der Küche.

Jonny sang und ich dachte nach. Wie auch immer, mir mußte so bald wie möglich etwas einfallen. Nicht nur, weil ich es Ho versprochen hatte.

XXXIII

Eigentlich war es ganz einfach. Ich brauchte Fotos. Und einen LKW. Mit ein bißchen Glück würde es klappen. Mit einer Handvoll mehr Glück als ein bißchen.

Beim zweiten Bier war ich auf die Lösung gekommen. Daß es nicht früher soweit gewesen war, hatte an mir gelegen. Und an einer jungen Dame. Ich hatte meinen ganzen Mut gebraucht, um mich durchzukämpfen.

Jetzt stand mein Entschluß fest.

»Wohin wollt ihr?« sagte ich zu Ho.

»Raus«, sagte er.

»Und wohin?«

»Egal. Nur raus«, sagte Ho.

Es war ihm immer noch Ernst damit.

Der Rasta, der Punk und vier andere Hausbewohner hatten sich bereiterklärt, mit den beiden Vietnamesen zum nächsten Photamaton zu gehen.

»Im Laufe des Tages«, hatte ich gesagt, »ich brauch sie frühestens heut abend. Sollten aber brauchbar sein, die Fotos.«

Ein paar Stunden später begleitete mich Jonny zur U-Bahn. Ich suchte die Telefonnummer raus und gab sie ihm.

»Wenn was ist«, sagte ich, »ruft mich da an. Bin in frühestens einer Stunde dort. Wie lange, weiß ich noch nicht. Versucht es halt.«

Die U-Bahn-Fahrt war ein ganz neues Erlebnis für mich. Jahrzehntelang war ich schon nicht mehr mit sowas gefahren. Ich kam mir wie der letzte Tourist vor. Alle zwei Stationen ein Blick auf den Lageplan.

Endlich war ich da.

Ich hatte gerade das zweite Viertel *Vernaccia di San Gimignano* bestellt und überlegt, was ich tun sollte, wenn er nicht kommen würde, als Gianni in der Tür auftauchte.

Er war etwas älter geworden, grauer an den Schläfen und grauer im Gesicht. Aber das ist normal für einen Kellner, der die Nachtschicht fährt. Die roten Äderchen um die Nase gehören genauso dazu.

Ich stand auf und ging ihm entgegen. Abzuwarten, bis er mich erkannt hatte, dazu war keine Zeit.

»Ciao, Gianni«, sagte ich und hielt ihm die Hand entgegen.

Er zögerte einen Augenblick, dann schüttelte er immer und immer wieder den Kopf.

»Non ci credevo più, non ci credevo più.«

Konnte ich ihm nicht verübeln, daß er nicht mehr daran geglaubt hatte, mich noch einmal zu sehen.

»E invece sì«, sagte ich. »ich hab's dir ja versprochen.«

»Come va?« sagte Gianni.

»Gut geht's«, sagte ich, »trinkst ein Glas mit mir?«

Gianni sah auf die Uhr.

»Dai«, sagte ich, »fängst eben zehn Minuten später mit der Arbeit an.«

»Per un amico«, sagte Gianni, »faccio tutto. Alles, für einen Freund. Sediamoci.«

Wir setzten uns.

Und dann wollte Gianni wissen, ob ich inzwischen verheiratet war, was die Kinder machen. Irgendwie bildete er sich ein, daß ich zwei Kinder gehabt hatte, das letzte Mal.

»E no«, sagte ich, »das wüßte ich.«

Ich ließ mir Zeit. Ich wußte, ich mußte mir Zeit lassen. Einem Südtitaliener wie Gianni kann man nicht mit der Tür ins Haus fallen. Da ist zuerst die Familie an der Reihe. Dann die Freunde. Und schließlich der Rest.

»Gianni«, sagte ich, als ich dachte, daß wir lange genug über Frauen und Kinder geredet hatten, »Gianni, kennst du eine Transportfirma? Eine, die einen Fahrer braucht, der ihnen einen LKW nach Italien fährt?«

Gianni sah mich einen Augenblick lang aufmerksam an.

»È per te?« sagte er.

»Ja«, sagte ich, »für mich.«

»Può darsi«, sagte Gianni dann.

Kann sein.

»Wann?« sagte Gianni.

»Subito. Sofort. Morgen. Übermorgen.«

»Hai dei problemi?«

Gute Frage. Was sind schon Probleme.

»Si«, sagte ich.

»Che altro c'è?« sagte Gianni. »Was noch?«

O.k., Tschenett. Rein ins Getümmel. *O la va o la spacca.* Frag ihn einfach. Neinsagen kann er immer noch.

»Gianni«, sagte ich, »ho bisogno di un favore. Ich brauch Hilfe. Nicht für mich. Für Freunde von mir. Sono in due, zwei. Gute Leute. Haben niemandem etwas getan. Sie müssen verreisen. Hai capito?«

Gianni nickte langsam.

»Ho capito«, sagte er, »passaporti. Hai bisogno di passaporti?«

»Si«, sagte ich. »Pässe. Genau.«

»Ich«, sagte Gianni und zuckte entschuldigend mit den Schultern, »ich selbst kann da nichts tun. Però«, sagte er, »die Leute, denen du damals den eingeklemmten LKW aus der Einfahrt gefahren hast. Die vielleicht. Ti ricordi, il camion?«

»Si.«

»Beh, ti sono grati«, sagte Gianni. »E hanno degli amici, che conoscono le persone giuste. Weißt du, der LKW war ein großes Problem für sie. Der LKW und die Ladung. Sie hätten das Gesicht verloren, wenn du ihnen nicht geholfen hättest. Und keiner von uns verliert gern sein Gesicht.«

Na gut. Wenn sie mir immer noch dankbar waren und, wie er sagte, die richtigen Kontakte hatten, was mein Problem betraf, sollte mir das recht sein.

Gianni stand auf.

»Ich sag dem Koch, er soll dir was Gutes kochen«, sagte er. »Pesce, se vuoi. Und ich versuche, unsere Freunde zu erreichen. Es kann aber seine Zeit dauern.«

»D'accordo«, sagte ich.

Daß Gianni die Pässe in seiner Rocktasche mit sich herumtrug, hatte ich sowieso nicht angenommen. Und daß er mir einen Fisch braten lassen wollte, um mir die Wartezeit zu vertreiben, war ein Luxus der ganz besonderen Art, den ich gern bereit war zu genießen.

»Ti ringrazio, Gianni«, sagte ich, »sei un amico.«

So südländisch sentimantal Gianni in der Nacht gewesen war, als wir uns das letzte Mal gesehen hatte, so südländisch effizient war er heut abend.

Ich hatte ihn beobachtet. Gianni schmiß den Laden, spielte den *latino*, wenn es vom Kunden gefragt war, versorgte elf Tische, hatte den Koch darauf eingeschworen, daß der Fisch für einen *amico* war und deswegen italienisch auf den Tisch kommen sollte, mit Liebe zubereitet. Serviert wurde er mir dann von *mama*, der Chefin des Hauses. Ich wußte die Ehre zu schätzen. Keine Ahnung, welchen Übertreibungen Giannis ich sie zu verdanken hatte.

Und gleichzeitig und ohne sich auch nur eine Sekunde lang Streß anmerken zu lassen, hatte Gianni eine Reihe von Telefonaten geführt und am Tresen mit einem der Kartenspieler, die sich am Tisch neben der Küche ihr italienisches Viertel abgesteckt hatten, ein paar Sätze lang geredet.

Mich versorgte er der Reihe nach mit einem *tartuffo,* einem Cognac und einem *espresso*. Wenn ich nicht doch ein bißchen nervös gewesen wäre, hätte es ein äußerst angenehmes italienisches Abendessen sein können.

Von Jonny war noch kein Telefonanruf gekommen. Das beruhigte mich.

Gianni hatte die letzten Gäste hinauskomplimentiert, zog die Rolläden herunter und kam mit seiner Flasche *grappa* an den Tisch.

»E anche questa è fatta«, sagte er und ließ einen Brustkorb voll Luft ab.

»Glaub ich dir«, sagte ich, »ich bin schon vom Zuschauen ganz müde geworden.«

»Sono italiani, i tuoi amici?« sagte Gianni.

»Nein«, sagte ich, »keine Italiener. Vietnamesen.«

»Vietnamesi«, wiederholte Gianni langsam.

Es war ihm nicht anzusehen, ob er von der Fahndung nach Ho und seinem Freund gehört hatte.

»Potrebbe funzionare«, sagte Gianni, »es könnte klappen.«

Er machte wieder eine Pause.

»Der LKW«, sagte er, »ist kein Problem. Kannst ihn haben, wann du willst. Dein Führerschein ist noch in Ordnung?«

»Sicuro, wie immer.«

»Dann kannst du die Fahrt ganz offiziell machen. Va bene«, sagte Gianni.

»Per i documenti...«

Er machte wieder eine Pause.

Daumen drücken, Tschenett.

»Unsere Freunde könnten britische Papiere besorgen«, sagte Gianni, »sind in Ordnung, sauber. Però...«

Aber. Aber.

»Sollte man in Deutschland nicht verwenden. In Großbritannien auch nicht. Sonst überall. Mußt du deinen Freunden sagen.«

Wenn es sonst nichts war.

»Was kostet mich das?«

»Wann brauchst du sie?«

»Morgen.«

»Übermorgen«, sagte Gianni. »Und sechzehntausend Mark. Die Hälfte morgen, den Rest übermorgen.«

»Aspetta«, sagte ich, griff in die Hosentasche und zählte nach.

»Elftausend«, sagte ich und hielt ihm die Geldscheine hin, »den Rest übermorgen. Und hier sind die Paßfotos der beiden.«

»Va bene«, sagte Gianni. »Affare fatto.«

»Grazie, Gianni«, sagte ich.

»Di niente«, sagte er, »sei amico mio.«

Als ich die versammelte Gemeinde des besetzten Hauses um den Küchentisch herumsitzen sah, war ich im ersten Augenblick erschrocken. Dann entdeckte ich, mittendrin, die beiden Vietnamesen, zufrieden lächelnd. Jonny saß in der Ecke und spielte auf der Gitarre. Er zwinkerte mir zu.

»Alles in Ordnung«, sagte ich. »Ho, wollt ihr nach Italien?«

»Italien?« sagte Ho. »Gern.«

»Ich auch«, sagte der Punk. »*O sole mia.*«

Warum sollte ein Berliner Punk auch besser italienisch können als ein saarländischer SPDler.

»Mit echten Pässen«, sagte ich, »in Italien könnt ihr damit ganz normal leben. Allerdings als britische Staatsbürger.«

»Yes«, sagte Ho.

»Ich hoffe, du kannst noch zwei Wörter mehr, sonst wird das ein bißchen schwierig, dir den Staatsbürger zu glauben.«

»Of course«, sagte Ho.

Und lachte. Ich lachte mit.

»Übermorgen«, sagte ich dann, »übermorgen bekomme ich die Pässe. Und dann fahren wir. Und jetzt geh ich schlafen.«

»Kannst beruhigt schlafen«, sagte der Rasta, »wir stehen in Schicht Wache. Von den Schweinen kommt uns keiner ins Haus.«

XXXIV

Jonny begleitete mich ins Restaurant *Da Cesare*.

»Allein gehst du mir nirgendwo mehr hin, Manager«, hatte er gesagt.

Paolos Vater hieß Cesare. Vor Ewigkeiten hatten er das Lokal beim Billardspielen an einen Landsmann verloren. Seither stand er als *pizzaiolo* am Ofen. Und auch als Paolo Canaccia mit seiner Fußballspielerei zu Geld gekommen war, richtigem Geld, hatte der Vater es dem Sohn nicht erlaubt, ihm das Lokal zurückzukaufen. Er wollte *pizzaiolo* bleiben.

Paolos Vater war nicht da. Er war nach Italien gefahren, um seinen Bruder zu beerdigen, sagte mir der Kellner.

Ich setzte mich und ließ mir einen *espresso* bringen.

Scheiße. Verfluchte Hundescheiße. Dabei war bis jetzt alles perfekt gelaufen.

Ich hatte gehofft, daß mir Paolos Vater, dem ich von seinem Sohn schon ein paarmal zu Besuch angekündigt worden war, würde helfen können. Mit fünftausend Mark.

»Se ti serve qualcosa, a Berlino, vai da mio padre«, hatte Paolo gesagt. »Wenn du was brauchst in Berlin, geh zu meinem Vater. Er wird sich freuen, dir helfen zu können. Er weiß, was du für mich getan hast.«

An Paolo Canaccias Geld war also nicht ranzukommen. Gianni wollte ich auf keinen Fall um das Geld anpumpen. Er tat schon so genug für mich. Und sonst kannte ich keinen, der Kohle hatte.

»Probleme?« sagte Jonny.

»Probleme nicht«, sagte ich, »nur fünftausend Mark, die plötzlich fehlen.«

Dann kam der Kellner an unseren Tisch.

»Lei è il Signor Scenett?« fragte er.

»Ja«, sagte ich, »Tschenett, das bin ich.«

Der Kellner gab mir einen Briefumschlag. Ich öffnete und las.

»Jetzt, Jonny«, sagte ich, »jetzt schon haben wir Probleme.«

»Was ist?«

Ich las ihm den handgeschriebenen Wisch vor:

»Tschenett, ich hoffe, du kommst Paolos Vater besuchen. Es ist die einzige Möglichkeit, dich zu erreichen. Haut ab. Sie wissen, daß ihr in einem besetzten Haus seid. So viele gibt es in Berlin auch wieder nicht. Mehr kann ich nicht für dich tun. Paß auf dich und die anderen auf.«

Darunter stand eine Berliner Telefonnummer.

»Bin gleich zurück«, sagte ich, steckte den Zettel ein, stand auf und ging zum Telefon.

Ich ging ein Risiko ein damit. Aber es würde sich lohnen. Im doppelten Sinne. Hinterher würde ich wissen, ob ich einen Freund weniger hatte. Und außerdem konnte ich vielleicht eines meiner Probleme lösen. Also, Tschenett, wählen.

»Ja?«
»Tschenett.«
Ralle atmete hörbar auf.
»Ich hab Post erhalten«, sagte ich.
»Kannst ungeniert reden«, sagte Ralle, »die Nummer kennt ganz sicher keiner.«
»Gut«, sagte ich. »Danke für den Tip.«
»Das mindeste, was ich tun kann.«
»Wie nah sind sie dran?«
»Lang kann's nicht mehr dauern.«
»Wer?«
»Unsere. Und ein paar Bullen, die auf der Gehaltsliste stehen.«
»Hab ich gelesen«, sagte ich.
»Beeil dich«, sagte Ralle.
»Heut nacht«, sagte ich, »vielleicht klappt's noch heut nacht.«
»Müßte hinkommen.«
»Dazu muß ich aber erst ein Geschäft abschließen. Und dafür brauch ich dich.«
»Sag mir.«
Ich nahm den Telefonhörer kurz vom Ohr und lehnte mich mit der Stirn an den Telefonapparat. Ich mußte es riskieren. Wenn Ralle falsch spielte, würde ich ihnen ins Messer laufen. Wenn. Aber erstens hatte ich keine andere Wahl. Und zweitens wollte ich es wissen.
Los, Tschenett.
Ich nahm den Telefonhörer wieder hoch.
»Steht heut abend ein LKW im *Truck-Stop*?« sagte ich.
Es dauerte zwei Sekunden, bis Ralle antwortete.
»Ja.«
»Glaubst du, daß um elf jemand da ist? Oben im Zimmer, mit Restlichtverstärker. Oder zum Aufladen?«
Eine Sekunde Pause.
»Nein«, sagte Ralle dann. »Sicher nicht. Garantiert.«
»Danke«, sagte ich. »Ich hoffe, du bekommst deswegen keine Schwierigkeiten.«
»Werd's verkraften. Kennst mich ja«, sagte Ralle. »Und schau unterm linken Vorderreifen nach.«
»Ralle«, sagte ich, »können wir uns noch sehen, bevor ich weg bin?«
Pause. Stille im Telefon.
»Besser nicht«, sagte Ralle dann. »Wer weiß, hinter wem sie her sind. Getrennt haben wir mehr Chancen.«
Richtig. Wir waren im Krieg.

»Wenn du jemals übern Brenner kommst«, sagte ich, »tu mir den Gefallen und halt gleich dahinter an und frag nach mir. In der nächstbesten Kneipe. Vielleicht bin ich da. Ja?«

»Versprochen.«

»Raus hier«, sagte ich zu Jonny, »schnell raus hier, und ins nächste Taxi.«

»Spendierhosen an, Manager?«

»Ganz gewaltig«, sagte ich.

Schließlich hatte ich es eilig.

Gestern hatte ich mir noch großartig in den Kopf gesetzt, Nachforschungen anzustellen. Jetzt war's aus damit. Wenn sie den Vietnamesen schon so knapp auf den Fersen waren, blieb keine Zeit mehr für Detektivspielchen. Nicht einmal, wenn ich es gewollt hätte.

Mir war inzwischen scheißegal, wer der Missetäter war. Wo die Verbrecher saßen. Die Mörder, Totschläger, Drahtzieher. Das, was hier passierte, war kein Kriminalfilm. Nichts, was zwangsläufig auf ein gutes Ende rauslief. Das hier war bitterer Ernst. Und danach hatte ich mich zu richten.

Wir mußten raus aus diesem Land. Die Vietnamesen, ich. Und vielleicht kam die kleine Chefin ja auch mit.

XXXV

Zum Glück saßen Ho und sein Freund, der Rasta, der Punk und noch ein paar von den Hausbesetzern in der Küche und spielten *Mensch ärgere dich nicht*.

Jonny spielte Gitarre.

»Raus hier«, sagte ich. »Sie sind unterwegs.«

»Wer?« sagte der Rasta.

»Die Bullen, die Skins, die Nadelstreifen. Ich weiß es nicht. Aber ich weiß, daß sie irgendwann kommen werden. Am besten, wir verschwinden alle.«

»Wir bleiben«, sagte der Rasta. »Geht ihr. Wir bleiben. Es ist unser Haus.«

»Gut«, sagte ich. »Müßt ihr selber wissen. Was anderes: kannst du mir vier Leute organisieren in Lederjacken, die zwischen zehn Uhr und Mitternacht Zeit haben, sich ein paar Mark zu verdienen?«

»Vier? In Ordnung«, sagte der Rasta.

»Wir treffen uns um zehn Uhr Dimitroffstraße, Ecke Duncker«, sagte ich. »Ho, wir müssen los.«

Ho und sein Freund standen auf und drückten allen die Hand.

»Jonny«, sagte ich, »kommst du mit?«

Er spielte erst die Melodie zu Ende. Dann stand er auf und kam herüber.

»Nein«, sagte Jonny, »wenn's Ärger mit dem Haus gibt, will ich hier sein. Fahr los, Manager.«

»Mach's gut, Jonny.«

»*See you later, alligator*«, sagte Jonny, als wir uns umarmten.

Ho und seinen Freund setzte ich in ein türkisches Lokal in der nächsten Querstraße. Da würden sie warten, bis ich soweit war.

Beim Türken würden sicher keine Glatzen auftauchen. Auch auf Türken gingen sie nur im Verhältnis zehn zu ein los. Feiges Pack.

Für die nächsten Stunden sollten die beiden Vietnamesen hier eigentlich in Sicherheit sein.

Ich hatte Glück, bekam ein Taxi mit Funktelefon und Gianni an den Apparat.

»Gianni«, sagte ich, »meine Freunde müssen sofort verreisen. Spätestens heute nacht. Ich komm gleich bei dir vorbei, dann können wir den Rest in Ruhe besprechen.

»Va bene«, sagte Gianni, »intanto faccio una telefonata. Ich telefonier inzwischen schon.«

»Kommst du mit?« sagte ich, als ich die kleine Chefin endlich am Apparat hatte.

»Mit?« sagte sie, »wohin?«

»Weg«, sagte ich. »Recht viel mehr weiß ich auch nicht. Ich bring die Vietnamesen nach Italien.«

»Italien ist gut«, sagte die kleine Chefin, »war ich schon lang nicht mehr.«

»Da werden wir nicht bleiben können«, sagte ich. »Ich bin in Italien womöglich immer noch zur Fahndung ausgeschrieben.«

»Tschenett«, sagte die kleine Chefin, »mach keine Scherze.«

»Ist wahr«, sagte ich. »Nichts Ernstes, ist aber trotzdem so. Überleg dir, ob du dich mit einem Flüchtling durch die Welt schlagen willst. Wenn ja, laß dich gegen Mitternacht in die *Pizzeria Italiana* nach Charlottenburg fahren.«

»Und wie wird das ausgehen?« sagte die kleine Chefin.

»Weiß ich nicht«, sagte ich. »Abwarten. Und Daumen drücken.«

»Allora«, sagte Gianni, »gibt's Schwierigkeiten?«

»Zeitprobleme«, sagte ich. »Es nützt nichts, wir müssen so schnell wie möglich los. Hast du etwas erreichen können?«

»Stanotte«, sagte Gianni, »heut Nacht. Um zwei Uhr. Prima non è possibile.«

»Zwei Uhr«, sagte ich, »LKW und Pässe?«

»Si.«

»Sehr gut.«

Ich fragte ihn erst gar nicht, wie er das wieder geschafft hatte. In Italien dauerte es zwei Monate, mindestens, bis dir die Schreibtischhengste den Paß erneuert hatten. Gianni und seine Freunde zauberten neue an einem Tag.

»Die fünftausend Mark«, sagte ich, »sind das nächste Problem. Die Zeit ist zu kurz.«

»Me lo immaginavo«, sagte Gianni, »hab ich mir schon gedacht.«

Mir blieb gar keine Wahl.

»Fünftausend«, sagte ich. »Kannst du stattdessen mit fünfzehn Kartons Zigaretten etwas anfangen? Markenware. Könnt ich heut nacht noch liefern.«

»Quindici«, sagte Gianni und rechnete kurz nach.

»Dreihundert Stangen.«

»Per te«, sagte er und lächelte nachsichtig, »weil du's bist. Bring sie hierher.«

Ich hatte mich von dem Taxifahrer kreuz und quer durch Berlin fahren lassen. Irgendwann wurde es ihm zu dumm.

»Na, junger Mann«, sagte er, »was suchen wird denn?«

»Schon in Ordnung«, sagte ich, »fahren Sie einfach weiter.«

»Wenn Sie 'ne Adresse brauchen: Adressen hab ick. Erste Sahne. Polinnen, Russinnen, Asiatische. Wat se wolln.«

Ich war heilfroh, als ich endlich gefunden hatte, wonach ich gesucht hatte. Zur Sicherheit ließ ich mich zwei Straßen weiterfahren. Hatte mich sechzig Mark gekostet, der Spaß.

Es war bereits dunkel, als ich mich über den Transporter hermachte. Ein Stück Draht, ein paar Sekunden Fummelei und die Beifahrertür stand offen.

Ich setzte mich rein, schloß die Zündung kurz und fuhr los. Die Karre war genau richtig. Ähnelte denen, die wir auf den *Truck-Stop*-Parkplatz gefahren hatten. Und hatte einen Durchstieg von der Fahrerkabine nach hinten.

Der *Zantrans*-LKW stand still und friedlich in der hintersten Ecke des Parkplatzes. Niemand zu sehen. Jetzt kam's drauf an. Ob Ralle Wort gehalten hatte. Ich konnte es nur herausbekommen, indem wir uns an die Arbeit machten.

Die vier Jungs, die der Rasta mir geschickt hatte, sahen ziemlich stilecht aus. Wenn man nicht genau hinsah, konnte man sie gut mit Ralles Rockern verwechseln.

Die gesamte Aktion dauerte keine zehn Minuten. Ralle hatte unter dem Vorderreifen des LKWs die Schlüssel deponiert. Es war ein Kinderspiel. Die Jungs wuchteten die Kartons in den Transporter, wortlos, schnaufend. Und trotzdem konnte ich es mir nicht verkneifen, zwischendurch zum Fenster hochzusehen, von dem aus ich den Parkplatz überwacht hatte. Zu sehen war nichts. Aber das hieß nichts. Mein Nachfolger konnte im dunklen Zimmer stehen. Wie ich damals.

Plötzlich drückte mich die Blase. Ein paar Sekunden hatte ich, die Jungs waren noch am Arbeiten. Ich ging ein paar Meter nach vorn, bis an die Hecke, und knöpfte mir die Hosentür auf. Das Schlimmste hast hinter dir, Tschenett, wenn vom Parkplatz runter bist. Ich sah den Rauchschwaden zu, die da aufstiegen, wohin ich gezielt hatte.

Wenn du's heut noch über die Grenze schaffst, Tschenett, dachte ich, ist's noch einmal gut gegangen. Hast deine dir Anempfohlenen, wie man so schön sagt, in Sicherheit gebracht. Dich auch. Mehr kannst du nicht wollen.

Dann fiel mir der helle Fleck hinter der Hecke auf. Ich beeilte mich, die Hose zuzuknöpfen, und sah nach.

War eine Gürtelschnalle. Die zu einem Gürtel gehörte, der zu Ralle gehörte.

Ralle atmete nicht. Ralle war tot.

Scheiße, Tschenett. Scheiße.

Und dann entdeckte ich den Draht, der um Ralles Hals lief. Sie hatten ihn erwürgt. Offensichtlich kurz nachdem er den Schlüssel hinterlegt hatte. Und ohne davon etwas bemerkt zu haben. Sonst wären sie längst schon über mir gewesen.

Ralle war tot. Plötzlich, von heut auf morgen, von jetzt auf eben, gestorben. Nicht mehr da. Weg. Verschwunden.

Mir fiel es schwer, das zu glauben.

Bis mein Hirn wieder anfing zu funktionieren und mir nur eines sagte: weg hier. Weg.

Erst als ich den Transporter vor Giannis Lokal parkte, wußte ich, daß Ralles Tod vielleicht doch nicht ganz umsonst gewesen war. Es hatte alles wie am Schnürchen geklappt, kein Zwischenfall, keine Verfolger. Um sicher zu gehen, war ich in endlosen Schleifen durch die Stadt gefahren.

Die Jungs hatten jeder einen Karton abbekommen.

»Ti faccio aprire«, hatte Gianni gesagt.

Der Abspüler hatte die Toreinfahrt geöffnet und gleich wieder geschlossen.

»Tutto a posto«, hatte Gianni gesagt, als er wieder zurückgekommen war, »um den Transporter kümmere ich mich. Oder mußt du ihn irgendwo zurückgeben?«

»Te lo puoi immaginare«, sagte ich, »kannst dir vorstellen.«

»Trink noch einen Kaffee, bevor du fährst«, sagte Gianni.

Konnte ich ihm kaum abschlagen.

Dann klingelte das Telefon. Jonny.

»Die Bullen«, sagte er. »Dreißig Stück, vierzig. Was weiß ich. Wannen jede Menge, Wasserwerfer. Sie haben die ganze Ecke hier abgeriegelt.«

Scheiße, dachte ich.

»Das Haus ist geräumt worden«, sagte Jonny mit einer beeindruckend ruhigen Stimme. »Sie haben alles auf die Straße geschmissen. Klamotten, Decken, Bücher, Geschirr. Nur die Eisenplatte nicht.«

»Und die Gitarre?«

»Die hab ich nicht aus der Hand gelassen.«

Hatte ich auch nicht anders erwartet.

»Jonny«, sagte ich, »versuch dich zum Türken ums Eck durchzuschlagen. Bin gleich da.«

»Viel Glück«, sagte Jonny, »ich glaub nicht, daß dich die Bullen reinlassen. Die haben alles abgeriegelt. Den halben Kiez hier, so wie's aussieht.«

Dann allerdings war's höchste Zeit. Wenn die Bullen erst einmal die Gegend durchsuchten, war es nur mehr eine Frage der Zeit, bis unsere vietnamesischen Freunde dran glauben mußten.

»Gianni«, sagte ich, »jetzt brauch ich den Transporter doch noch.«

»Wohin?« fragte der Bulle.

»`ne Lieferung für das türkische Lokal da vorne«, sagte ich und zeigte auf den Transporter. »Was is'n hier überhaupt los?«

Straßensperre. Sie hatten die Straße einfach dicht gemacht und kontrollierten jeden, der hinein wollte.

»Ist nicht zu empfehlen, in die Straße reinzufahren«, sagte der Bulle. »Randale. Wieder mal ein paar von den Chaoten. Dürfte noch 'ne halbe Stunde dauern, bis wir hier sauber gemacht haben.«

Und grinste sich einen, das Milchgesicht.

»Dumm, dumm«, sagte ich, »der wartet aber auf das Zeug, der Türke.«

»Wird er eben warten müssen«, sagte der Bulle, »gibt's heut eben kein Kebab mehr.«

Er machte nicht den Eindruck, als ob ihm das besonders leid tun würde.

Eine Chance hatte ich noch. Ich setzte ein paar Meter zurück, bog links in die Straße ein und stellte den Transporter ab.

Zu Fuß hatte ich mehr Glück. Um auch noch den Fußgängerverkehr abzuriegeln, hatten sie zu wenig Leute, die Bullen. Sie beschränkten sich auf eine verschärfte Gesichtskontrolle. Meines ließen sie gelten. Sah wohl doch nicht so sehr nach Aufruhr und Revolte aus, wie ich in jungen Jahren immer gedacht hatte.

Jonny stand am Tresen des türkischen Lokals, Gitarre in der Hand. Mit Ralles Tod ließ ich ihn lieber in Ruhe.

Keine Vietnamesen weit und breit.

»Scheiße...«

»Nee, Klo«, sagte Jonny und grinste.

Ich ging ihm hinterher.

Ho und sein Freund sahen etwas verstört drein. Konnte ich verstehen. Kamen sich in dem Scheißhaus einfach in die Ecke gedrängt vor.

»Ist gleich vorbei«, sagte ich.

Ho nickte.

»Weiß nur noch nicht, wie«, sagte ich zu Jonny.

Von der Straße vorne drang immer lauteres Geschrei bis nach hier hinten durch. Wurde Zeit, daß wir verschwanden.

»Hinterhof«, sagte Jonny.

Ich sah mich um. Blieb uns eigentlich nur mehr eine Möglichkeit. Ich zeigte mit dem Kopf in die Richtung.

Jonny nickte.

»Los, Ho«, sagte ich, »ab durchs Fenster.«

Ho zögerte einen Augenblick, dann verstand er, zog sich an dem kleinen Fenster hoch und zwängte sich durch den Rahmen. Sein Kollege hinterher.

Aus dem Lokal kam lautes Schreien.

»Jetzt du, Jonny«, sagte ich. »Ich reich dir die Gitarre nach.«

Jonny, dünn und gelenkig wie er war, hatte sich in ein paar Sekunden auf die andere Seite gearbeitet. Ich schob ihm die Gitarre nach.

Im Lokal ging Glas zu Bruch.

»Komm schon«, hörte ich Jonny von der anderen Seite.

»Hast leicht reden«, sagte ich und zog mich keuchend und zitternd am Fenster hoch. »Bist halb so dick wie ich und hast doppelt soviel Saft in deinen Gitarrenfingern.«

Mit dem Kopf war ich schon auf der anderen Seite der Mauer.

Himmel, dachte ich, Mauerflüchtling.

»Viel fehlt nicht mehr.«

Jonny versuchte, mir Mut zu machen. Ho spendete mir einen aufmunternden Blick. Und ich hatte das dumpfe Gefühl, daß mich gleich ein Bulle am Arsch haben würde.

»Viel nicht«, sagte ich, fluchte und zog und schob, »viel nicht. Nur mehr der Bauch. Und der will nicht durch.«

»Dann laß ihn drin«, sagte Jonny.

Ich konnte mir nicht helfen: ich begann zu lachen. Jonny zog mich am Arm, und ein paar Sekunden später lag ich, zerschunden und immer noch lachend, am Boden des Hinterhofes.

»War doch 'n guter Tip«, sagte Jonny.

»Danke«, sagte ich und stand auf. »Nichts wie weg.«

Der Rest war einfach. Wir schlugen uns durch ein paar Hinterhöfe, immer weiter vom Lärm weg. Ich stellte den Transporter rückwärts in eine Einfahrt, Ho und sein Freund sprangen in den Laderaum.

Dann standen Jonny und ich neben dem Transporter.

»Tut mir leid, das mit dem Haus«, sagte ich. »Sag das den anderen.«

»Sie suchen sich ein neues Haus«, sagte Jonny. »Gibt ja genug davon. Hau ab jetzt.«

»Bis zum nächsten Mal«, sagte ich.

»Bis bald«, sagte Jonny.

Ich hatte es gerade noch aus dem Belagerungsring heraus geschafft. Die kleine Chefin saß am Tresen. Ich ging zu ihr hin und drückte ihr einen Kuß auf die Stirn. Gianni drückte mir eine alte Zeitung, in die etwas eingewickelt war, in die Hand.

»Però«, sagte Gianni, »dafür hast du immer Zeit, eh, Tschenett?«

»Soviel Zeit muß sein«, sagte ich.

Die kleine Chefin sah mich fragend an.

»Alles gut gegangen?«

»Ja. Nein«, sagte ich.

»Was ist?«

»Ralle ist tot«, sagte ich.

»Nein«, sagte sie.

»Ja«, sagte ich.

Und sah sie mir von der Seite her an.

»Kommst du mit in den Süden?« sagte ich.

»Ja«, sagte sie. »Warum nicht?«

»Sta arrivando«, sagte Gianni, nicht ohne Stolz in der Stimme, »da kommt er.«

Draußen stand der LKW.

»Fammi sapere«, sagte er, »ruf an, wenn ihr angekommen seid.«

»Va bene«, sagte ich.

XXXVI

Kurz vor der österreichischen Grenze hatte ich Ho und seinen Freund auf die Liege geschickt und den Vorhang zugezogen. Die kleine Chefin sollte die Rolle der Autostopperin übernehmen. Mit etwas Glück würde es klappen. Wer schaute schon einem italienischen LKWler, der seine Maschine nach Hause fuhr, unters Bett.

In Innsbruck stellte ich den LKW wie vereinbart auf den Parkplatz neben der Autobahnabfahrt und bestellte uns ein Taxi. Wir lagen ganz gut in der Zeit.

»Ho«, sagte ich, »warst du schon einmal am Berg?«

»Berg?« sagte Ho, schüttelte den Kopf und schaute ehrfürchtig zur Hafelekarspitze hoch. »Nein«, sagte er und zeigte mit dem Finger auf den Berg, »so: noch nicht.«

Und dann erzählte er seinem Freund etwas in Vietnamesisch, was dem die Blässe ins Gesicht trieb.

»Ganz so schlimm wird's nicht«, sagte ich. »Versprochen.«

So sicher war ich mir aber, ehrlich gesagt, nicht. Ich konnte mich noch ziemlich gut daran erinnern, wie mich der Kalmsteiner hatte über den Berg ziehen müssen. Und jetzt wollte ich mit zwei Vietnamesen in Halbschuhen den Weg in der umgekehrten Richtung machen. Ganz wohl war mir nicht dabei. Noch unwohler war mir bei dem Gedanken, wie ich der Berta vor die Augen treten sollte.

Aber zuerst einmal mußte ich mich um die kleine Chefin kümmern.

»Willst du hier bleiben, und warten?« sagte ich. »Kann zwei, drei Tage dauern, bis ich wieder zurück bin.«

Die kleine Chefin schüttete ganz energisch den Kopf.

»Nein«, sagte sie dann, »nicht allein bleiben. Alles, nur das nicht. Jetzt nicht.«

»Also auch übern Berg?«

»Wenn's sein muß.«

»Muß«, sagte ich.

»Also gut«, sagte die kleine Chefin, stellte sich auf die Zehenspitzen und küßte mich.

Dann gab ich mir einen Ruck und rief eine italienische Nummer an.

»Totò«, sagte ich, »der Tschenett.«

»Der Tschenett«, sagte Totò.

Und es war nicht herauszuhören, ob er mich nur nachäffte, oder ob er einfach nichts sagen wollte.

»Ich hab eine Frage«, sagte ich.

Los, mach schon, Tschenett.

»Dimmi«, sagte Totò.

Und noch immer hatte ich nicht verstanden, ob er überhaupt Lust hatte, mit mir zu reden.

»Ich will heut über die Grenze.«

»Brennero?«

»Ja«, sagte ich.

Totò tat einen Schnaufer.

»E no«, sagte er dann, »das kannst du vergessen. Wie stellst du dir das vor? Du bist zur Fahndung ausgeschrieben. Und hier kennt dich jeder.«

»Ich weiß.«

»Ich könnte dir nicht einmal helfen, wenn ich möchte«, sagte Totò.

»Und?« sagte ich, »willst du?«

»Non chiedermelo«, sagte Totò, »frag besser nicht danach.«

Totò, mein Freund im italienischen Grenzpolizeidienst. Wozu hatte ich ihn eigentlich angerufen?

»Ich will nur wissen«, sagte ich, »ob du mir helfen würdest, wenn du könntest.«

»Wenn...«, sagte Totò.

Dann blieb es eine zeitlang still in der Leitung.

»Si«, sagte Totò dann.

»Gut. Dann geb ich dir einen Tip. Nimm einmal an, heut versuchen ein paar, links vom Paß übern Berg zu gehen. Was würdest du tun?«

»Ich müßte den Kollegen den Tip weitergeben.«

»Und?«

»Die würden die Patrouillen da hinschicken. Hunde, Jeeps und so.«

»Würden sie«, sagte ich.

»Ja.«

»Dann wär aber rechts vom Paß keiner mehr, der aufpaßt, oder?«

»Richtig«, sagte Totò. »Das müßte man in dem Fall riskieren.«

Ich hatte genug gehört. Obernberg lag rechts.

»Totò«, sagte ich, »vielleicht solltest du für die nächsten Tage eine Flasche Weißwein kühl stellen. Könnt sein, du bekommst Besuch.«

»Vediamo«, sagte Totò, »mal sehen, ob ich die Tür aufmache.«

Bis nach Obernberg, dem Ort, von dem aus der Weg über den Berg und über die Grenze am kürzesten war, hatten wir uns von dem Taxi fahren lassen. Der Taxifahrer hatte mir ein paar mißtrauische Blicke zugeworfen.

»Wir machen einen Ausflug und besuchen den Pfarrer«, hatte ich ihm erzählt, damit er nicht auf blöde Gedanken wegen Gendarmerie und so kam und in der Hoffnung, daß es ein katholischer Mensch war wie die meisten hier in der Gegend. »Das ist meine Schwester. Und das sind vietnamesische Amtsbrüder von mir. Mit Gottes Hilfe werden sie in einem Monat zu Priestern geweiht.«

»Das freut einen aber«, sagte der Taxifahrer, »und wie einen das freut. Wenn man denkt, daß das alles heidnische Länder sind...«

Meine Märker, die mir noch geblieben waren, knöpfte er mir dann doch ab. Trotz aller Gottesfürchtigkeit. Ein echter Tiroler.

Wir hatten schwer zu kämpfen. Der Weg über den Berg kam mir ohne den Kalmsteiner plötzlich doppelt so lang vor. Die Felsen höher. Die Schneefelder steiler. Zu unserem Glück war der Schnee dem Weg entlang bis auf ein paar Flecken weggeschmolzen.

Als wir oben am Joch angekommen waren, schaute Ho in die Runde und setzte sich dann neben mich.

»Von oben aus ist es schön«, sagte er.

»Deswegen geht man ja auch hinauf«, sagte ich. »Nur, wir wollen drüber.«

Was Ho nicht wußte, an was ich mich allerdings noch erinnern konnte: Bergab, hatte man mir als Kind immer gesagt, bergab mußt aufpassen. Hinauf ist leicht. Hinunter ist tückisch. Und sie hatten nicht die Grenzer gemeint, die da unten trotz Totòs Tip auf Streife sein konnten.

»Geht's wieder?« sagte ich.

Die kleine Chefin nickte stumm.

Wir mußten weiter. Bloß nicht in die Dunkelheit kommen. Es war bei Tag schon schwierig genug, den richtigen Weg zu finden.

»Geht«, sagte Ho und lächelte.

Tapfere Burschen.

Und dann kam ich ins Schwitzen. Hatte mir immer wieder vorgebetet, was der Kalmsteiner gesagt hatte. *Wenn man den Weg kennt, ist's halb so schlimm. Wirst sehen, das nächste Mal*, hatte er gesagt. Als ob er's gewußt hätte, der alte Schmuggler, den ich so sinnlos zu Boden geschlagen hatte. Nur um nicht mehr zurückkehren zu müssen. Und jetzt war ich in der Gegenrichtung fast genau in der Spur unterwegs, die der Kalmsteiner vor mir durch den Schnee gezogen hatte.

Obacht. Genau schauen, wo hinsteigst. Mir hinterher, hatte er gesagt.

»Obacht. Genau schauen, wo du hinsteigst. Mir hinterher«, sagte ich zu Ho.

Ho nickte und übersetzte.

Und während wir uns den Berghang hinunterquälten, wartete ich darauf, daß mir Ho mit einem Knüppel ins Genick haute. Oder die kleine Chefin.

XXXVII

Jetzt bist du dran, Tschenett, mit tapfer sein. Wenn du's bis hierher geschafft hast, schaffst du's auch noch den einen Meter und die zwei Stufen. Außerdem brauchen die beiden dringend was zu essen und ein warmes Bett.

Ich stand in der Finsternis vor dem Haus, neben mir die kleine Chefin, zitternd, hinter mir zwei fröstelnde Vietnamesen, die sich höchstwahrscheinlich fragten, was jetzt wieder für ein Problem aufgetaucht war. Dabei hatten sie sich, angesichts der erleuchteten Fenster sicher schon so gut wie zu Hause gefühlt.

Der Pflerer Bach in meinem Rücken schien immer lauter zu werden. So laut, daß ich überhaupt keine Chance mehr sah, die paar Wörter zu finden, mit denen ich anfangen wollte.

Mach schon, Tschenett. Wenigstens daß die beiden unterkommen. Das wird sie dir nicht abschlagen.

Da ging die Tür auf. Mehr als eine Silhouette konnte ich in dem Licht nicht sehen. Aber sie war es.

»Komm schon herein«, sagte Berta. »Was wirst die Leute da draußen in der Kälte stehen lassen. Weißt immer noch nicht, was sich gehört?«

Glossar

S. 8 *Tschenett:* Tschonnie (Johann) Tschenètt.

S. 8 *Pflerschtal:* Als Flachländer hat man sich das Pflerschtal, das südlich des Brenners von Gossensaß nach Westen abzweigt, als ein äußerst beengtes, beinahe unwirtliches Hochgebirgstal vorzustellen. Für den Bergler (*Wir Bergler in den Bergen sind eigentlich nicht Schuld, daß wir da sind*, Fredi M. Murer, 1974) ist das *Plerschtal* dagegen ein Ort, an dem es sich trefflich leben läßt. – Die Bewohner des Pflerschtales heißen übrigens nicht »Pflerscher« sondern »Pflerer«.

S. 8 *Polizia di Stato:* italienisches polizeiliches Organ, über das bedauerlicherweise weniger Witze kursieren als über die Konkurrenztruppe der *Carabinieri.*

S. 9 *mastino (it.):* Wem ein Pitbull (»Kampfhunde bissen 2 Pudel, 1 Dackel tot. Tränen, Trauer - und auch ganz viel Wut. Bestien von Geburt an.« BZ am Sonntag, 20.08.1995), wem also ein Pitbull als Schoßhund zu zahm ist, dem sei ein italienischer *mastino* (Bluthund) ans Herz gelegt.

S. 9 *maremma:* Mündungsgebiet des Po.

S. 9 *puledro* (ital.): Fohlen.

S. 10 *Guardia di Finanza:* tirolerisch auch *Finanzer* genannt. Staatlich-militärisches Instrument des italienischen Staates zur vergeblichen Kontrolle der Steuerhinterziehung und des Schmuggels. 1994 wurden mehrere Offiziere der *guardia di finanza* in ein Militärgefängnis eingeliefert. Der Vorwurf: Verdacht auf Bestechlichkeit. Im Mai 1995 erhebt die Mailänder Staatsanwaltschaft im selben Zusammenhang Anklage gegen den Ex-Premier und »Medienzar« Silvio Berlusconi. Vorwurf: Schmiergeldzahlungen an die *guardia di finanza* in Höhe von 380 Millionen Lire (Berliner Zeitung, 22.05.1995).

S. 12 *Pudel:* Man kann es akzeptieren oder nicht, ein Teil der Bergvölker, die die Zentralalpen bewohnen, bezeichnen mit der Vokabel Pudel das, was man andereswo Tresen nennt.
Das hatten auch die Besucher einer kleinen Veranstaltung in Klagenfurt akzepiert. Alle, bis auf einen der Juroren des literarischen Wettlesens, der meinte, ein Autor, der eine seiner Figuren sich »an einen Pudel lehnen« ließe, beschriebe damit eine besonders derbe Form von Tierquälerei. Nachdem der Autor sich dies geduldig angehört hatte, nahm er ebenso geduldig den *Sonderpreis der Phillips Leiterplattenwerke Austria GmbH im Rahmen des Preises der Arbeit der Arbeiterkammer Kärnten* entgegen.

S. 14 *Feine Herren aus dem Investmentgewerbe:* wieso sich die Herren mit den weißen Krägen und den schmutzigen Händen an unschuldigen Hühnern vergreifen, dazu vgl. »Tschonnie Tschenett. Der Tote im Fels«, Haymon-Verlag 1993.

S. 16 *welsch:* Deutsches Wörterbuch von Jacob und Wilhelm Grimm, Band 28. 14ter Band, W-Wendunmut. dtv. München 1991 (Reprint): »*welsch. wälsch.* Adt.: romanisch, italienisch, französisch. Eine Ableitung von dem Volksnamen *Wahle.* (...) 1. Die Form ist althochdeutsch *walahisc* oder *walhisc,* (umgelautet und zusammengezogen) dann auch *walish, walsch, welsch (...), Wahle.* m.. Romane, Italiener, Franzose. Der volkstümliche Name, den der Germane seinen südlichen und westlichen Nachbarn gegeben hat. (...) Das Wort bezeichnet ursprünglich den Kelten und geht auf den keltischen Volksstamm der Vokae zurück.«

S. 16 *Panzelen:* Kleine Holzfässer, in denen die Kellereien Rotwein in die Bergtäler lieferten.

S. 16 *Tulljöh:* Es war nicht festzustellen, welche Wurzeln dieses Wort hat, mit dem der Tiroler (abgewandelt als Dulljöh od. ähnl. aber auch der Ostösterreicher) einen gemütlichen Rausch bezeichnet. Es findet sich übrigens auch als jodelartiges Einsprengsel im Refrain des rätoromanischen Liedes »Na sera serena« (1867) von Jepele Frontull.

S. 17 *Madonnen weinen:* nachdem die Menschheit eine Zeitlang davon verschont geblieben ist, weinen die Madonnenstatuen wieder Tränen und Blut. Der Termin scheint mit der Krise und Absetzung der Regierung Berlusconi im Zusammenhang zu stehen.
Blutungstermine: Civitavecchia 02.02.95, Terni 05.01.95, Subiaco 24.01.95, Tivoli 22.03.95, Salerno 06.03.95, Catania 25.03.95, Castrovillari 13.03.95, Tarquina 03.02.95, Chieti 23.03.95 (Stand: 15.04.95), in Brunsun (NL), sogar in der Nähe von Aachen.
Und als die Staatsanwaltschaft im Frühsommer 1995 die Madonna von Civitavecchia wegen Verdacht auf »Irreführung der Öffentlichkeit« beschlagnahmen läßt, protestiert das gläubige Volk, der Bischof von Civitavecchia und die Würstel- und Devotionalienhändler. Die Untersuchung der blutigen Tränen der Madonna von Civitavecchia hat ergeben, daß es sich dabei um das Blut eines Mannes handelt. Zum Rätsel um die »jungfräuliche Empfängnis« der Maria ist damit eines um ihr Geschlecht gekommen.
Übrigens: Sie wollten immer schon wissen, wie das möglich ist, daß sich das Blut des vor über tausend Jahren verstorbenen Neapel-Heiligen San Gennaro sich alle Jahre wieder verflüssigt, während es der Bischof vor Tausenden von bangenden Gläubigen in die Höhe hält? Gut, für öS 190.– bzw. DM 29.– bzw. SFr 29.– und die sollten Sie ja für dieses Buch eigentlich hingelegt haben, damit der Autor seine zehn Prozent vor Abzug der Mehrwert- und der Einkommensteuer sowie der Gestehungskosten davon abkriegt, für dieses Geld haben Sie ein Recht auf

Wissen. Es ist ganz einfach: Schon den Alchimisten und Trickbetrügern des Mittelalters war etwas bekannt, was die Wissenschaft heute *tixotrope Gele* nennt. Eisenoxyd zum Beispiel, einfach gesagt. Das sind »Substanzen, die durch leichte Erschütterungen vom festen in den flüssigen Zustand übergeführt werden« können. Muß S.E. der Bischof einfach nur etwas dattrig sein und ein bißchen zittern, wenn er den Hl. Gennaro in die Höhe hält.

S. 18 *gstandene Tiroler:* wieso es den Tirolern so wichtig ist, *gstanden* zu sein, kann man sich eigentlich nur dadurch erklären, daß es auf den steilen Bergwiesen oder auf dem Nachhauseweg vom Wirtshaus gar nicht so einfach ist, sich aufrecht auf den Füßen zu halten.

S. 20 *Deserteur:* unter Umständen »durfte« ein Südtiroler im 2. Weltkrieg in zwei Armeen »dienen«: erst, bis 1939, in der italienischen, dann in der deutschen Wehrmacht. Anfang 1944 war es schließlich soweit, daß die deutschen Besatzer, die von einem nicht geringen Teil der Bevölkerung durchaus als *Erretter* gefeiert worden waren, am Eingang des Passeiertales ein Schild aufstellen mußten: *Achtung Partisanengebiet!* Mit den Passeirer Partisanen, Deserteuren und Wehrdienstverweigerern hatten die Nazis ihre besondere Qual. »Wir hatten eigentlich nie große Angst vor einer Gefangennahme, wir waren ja auch alle gut bewaffnet mit Jagdgewehren und Wehrmachtskarabinern, und falls es wirklich Ernst geworden wäre, hätten wir uns schon zu wehren gewußt, denn wir hatten ja nicht nur den Krieg mitgemacht, sondern waren alle vier auch passionierte Jäger und Wilderer« (Josef Gufler, Unterlangenwies-Hof, Gomion). Außerdem konnten sich die Partisanen in dem gebirgigen Passeiertal auf einem Boden bewegen, der ihnen gewisse Vorteile bot. Partisanen in Berggebieten ist militärisch nicht beizukommen. Weswegen die Nazis zusammen mit den einheimischen Kollaborateuren schnell auf die Sippenhaft verfielen.
Die Familie Gufler vom Kuntnerhof in St.Leonhard in Passeier stellte zum Beispiel zwei Deserteure, für die neben dem Vater und der Mutter vier Schwestern im Alter zwischen vierzehn und siebenundzwanzig Jahren und ein siebzehnjähriger Bruder zwecks Sippenhaft in das Bozner KZ verschleppt wurden. Deserteure, die erwischt wurden, wurden erschossen oder kamen ins KZ.
Die Passeirer Partisanen, Deserteure und Wehrdienstverweigerer überlebten einzeln oder in Gruppen in Höhlen und Verstecken am Berg, besuchten hin und wieder Verwandte und Bekannte im Tal, von denen sie unterstützt wurden. Mehrmals ließen Sippenhäftlinge den Deserteuren die Nachricht zukommen, sie sollten sich nicht stellen. Wenn die Drangsalisierung der Verwandeten durch die Nazi-Größen im Dorf zu arg wurde, konnte es auch schon einmal vorkommen, daß ihnen der Stadel angezündet wurde. Gemäßigteren ließ man eine Warnung zukommen: »Lieber Luis, überleg dir, was du tust. Uns erwischt ihr sowieso nicht alle, auch ihr habt alle einen Hof und Familie, und wir können für nichts garantieren, wenn ihr unsere Eltern und Geschwister

wegbringen laßt.« (Josef Schweigl, Sackler-Hof in Matatz bei St. Martin zum Bürgermeister.) Dem Ortsgruppenleiter von Stuls, dem Kofler-Tondl, wurde zu Weihnachten 1941 ein Schwein aus dem Stall gestohlen und ein Zettel hinterlassen, auf dem stand: »Wer auf'n Hitler vertraut, braucht koan Speck auf'n Kraut«. Einmal gelang es den Deserteuren sogar, ihren Familienangehörigen, die im Bozner KZ Hunger zu leiden hatten, einen gewilderten Gams-Braten zukommen zu lassen. Trotz aller Erfolge: mindestens 16 Partisanen und Deserteure sind hingerichtet worden.

Ein Teil der Partisanen im Passeiertal hielt regelmäßigen Kontakt zu den alliierten Behörden in der Schweiz (besonders zu Dulles, dem OSS-Residenten und späteren CIA-Chef). Nach der Kapitulation versuchten die diversen Nazi-Größen, über die Schmugglerwege, auf denen sich eben noch die Partisanen bewegt hatten, nach Deutschland zu fliehen. »Diese zahlten sehr gut, wenn sie jemand schwarz und über die gefährlichen Wege hinüber nach Österreich brachte, und man hat immer wieder gehört, daß damals gar einige Passeirer mit dieser Fluchthilfe viel Geld verdienten. Auch der stellvertretende KZ-Lagerkommandandant von Bozen, der Haage, ist so nach Österreich geflohen« (Josef Brunner, Gasteiger, Rabenstein). »Ich war gerade mit der Rosa im Stall, und auf einmal kommt der Haage, der Vizekommandant im Lager Bozen, bei der Tür herein. Der hatte beim Bauern um eine Suppe gebettelt und ums Übernachten gefragt. Als er uns erkannt hat, hat er sich sofort umgedreht und ist ohne ein Wort gegangen« (Theresia Raich, Schild-Thres, Stuls. Lagerinsassin KZ-Bozen).

Die Partisanen, Deserteure und Wehrdienstverweigerer dienten in den ersten Jahren nach dem Krieg zur Legitimation vor den alliierten Behörden. Dann wurden sie schnell fallengelassen, galten damals und gelten heute zum Teil noch als *Speckdiebe, Banditen, Kriminelle.* Den Wehrmachtssoldaten wurden Denkmäler gesetzt, die Deserteure warten heute noch, wie in der BRD, auf die Anerkennung der Jahre in Untergrund und Widerstand auf die Rente, die den Kriegern und den Kriegerwitwen ganz selbstverständlich immer schon zuerkannt wurden.

In den Jahren 1949-1951 fand vor dem Schwurgericht in Bozen ein Monster-Prozeß gegen achtzehn Angehörige der Passeirer Partisanengruppe statt. Angeklagt waren sie wegen Einschüchterungs- und Vergeltungsaktionen gegen Sympathisanten und Funktionäre des lokalen NS-Apparates aus der Zeit der Besetzung 1943-45, sowie dreier angeblicher Morde (an einem ADO-Blockleiter, einem Wehrmachtsoffizier sowie einem Italiener). Das Gericht sprach alle Angeklagten im Jänner 1952 frei. Im Berufungsverfahren wurden 1954 die meisten der Angeklagten durch das Appellationsgericht in Trient verurteilt. Hans Pircher zu 30 Jahren und 17.000 Lire, Franz Pixner zu 30 Jahren und 13.800 Lire, Anton Platter zu 5 Jahren, 7 Monaten sowie 7800 Lire. Hans Pircher, der mehrfach durch abenteuerliche Grenzüberschreitungen die Verbindung zwischen den Allierten und den Passeirer Partisanen hergestellt hatte, erfuhr von Prozeß und Verurteilung erst, als alles zu spät war. An seiner Geschichte wird der politische und der Justizskandal besonders deutlich. Hans Pircher saß bis 1975 im Gefängnis. Daß er begnadigt wurde, hat er auch dem ehemaligen Partisanen und Rechtsanwalt Giambattista Lazagna, der Anfang der siebziger Jahre wegen des Vorwurfs der Zusammenarbeit mit den *Brigate Rosse* inhaftiert worden war und Pircher im Gefängnis kennengelernt hatte, zu verdanken. (Vgl.:Verfolgt, verfemt, vergessen. Edition Sturzflüge 1993, und: G. Lazagna: Il caso del partigiano Pircher. 1973.)

S. 29 *EG-Einfuhrzoll:* Herbst 1994. Eine Molkerei in der Nähe von Prag bekommt wegen einiger kleinerer Unregelmäßigkeiten Besuch von der Polizei. Dabei wird unter anderem ein Papier mit einer Telefonnummer beschlagnahmt, der man keine weitere Bedeutung beimißt. Erst als ein italienisches Mitglied einer speziellen Untersuchungskommission der EG das Papier in die Hand bekommt, erhält die Telefonnummer ihre tiefere Bedeutung. Die Nummer ist ein Bozner Anschluß, dahinter, entdecken die Ermittler, verbirgt sich eine international operierende Organisation, die in kurzer Zeit und relativ risikolos Milliarden Lire, Millionen Mark verdient hat. Im Butterhandel. Der Trick: Mit Hilfe Dutzender von Scheinfirmen in Italien, Deutschland, Holland und Tschechien wurde billige tschechische Butter in die EG importiert. Holländische Zollbeamte sorgten dann gegen entsprechendes Entgeld dafür, daß die tschechische Butter das Zollgelände als EG-Butter, die damit im Handumdrehen das Mehrfache des Ausgangspreises wert war, verlassen konnte.

S. 30 *cartaro* (ital.): umgangssprachlich für Kartengeber

S. 30 *settebello* (ital.): wörtliche Übersetzung: der schöne Siebener. Eine der prominentesten Karten in dem italienischen Kartenspielklassiker *scopone scientifico* (siehe dort). Außerdem der Markenname des bekanntesten ital. Präservativs.

S. 30 *scopone scientifico:* .Dieses altehrwürdige italienische Kartenspiel ist am ehesten dem Bridge verwandt. Der *scopone scientifico* ist höchstwahrscheinlich das Kartenspiel mit den ältesten schriftlich niedergelegten Regeln. Der Autor des 1750 erschienenen Regelwerks ist ein neapolitanischer Priester, der den Spielern im übrigen auch folgenden unchristlichen Ratschlag gab: »Wenn du kannst, schau dir die Karten der anderen an; für deine hast du später auch noch Zeit.« Der Priester schrieb vor 250 Jahren auch die Spielerweisheit nieder, daß es keinen Sinn hat, sich über die Karten zu ärgern (»querere de chartis vitiosum«). Der *scopone scientifico* scheint seinen Namen aus einem Passus von Regel Nummer 43 zu beziehen: »Hoc est studium magnum et subtile, quod scientiae dignitatem scoponi confert«, (zu dieser Fähigkeit bedarf es) »langen und genauem Studiums, das dem *scopone* die Würde einer Wissenschaft verleiht«. Trotzdem hat der neapoletanische König Carlo di Borbone 1753 ein Gesetz erlassen, das Glücksspiele verbot. Die Strafandrohung: fünf Jahre Hausarrest für Adelige, fünf Jahre Gefängnis für das gemeine Volk, fünf Jahre Verbannung für Frauen, adelige wie gemeine.

S. 31 *risotto* (ital.): Reisgericht. Oberitalien ist ohne diese Reisgerichte nicht vorstellbar. Die Filmgeschichte nicht ohne die nackten, in einem Reisfeld watenden Beinen der Silvana Mangano.

S. 39 *Burgfelsen:* es scheint sich hier bei aller Ungenauigkeit der Beschreibung um das *Castel grande* der Sforzas zu handeln.

S. 40 *vongole* (ital.): Meeresmuscheln

S. 40 *Ci vorrebbe uno come il Berlusconi:* So einen wie den Berlusconi bräuchte es an der Regierung. Der Berlusconi ja, der würde könnte das Ruder rumreißen. Ohne ihn ist Italien ruiniert. Meint der kleine ticinesische Bankangestellte im April 1992. Meinten wenig später die Mehrheit der italienischen Wähler, die den Berlusca zum Regierungschef wählten. Die Zahlen der *Banca d'Italia*, der italienischen Zentralbank, die, obwohl Berluconi das anders sieht, noch nicht in den Händen der Kommunisten zu sein scheint, sehen das anders: seit Berlusconis Regierungsantritt (*Ich verspreche euch eine Million Arbeitsplätze innerhalb eines Jahres)* hat sich die Zahl der Arbeitslosen um einige Prozentpunkte erhöht, die Lira hat deutlich an Wert verloren.

S. 41 *der kleine, dürre Mann:* Es lohnt, sich eingehender mit dem *kleinen, dürren Mann* zu befassen. »In Ascona arbeitete ich viel des Nachts, schlief wenig, sodaß nach wenigen Wochen wieder Haemoptoe (Bluthusten) eintrat mit Lungenstichen. Auf Rat Dr. Piattis nahm ich Codein, später Pantopom; (...) da die Trigeminusneuralgien sich steigerten, verschrieb Fr. Casella Mo. (Morphium). Ein Apotheker steigerte auf mein Verlangen die Dosis (wieder bis 0,5 g im Tag). (...) Im April 1920 versuchte ich vergebens, eine Entwöhnung (In einem Krankenhaus in Locarno) durchzumachen. Ich konnte nicht widerstehen und verschaffte mir Mo. Nach meinem Austritt riet mir ein Arzt, Mo. langsam durch Cocain zu ersetzen. Das tat ich, ging mit Mo. bis auf 0,1 g im Tag zurück, steigerte das Co. jedoch bisweilen bis zu 0,75 g - 1 g im Tag.« (Eigenanamnese Friedrich Glauser, Inselspital Bern 13.07.1920)
»Die Apotheker in Locarno hatten Anzeige erstattet. So machte ich mich auf die Reise. Ich kam nur bis Bellinzona. Alles, was ich in dieser Zeit getan habe, ist heute noch erschreckend deutlich in mir, erschreckend, weil ich meine Handlungen so wenig motivieren kann. In Bellinzona mietete ich ein Velo, versuchte es zu verkaufen, der Händler schöpfte Verdacht und benachrichtigte die Polizei. Ich nahm das Velo wieder mit (der Händler ließ mich gehen) und fuhr nach Locarno zurück. Als ich am Abend nach Bellinzona zurückfuhr, wurde ich auf dem Bahnhof verhaftet.« (Friedrich Glauser in »Ascona. Jahrmarkt des Geistes«. In: »Schweizer-Spiegel«, Nov. 1931)
Der *kleine, dürre Mann* schrieb folgenden Satz in den Roman »Tee der drei alten Damen«, den keiner haben wollte und der erst ein halbes Jahr nach seinem Tod als Fortsetzungsroman in der »Zürcher Illustrierten« veröffentlicht wurde: »Spotte nicht über Kriminalromane! Sie sind

heutzutage das einzige Mittel, vernünftige Ideen unter die Leute zu bringen.«

S. 42 *scappatella* (ital.): Torheit, Streich, Seitensprung. Meistens in letzterem Sinne gemeint. Als ob das mit ersterem etwas zu tun hätte.

S. 43 *accendi un diavolo in me:* Zünd den Teufel in mir an, weil ein Teufel in mir sitzt. Komm, wir sind keine Heiligen.... Zucchero »sugar« Fornacciari auf der LP »Oro, incenso e birra«, was soviel heißt wie »Gold, Weihrauch und Bier«. Zucchero ist das, was man ein *genüßliches Schwein* nennt: ein echter Mensch.

S. 44 *solo una sana e consapevole libidine:* Nur eine gesunde und bewußte Libido bewahrt den jungen Menschen vor dem Stress und der Katholischen Aktion. Wieder Zucchero.

S. 50 *Spasetteln:* Mach keine Scherze. Der Tiroler scheint ein ernsthafter Mensch zu sein, dem das Wort *Spaß* nur in seiner Verkleinerungsform *Spasetteln* über die Lippen geht.

S. 52 *va 'ffarti fotter* (ital.): geh und laß dich (wie soll ich's sagen?) begatten. Wobei: diese oft gebrauchte Aufforderung wird nie Frau zu Frau, selten von Mann zu Frau, am häufigsten aber von Mann zu Mann verwendet.

S. 53 *rumänischer Kerker:* vgl. »Tschonnie Tschenett. Befristeter Aufenthalt«. Haymon-Verlag 1998.

S. 56 *Paolo Canaccia:* vgl. »Tschonnie Tschenett. Grobes Foul«. Haymon-Verlag 1993.

S. 62 *Vierzehn Nothelfer:* Gruppe katholischer Heiliger, die man – besonders in Österreich und Süddeutschland – verehrt und einzeln oder en bloc um Hilfe anflehen kann. In alphabetischer Reihenfolge, samt Wirkungsbereich: Achatius (Todesangst und Zwiefel), Ägidius (Pest, gute Beichte), Barbara (Sterbende), Blasius (Halsleiden), Christophorus (Reisende, unvorbereiteter Tod), Cyriakus (Besessenheit, Anfechtungen in der Todesstunde), Dionysius (Kopfschmerzen), Erasmus (Unterleibsleiden), Eustachius (Jagd, alle Lebenslagen), Georg (Seuchen bei Haustieren), Katharina (Sprachstörungen, Zungenleiden, Migräne), Margaretha (Gebärende), Pantaleon (Ärzte), Vitus (Apotheker, Veitstanz, Epilepsie). Wie man sieht, ein umfassendes Versicherungspaket.

S. 67 *Spazierengehen, Ende März:* Tatsächlich gab es versuchte illegale Grenzgänge, bei denen die Ausreden noch absurder waren.
»In der Nacht zum Montag (November 1963) wurden auf einer einsamen Straße nahe dem etwa 2000 Meter hoch gelegenen Gala-Paß im

Ahrntal unweit der österreichischen Grenze der 23jährige Josef Oberreiter aus Luttach und die 38jährige Rosa Ebner aus Mühlen in Taufers von einer Streife angetroffen und festgenommen.
Josef Oberreiter, der von der Polizei gesucht worden war, und Rosa Ebner waren mit einem Motorrad unterwegs und gaben bei ihrer Festnahme an, sie seien beim Pilzesammeln gewesen. Diese Erklärung war jedoch wenig glaubwürdig, da es in dem betreffenden Gebiet geschneit hatte. Unterwegs nach Bruneck geriet der Wagen der Polizeistreife auf dem Schnee ins Rutschen und kam von der Straße ab. Als der Fahrer anhielt, um den Wagen wieder flott zu bekommen, nutzte Josef Oberreiter diesen für ihn günstigen Moment aus und suchte das Weite. Obwohl die Ordnungskräfte sofort die Verfolgung aufnahmen, konnten sie seiner nicht habhaft werden. Sie fanden lediglich eine Pistole, die Oberreiter vermutlich bei sich getragen hatte, aber dann weggeworfen hatte, als er der Polizeistreife ansichtig geworden war.
Bei der 38jährigen Rosa Ebner handelt es sich um die Schwester jenes Franz Ebner, der sich im vergangenen Sommer 1963 zusammen mit Josef Laner zum Verhör in der Carabinieri-Kaserne in Sand in Taufers befand, als eine in den Kamin der Kaserne von den Terroristen angebrachte Sprengladung explodiert und die Kaserne nahezu zerstört hatte. Ebner und Laner waren dabei verletzt worden. Sie waren nach einiger Zeit wieder freigelassen worden.« (Aus den Tageszeitungen vom November 1963). Vgl. dazu auch Kurt Lanthalers Roman »Der Carabiniere«, Erscheinungstermin nicht vor 1999.

S. 74 *Daß die aus dem Osten nicht nach Italien hinein gehen:* Reisen in Länder der »Europäischen Gemeinschaft für Abschottung« werden für nicht EG-ler immer schwieriger. Gut verdiente Schlepperbanden organisieren alternative Reisemöglichkeiten.
Im Oktober 1994 fällt einem österreichischen Busfahrer auf, daß im Laderaum seines Linienbusses ein Koffer vergessen worden ist. Nach einer Fahrt von Landeck (A) über den Reschenpaß nach Meran (I) und zurück, Fahrtzeit samt Aufenthalten: acht Stunden. In dem Koffer liegt ein bewußtloser Südamerikaner. Die Schleuser hatten das Gepäckstück zwar in Österreich aufgegeben, dann aber aus irgendeinem Grund vergessen, es in Italien auch abzuholen.
November 1994. Am Brenner diensttuende italienische Polizisten hören nachts Hilferufe aus den steilen Felshängen oberhalb des Grenzüberganges. Der Bergrettungsdienst rückt aus und rettet zwei verängstigte und halberfrorene illegale Grenzgänger. Die Schieber hatten den beiden einen Zettel in die Hand gedrückt, auf dem der Weg über den Berg mit zwei Bleistiftstrichen eingezeichnet war.

S. 76 *Marienkinder Mindelheim*: Für Interessierte hier die Postanschrift. Marienkinder Mindelheim, L.-Oberhäußerstr.4, D-86825 Bad Wörrishofen. Im übrigen schein Tschenett mit seinen Integrationsproblemen nicht allein dazustehen. Aus der Zeitschrift »Marienkinder«, Dezember 1993: »Achte Frage: Können auch Nicht-Marienkinder bei euch in der

Firma im Fuhrunternehmen arbeiten? Antwort: Grundsätzlich: Ja! Allerdings haben Arbeitsversuche gezeigt, daß Außenstehende, die sich religiös nicht zugehörig fühlen, sich sehr schwer tun. Wir sind ein Familienbetrieb, haben gleitende Arbeitszeit, gleiche Interessen und Gewohnheiten. Z.B. wird vor Fahrantritt laut gebetet, Tischgebet vor und nach dem Essen; fluchen, obszöne Reden werden von keinem Marienkind geduldet oder stillschweigend hingenommen.«

S. 84 *de wüde Hüde* (wienerisch): die wilde Hilde. Kurt Ostbahn auf der LP »½ so wüd«.

S. 95 *Vopo:* Volkspolizist der Deutschen Demokratischen Republik.

S. 107 *Herzsprung:* »Herzsprung, PLZ 1931, Kreis Wittstock (Dossa), 320 Einwohner. Wandervorschläge: Herzsprung – Kattenstiegsee – Kattenstiegmühle (3 km). Herzsprung – Königsberg – Königsberger See (4 km). Herzsprung – Fretzdorfer Heide – Bauhof – Scharfenberg (104 km). Anfragen, Auskünfte: Rat der Gemeinde Herzsprung, Tel. 207.« Nach: Der Grüne Ring. Erholungsgebiete in und um Berlin. Verlag Tribüne Berlin, 1975.

S. 109 *Jottweedee* (berlinerisch): Meint dasselbe wie »Am Arsch der Welt«, nämlich »Janz weit draußen«, die Abkürzung läßt sich allerdings etwas leichter aussprechen.

S. 110 *Telespargel* (berlinerisch): Der Berliner hat, wenn er seinen Bauwerken einen Spitznamen gibt, eine Vorliebe fürs Gastronomische. *Telespargel* meint den Fernsehturm, *Schwangere Auster* die Kongresshalle, *Hungerkralle* das Denkmal am Platz der Luftbrücke für ebendieselbe, *Kohlroulade* den von Christo verpackten Reichstag.

S. 111 *Rowdytum:* Wir befragen eine Publikation des »Bundesministeriums für gesamtdeutsche Fragen« mit dem Titel »SBZ von A bis Z. Ein Taschen- und Nachschlagbuch über die Sowjetische Besatzungszone Deutschlands«, Deutscher Bundes-Verlag, Bonn 1966: *»Rowdytum:* Parteijargon für Halbstarken-Unwesen. Der Begriff *halbstark* wird abgelehnt. Die mit ihm verbundenen Erscheinungsformen wurden lange Zeit abgelehnt. Schließlich wurden als Gründe für die mangelnde Aktivität der Jugendlichen im öffentlichen Leben und ›für das leider oft beobachtete Phänomen des *R*‹ das fehlende gute Beispiel der Erwachsenen und das Versagen der FDJ (Freie Deutsche Jugend) angeführt. (DLZ vom 19. 1. 1957). Der Vorwurf des *R.* wurde insbesondere den ihre Begeisterung für Beat-Musik stürmisch bekundenden Jugendlichen gemacht. Zahlreiche Prozesse wegen *R.* endeten mit harten Bestrafungen.«

S. 111 *Ahrenshoop:* Als der Autor im Sommer 1990 nach Ahrenshoop kam, war aus einem Ferienheim für Mitarbeiter des Ministeriums für

Staatssicherheit ein Hotel geworden, in das sich, selten genug, als einzige Gäste ein paar Banker und Versicherungskeiler verloren. Der ehemalige Nachtportier war zum Geschäftsführer aufgestiegen. Es ist der einzige Geschäftsführer eines Hotels, gegen den der Autor auf einem Videogame-Automaten der Marke *Robotron* im Schifahren angetreten ist. Für die Sportchronik: nach sieben Tagen hatte der Geschäftsführer 22 von 24 Spielen gewonnen. Im Übrigen war die Zufahrt zum Hotel damals das ergiebigste dem Autor bekannte Jagdgebiet für Wildschweine. Das Hotel besaß eine gut sortierte Bibliothek, die dem Andenken an einen berühmten *Kundschafter des Sozialismus* geweiht war.

S. 111 *Karo:* Zigarettenmarke der ehemaligen DDR, die bis jetzt noch überlebt hat; filterlos, knisternd, ehrlich, hart.

S. 111 *Breuler:* im Osten Deutschlands gegrilltes Huhn.

S. 115 *Stell dir einen Container voller Zigaretten vor:* 1994 wurden in der BRD 725 Millionen Zigaretten beschlagnahmt. Beamte der Soko »Blauer Dunst« schätzen, daß insgesamt maximal fünf bis zehn Prozent der eingeschmuggelten Zigaretten entdeckt werden. Von den 25 Pfennigen, die eine Zigarette im legalen Verkauf kostet, kassiert der Staat 14 Pfennige Tabaksteuer, 4 Pfennig Umsatzsteuer und drei Pfennig Zoll. Wir rechnen kurz nach, und kommen zu folgendem Ergebnis: Die zigarettenschmuggelnde Industrie hat im Jahr 1994 allein in der BRD gute eineinhalb Milliarden Mark eingenommen. Davon gehen natürlich noch die Kosten ab: Transport, Bestechungsgelder, Löhne, Altersvorsorge. Anders aufgeschlüsselt sieht die Rechnung folgendermaßen aus: Eine Stange Zigaretten kostet ab Produktionsstätte 7 DM, den Schwarzmarktzwischenhändler 14 bis 16, den Ameisenverkäufer 27 bis 32, den Käufer 32 bis 35 Mark.
Allein in Berlin, einem der Zentren des Zigarettenschmuggels und -handels, wurden 1994 gute 85 Millionen Zigaretten beschlagnahmt, mit einem Handelswert von 21,4 Millionen Mark. Illegaler Handel mit einem Wirtschaftsgut in solchen Mengen ist nur möglich, wenn es auf allen Produktions-, Verteilungs- und Verwaltungsebenen Mitarbeiter gibt. Beispielhafter Vertriebsweg einer geschmuggelten Zigarette: Produktion in den USA oder Großbritannien; Schweizer Handelsfirma bestellt containerweise; Zigaretten werden über Rotterdam und Lissabon per LKW offiziell per LKW nach Litauen auf en Weg geschickt; beim »Transit« durch Deutschland »versickert« die Ware, Zollbeamte beschaffen die Stempel, die die Wiederausfuhr aus Deutschland anscheinend bestätigen; in der Umgebung von Berlin wird die Ware auf Transporter verladen; die Ameisenverkäufer übernehmen den Detailverkauf.
Apropos Transporter: Der Verlagskatalog, der Titel und Inhalt des vorliegenden Romans ankündigte, war schon gedruckt, als sich unter der Rubrik »Polizeireport« in der »Berliner Zeitung« folgende Meldung fand: »Bei der Kontrolle eines Kleintransporters bei Herzsprung (Ostprignitz-Ruppin) hat die Polizei am Donnerstag 500.000 unverzollte Zi-

garetten gefunden. Weitere 500.000 Zigaretten sind am Freitag in einem Kleintransporter auf einem Parkplatz der A24 bei Herzsprung von der Polizei entdeckt worden«.
Den Zigarettenproduzenten und den Speditionsunternehmen bleibt natürlich nicht verborgen, daß sie es mit einer Art »alternativem Vertriebsweg« zu tun haben, bei Schweizer Firmen redet man schon seit Jahren nur mehr von »Export II«, wenn man von Schmuggel spricht.
Im Dezember 1991 wurde es der italienischen Regierung zu viel. Sie war nicht mehr bereit, anzunehmen, die Firma Phillips Morris liefere Millionen von Zigaretten nach Albanien, ohne zu wissen, daß es dort höchstens zwei Dutzend zahlungsfähige Kunden gab. Natürlich landeten die Zigaretten per Schnellboot in Italien. Die Regierung verbot, als Warnschuß vor den Bug der Produzenten sozusagen, für einen Monat den offiziellen, legalen Verkauf von Zigaretten des Herstellers Phillip Morris. Der verkaufte um so mehr auf dem Schwarzmarkt.
Im übrigen verdienen die Produzenten unter Umständen dreimal. Einmal mit dem Verkauf an den Schwarzmarkt. Fall die Zigaretten beschlagnahmt werden, beeilt sich der deutsche Staat, sie aus dem Verkehr zu ziehen. Vor Jahren noch wurde beschlagnahmte Ware vom Staat auf eigene Rechnung in den Handel gebracht. Die Tabaklobby hat aber mit dem Argument, die Zigaretten würden durch die Lagerung in den Zollhallen an Qualität einbüßen, außerdem wäre es viel zu teuer, die Steuerbanderole nachträglich auf die Packungen zu kleben, erreicht, daß die Schmuggelware vernichtet wird; das heißt, bereits bezahlte Ware wird vom Markt genommen, die Zigarettenfirmen können in die nächste Verkaufsrunde gehen. Die Firma Phillip Morris verdient auch noch an der Vernichtung ihrer eigenen Zigaretten: weil Verbrennung auf die Dauer zu umweltbelastend war, wird kompostiert und Blumenerde aus den Zigaretten gemacht. Phillip Morris hat zusammen mit Kraft Jacob Suchard in Brandenburg eine Müllkompostierungsanlage errichtet und dem deutschen Zoll angeboten, die schon verkauften und bezahlten Zigaretten aus der hauseigenen Produktion zu Blumenerde und Dünger zu verarbeiten und zu verkaufen. Die Bundesrepublik Deutschland liefert dem Unternehmen Phillip Morris den Rohstoff dazu gratis ins Haus.

S. 116 *Wir sind die junge Garde:* Beide Lieder singen sich auf diesselbe Melodie. Textkritischer Vergleich der ersten drei Strophen:

»Dem Morgenrot entgegen, ihr Kampfgenossen all! / Bald siegt ihr allerwegen, / bald weicht der Feinde Wall! / Mit Macht heran und haltet Schritt! / Arbeiterjugend? Will sie mit? / Wir sind die junge Garde / des Proletariats.
Wir haben sie erfahren, die Arbeit Frongewalt / in düstren Kinderjahren / und wurden früh schon alt. / Sie hat an unsrem Fuß geklirrt, / die Kette, die nur schwerer wird. / Wir sind due junge Garde / des Proletariats.
Wir reichen euch die Hände, Genossen all, zum Bund. / Des Kampfes sei kein Ende, / eh nicht im weiten Rund / der Arbeit freies Volk gesiegt / und jeder Feind am Boden liegt. / Vorwärts, du junge Garde / des Proletariats.« (Text: H. A. Eildermann, 1907; Melodie: Volksweise.)

Zu Mantua in Banden, der treue Hofer war / in Mantua zum Tode führt ihn der Feinde Schar. / Es blutete der Brüder Herz / ganz Deutschland, ach, in Schmach und Schmerz. / Mit ihm sein Land Tirol / mit ihm sein Land Tirol.
Die Hände auf dem Rücken Andreas Hofer ging / mit ruhigen festen Schritten: Ihm schien der Tod gering / der Tod, den er so manches Mal / vom Iselberg geschickt ins Tal. / Im heil´gen Land Tirol / im heil´gen Land Tirol.
Doch als aus Kerkersgittern im festen Mantua / die treuen Waffenbrüder die Händ´ er strecken sah / da rief er laut: Gott sei mit Euch / mit dem verratnen deutschen Reich / und mit dem Land Tirol / und mit dem Land Tirol. (Text: Julius Mosen, 1831; Melodie: nach einer Volksweise zu Leopold Knebelsberger; heute Tiroler Landeshymne.)

S. 119 *Bestes DDR-Erzeugnis:* Vorsicht, Lebensgefahr! Der frühere mecklenburg-vorpommerische Polizeidirektor Hans-Jürgen Christophersen, 55, bis Ende 1994 oberster Waffen- und Gerätewart der Landespolizei, soll nach Untersuchungen der Staatsanwaltschaft (»Arbeitsgruppe Amtsdelikte der Polizei«) und dem Erkenntnis deutscher Gerichte nicht nur Schmiergelder in Höhe von 70.000 DM abkassiert, sondern auch Nachtferngläser unters Volk gebracht haben. Die Ware stammt aus Beständen der Nationalen Volksarmee und ist mit radioaktivem Tritium-Gas gefüllt. Die Polizei rief das werte Publikum dazu auf, die Nachtferngläser bei ihr abzugeben; Begründung: wer, aus welchem Grund auch immer, eines der Ferngläser öffnet und das Gas einatmet, »verendet jämmerlich«. Bis jetzt blieb der Appell ohne Erfolg. Der Polizeidirektor wurde am 19. September 1995 wegen Bestechlichkeit und Verstoßes gegen das Waffengesetz zu zweieinhalb Jahren Haft verurteilt.

S. 121 *anhalten und eine Weile zuschauen:* für sehr viel weniger Arbeit, nämlich nur dafür, von ihren hohen LKW-Böcken herunter ins Land zu schauen, während sie auf der Transistrecke durch die DDR fuhren, bezahlte der westdeutsche Bundesnachrichtendienst gutes Geld. Westdeutsche Fernfahrer mit Frachtaufträgen für Abnehmer in der DDR, Polen und Ungarn wurden vom BND geschult, um beispielsweise verschiedene Panzertypen unterscheiden zu können. Ihr Agentenlohn war eher bescheiden, zwanzig oder dreißig Mark, wenn sie auf »Feindfahrt« eine Beobachtung gemacht hatten. Einige sowjetische Kampfpanzer oder LKW-Kolonnen ließen sich vom Führerhaus aus immer registrieren, so daß das Nebeneinkommen der BND-Trucker zwar klein, aber dafür regelmäßig war. Andererseits hatten die Trucker der DDR-Spedition »Deutrans« den Auftrag, zur Aufklärung von Militäranlagen und anderen Objekten im Westen auch erhebliche Umwege in Kauf zu nehmen.

S. 124 *in einem Traum, den er mir erzählt hatte:* vgl. »Der Carabiniere« (s.o., zu S. 67)

S. 127 *Prenzlauer Berg:* Berliner Bezirk, ehemals Ost, 165.000 Einwohner, 11 Quadratkilometer Fläche, wird als »größtes Sanierungsgebiet Europas« bezeichnet. Eines der wenigen »typischen« Mietskasernenviertes Berlins aus der zweiten Hälfte des vorigen Jahrhunderts. Um 1866 gab es hier nur ein paar hundert Einwohner, Windmühlen, einige Brauereien, erst seit 1873 einen Wasserturm. Innerhalb von 40 Jahren wurde der Bezirk zum dichtbevölkertsten Mietskasernenviertel der Stadt, in den 30er Jahren wohnten am Prenzlauer Berg über 350.000 Menschen.

S. 127 *Vietnamesen:* es ist so, wie Ralle sagt: *Die hat die DDR aus ihrem sozialistischem Bruderstaat nach hier geholt, weil sie ein paar Malocher gebraucht haben. Außerdem hatte der Vietcong Schulden aus dem Krieg. Im Osten hieß das Vertragsarbeiter.* Nach dem Wiedervereinigungsoktober '90 waren die Verträge der *Vertragsarbeiter* das Papier nicht mehr wert, auf dem sie standen. Seither sind ca. 40.000 Vietnamesen, die im Osten Deutschlands wohnen, staatliche Verfügungsmasse. Die Bundesregierung verhandelt mit Vietnam die Bedingungen, zu denen man dort bereit ist, die Landsleute zurückzunehmen. Bis es soweit ist (im Jahr 2000 soll es soweit sein) lebt der Großteil der Vertragsarbeiter illegal in Deutschland, zusammengepfercht in Wohnheimen, ohne Arbeit und Arbeitsgenehmigung. Sie verdienen ihre paar Märker als Kanonenfutter der Nikotinschmuggelindustrie. Das liest sich in den Zeitungen, auszugsweise, dann so:
»Prenzlauer Berg: ein 44jähriger Vietnamese ist von 6 Jugendlichen mißhandelt worden. Die Jugendlichen kreisten den Mann am Dienstag auf der Bosebrücke ein und forderten Zigaretten. Als sie keine bekamen, wurde der Vietnamese getreten, geschlagen und am Hals verletzt.« (24. 08. 95)
»Eine 25jährige Vietnamesin aus Brandenburg ist gestern am Prenzlauer Berg von einem Auto erfaßt und schwer verletzt worden. Sie war vor einer Zivilstreife der Polizei geflüchtet, die sie beim Handel mit Schmuggelzigaretten beobachet hatte. Als sie Beamten kontrollieren wollten, warf die Vietnamesin die Ware weg und rannte ohne auf den Straßenverkehr zu achten davon.« (24. 08. 95)

S. 130 *bicicletta* (ital.): Fahrrad. Das Rezept dazu: 2 cl Campari Soda, 2 cl trockener Weißwein, Zitronenschale.

S. 150 *Rasta:* »Rasta, Rastafari, der: -s, -s [engl. Rastafarian, Rasta, nach Ras (= Herr) Tafari, dem späteren äthiop. Kaiser Haile Selassie I. (1892–1975), der von den Rastafaris als Gott verehrt wird]: *Anhänger einer religiösen Bewegung in Jamaika, die Ras. den späteren äthiopischen Kaiser Haile Selassie I., als Gott verehrt.«* – Davon leitet sich der mitteleuropäische Sympathisant ab, kurz Rasta genannt. Accessoires eines solchen Rasta sind, was der »Duden« in seiner oben zitierten Definition unterschlägt: geringelte Locken, ernsthafter Marihuana-Genuß und Reggae-Musik.

S. 157 *Deutschland, Deutschland über alles:* Im Original hieß es weiter: »über alles in der Welt. Polen, Türken, Libanesen (nicht: Vietnamesen; ist verständlich, wenn man weiß, daß der Autor dieser Nachdichtung ein Westdeutscher war. Vietnamesen sind ostdeutsche Ausländer), alles lebt von unserm Geld.« Autor der neuen deutschen Nationalhymne ist ein 52jähriger Polizeibeamter aus Mühlheim, Kopien des Machwerks fanden sich am Aushang Frankfurter Polizeistationen. – Auch Amtsleiter Henninger vom Landratsamt Linau am Bodensee ist in der glücklichen Lage, einen lyrisch begabten beamteten Mitarbeiter unter sich zu haben. Der dichtete, etwas selbstständiger, aber nicht weniger deutsch als der Kollege Polizist: »Herr Asylbetrüger, na, wie gehts? / Oh ganz gut, bring Deutschen Aids. / Komm direkt aus Übersee / hab Rauschgift mit, so weiß wie Schnee / verteil im Sommer wie im Winter / sehr viel davon an deutsche Kinder. / Muß nicht zur Arbeit, denn zum Glück / schafft deutsches Arschloch in Fabrik. / Hab Kabelfernsehen, lieg im Bett / werd langsam wieder dick und fett.« Wobei sich die anrührende Menschlichkeit des Sachbearbeiters des Landratamtes in der letzten Zeile beweist: »Werd langsam wieder dick und fett«. Das unterstellt immerhin, daß der Asylbewerber dünn und mager nach Deutschland angekommen ist.

S. 160 *O la va o la spacca* (it. Sprichwort): Entweder es geht, oder es zerreißt´s.

Kurt Lanthaler

Tschonnie Tschenett. Der Tote im Fels

Kriminalroman

13 x 21 cm, broschiert, 192 Seiten

Bei Bauarbeiten für einen Eisenbahntunnel am Brenner wird eine Leiche aus dem massiven Fels freigesprengt. Keiner kann sich erklären, wie sie dorthin gekommen ist. Selbst der »fähigste Polizist im Umkreis von mindestens fünfundzwanzig Kilometern«, Carabiniere-Brigadier Prackwieser, ist ratlos. Die einzigen Hinweise liegen im Aktenkoffer des Toten. Und den hat Tschonnie Tschenett.
Der nächste Zug im Spiel läßt nicht lange auf sich warten. Schon bald hat Tschenett mehr mit Grundstückspekulanten, Nazis und anderen üblen Bekanntschaften zu tun, als ihm lieb ist.

Pressestimmen

»Der Autor beweist Souveränität und bestens ausgebildetes Gespür für den Kriminalroman.« (Franz Dobler in »Szene«, Augsburg)

»Eine besondere Stärke Lanthalers liegt in den Dialogen, die in der besten Tradition von Raymond Chandler und Carter Brown stehen.« (»Neue Vorarlberger Zeitung«)

»Ein virtuos geschriebener Cocktail aus Kriminalgeschichte, Heimatroman und Gesellschaftsstück.« (»Alto Adige«)

»Witzig und spannend.« (»Neues Deutschland«)

»In dem Roman sind alle Spannungselemente guter Kriminalliteratur geheimnisvoll verwoben. Tschonnie Tschenett - ein Serienheld, der noch Zukunft haben wird.« (ORF)

Kurt Lanthaler

Tschonnie Tschenett. Grobes Foul.

Kriminalroman

13 x 21cm, broschiert, 192 Seiten

Sommer 1989. Die Fußballer eines italienischen Erstliga-Spitzenreiters sind auf Trainingsurlaub in der Stadt. Vor allem um den Stürmerstar Paolo Canaccia reißen sich die Fans.
Tschonnie Tschenett ist damit beschäftigt, unter der Hitze zu leiden. Und damit, seine Schulden im »Försterkeller« abzuarbeiten. »Gebt mir eine Kugel«, sagt Tschenett, »und ich geb sie mir.«
Aber auch der Starfußballer ist nicht unbedingt zu beneiden: Er wird erpreßt. Und bittet die Zufallsbekanntschaft Tschenett um Hilfe. So kommt es, daß Tschonnie Tschenett zum Hausmeister in einem Nobelhotel aufsteigt ...

Pressestimmen

»Dieser Regionalkrimi bezieht seine dichte Atmosphäre aus seinem zum Teil bizarren, stets aber originellen Figurenensemble.« (»Lexikon der Kriminalliteratur«)

»Von Tschonnie Tschenett gibt es kein Bild. Einer, der soviel um die Ohren hat, guckt selten in den Spiegel ... Tschonnie ist »hard-boiled«, als wäre er mit Mike Hammer in Manhattan groß geworden.« (»Hannoversche Allgemeine Zeitung«)

»... ein nicht ganz gewöhnlicher Krimiheld. Beeindruckend ist das Potential, das in dem Antihelden Tschonnie Tschenett steckt - er hat das Zeug zum ernsthaften literarischen Protagonisten, und man darf gespannt sein auf seine weitere Entwicklung. (»Krimi-Magalog«, Wien.)